Über die Autorin

Marion Forster-Grötsch lebt mit ihrer Familie in einem kleinen Ort in Niederbayern und widmet sich in ihrer Freizeit mit Begeisterung dem Schreiben. Nach mehreren Jugendbüchern und einem historischen Krimi schickt sie in »Krumme Gurkerl« nun ein ungleiches Ermittlerduo in und um Kelheim auf Tätersuche.

Prolog

Sie ließ ihren Blick durch die Menge schweifen und hielt Ausschau nach ihm. Sie würde ihn unter Tausenden wiedererkennen. Lange hatte sie seine Konturen studiert, sein Gesicht hatte sich in ihr Gehirn eingebrannt.

Da – jetzt hatte sie ihn entdeckt! Diese Bestie!

Zielsicher bahnte sie sich einen Weg durch die Menge und hielt erst an, als sie dicht hinter ihm war. Sie hob ihre Hand und berührte sein kastanienbraunes Haar. Ihr Hass war so groß, dass sie ihm am liebsten ein Büschel ausgerissen hätte.

Er wandte den Kopf und lächelte, als er sie sah. Sie wusste ihre wahren Gefühle zu verbergen. Sonst wäre alles umsonst gewesen. All die Mühe.

Sie beugte sich zu ihm hinunter und flüsterte ihm etwas ins Ohr. Etwas Unanständiges. So war der Plan. Sie war überrascht, welche derben Worte ihr Mund sprach, nach all dem, was ihr der Kerl angetan hatte.

Der junge Mann stand daraufhin auf und packte sie am Hals. Seine Augen verrieten sein Begehren.

Dann versuchte er, seine Lippen auf die ihren zu pressen. Gleichzeitig griff er ihr an den Busen und begann, ihn zu massieren. Er zog sie eng an sich heran.

Flink wandte sie sich ab, um ihren Ekel zu verbergen. Sie konnte seine Erregung deutlich spüren. Geschickt löste sie sich von ihm und griff nach seiner Hand. Sie führte ihn fort von hier. Er grinste aus Vorfreude darüber, was sie ihm gerade versprochen hatte. Eine Gänsehaut breitete sich über ihrem Körper aus. Dieses Lachen hatte sie nicht vergessen. All die Jahre nicht, in denen sie auf Rache sann. Wenn sie mit ihm fertig war, würde er die Namen ausspucken, auf die sie so lange gewartet hatte …

1

An einem Dienstagabend Mitte Mai in Weltenburg

Hermann lehnte sich über die Reling. Das Tau hielt er fest in seinen Händen. Er musste aufpassen, dass er den Absprung nicht verpasste. Das Timing war das Wichtigste.

»Obacht, damit S' ned ins Wasser platsch'n!«, rief ihm ein Mann in Tracht vom Ufer aus entgegen. Sein überdimensional großer Bierbauch wackelte beim Lachen.

»Ich würde diesen gut aussehenden Jüngling gerne retten, wenn ich könnte«, kicherte eine stämmige, ältere Dame, die daneben stand, in feinstem Hochdeutsch und hielt sich ihr Taschentuch aus weißer Spitze vor den Mund.

Das Gackern ihrer betagten Kaffeekränzchenfreundinnen bewies, dass sie diesen Wunsch wohl nicht alleine hegte. Hermann hasste solche Sprüche. Er hatte sie schon tausendmal gehört.

»Wenn's wenigstens ein bisserl kreativer wären, die Furchenfratzen«, grummelte er.

Mit einem kräftigen Schwung legte die »Renate« an. Hermann hüpfte auf den breiten eisernen Steg, lief auf den schwarzen Poller zu und schwang das Tau darüber. Das Schiff war jetzt sicher festgemacht. Flink sprang er wieder an Bord und krallte sich die metallene Gangway, um sie über den kleinen Schlitz zwischen Schiff und Steg zu legen. Die Passagiere sollten ihr Ziel schließlich trockenen Fußes erreichen.

Routiniert positionierte Hermann sich nun am Eingang und gab den Weg frei. Er war Matrose – wenn man seine Tätigkeit überhaupt so nennen durfte – bei der Altmühltaler Personenschifffahrt in Kelheim und machte den Job schon seit drei Jahren. Man verdiente gut, war immer an der frischen Luft und fuhr tagtäglich mehrere Male durch das wohl berühmteste Wahrzeichen Bayerns – den Donaudurchbruch – zur Benediktinerabtei Kloster Weltenburg.

»Hat nicht irgendein iro-schottischer Wandermönch den Orden hier gegründet?«, erkundigte sich eine ältere Dame, während sie an Hermann vorbeitapste. Dabei sah sie ihm verliebt in die Augen.

»Seh ich wie ein vergilbter Reiseführer aus?«, maulte Hermann genervt.

Die Frau riss verwundert die Augen auf.

»Also, eine solch patzige Antwort hätte ich von Ihnen nicht erwartet, schöner Mann«, empörte sie sich.

Eine junge Touristin mit knallroten Dreadlocks und einem riesigen Wanderrucksack schaltete sich dazwischen.

»Kein Stress hier. Es waren sogar zwei Wandermönche: Eustachius und Agilus aus Luxeuil. Im Jahr 617 soll das gewesen sein.«

»Sie sind aber ein gebildetes Fräulein. Und so zuvorkommend«, lobte die Dame.

Dabei blickte sie abschätzend zu Hermann hinüber. Die Touristin grinste und zog einen Reiseführer hinter ihrem Rücken hervor.

»Da steht alles drin.« Sie schlug das Buch auf. »Im achten Jahrhundert übernahmen die in Weltenburg lebenden Mönche die Ordensregeln des heiligen Benedikt. Die Abteikirche, die von den Gebrüdern Asam in den Jahren 1716 bis 1739 erbaut wurde, gilt als ein Meisterwerk des Barocks. Da das Kloster auch heute noch von Benediktinermönchen bewirtschaftet wird, können die Innenräume leider nicht besichtigt werden«, las sie vor.

Die Dame nickte anerkennend. »Ich freue mich schon seit Wochen auf diesen Ausflug. Vor allem die Klosterkirche interessiert mich. Es gibt doch nichts Erfüllenderes, als in einem Haus Gottes einen Rosenkranz zu beten. Finden Sie nicht auch?«

Die junge Frau schmunzelte und entblößte dabei ein goldenes Zungenpiercing.

»Nee, nee, ich steh nicht so auf Lobpreisen. Ich bin wegen des Bieres da. Das schmeckt phänomenal gut.«

Diese Antwort schien der älteren Frau nicht zu gefallen, denn sie verzog beleidigt das Gesicht. Jetzt mischte sich Hermann ins Gespräch mit ein.

»Hier wird schon seit fast tausend Jahren Bier gebraut. Die Mönche wissen eben, dass man vom scheinheiligen Beten allein nicht satt wird.«

Dann bleckte er die Zähne. Die ältere Dame spitzte die Lippen und marschierte erhobenen Hauptes an dem Matrosen vorbei.

Hermann lachte in sich hinein. Der hatte er es gegeben! Wo käme er denn hin, wenn er alle neugierigen Fragen der Touristen beantworten würde. Dafür wurde er schließlich nicht bezahlt.

Heiteres Gelächter gewann seine Aufmerksamkeit. Mit gerümpfter Nase beobachtete er die zahlreichen Radlfahrer, die fröhlich mit ihren Drahteseln das Schiff verließen. Die waren immer die Ersten. Schon während sie den Donaudurchbruch passierten, sprangen viele von ihnen wie elektrisch geladene Teilchen von den Sitzbänken an Deck auf, hasteten die schmalen Treppen nach unten, um sich dann optimal zu positionieren. Das hieß: sich direkt vor den Ein- bzw. Ausgang zu stellen. Schließlich wollte man flugs das Schiff verlassen.

Hochrote Köpfe bewiesen, dass viele Radler die bereits starke Sonnenstrahlung Mitte Mai unterschätzt hatten. Zu den verbrannten Gesichtern und Oberarmen gesellte sich eine Duftwolke aus Schweiß. Sie haftete jedem Einzelnen wie Kleister an.

Unter den Sportbegeisterten waren auch zahlreiche ältere Damen, die beim Wettstreit, wer wohl die Fröhlichste und Entspannteste unter ihnen war, stolz ihre teuren Zahnimplantate präsentierten. Bepackt mit Rucksäcken und Radltaschen bewiesen die Herrschaften, dass das Rentnerdasein nicht bedeutete, zu Hause dahinzusiechen und auf den Tod zu warten. Nein – im Gegenteil! Diese Alten wurden immer jünger. Und sportlicher.

Hermann dagegen fühlte sich nach seiner Acht-Stunden-Schicht, als genüge ein kleiner Windhauch, um ihn aus den Latschen kippen zu lassen. Er war froh, dass die Rückfahrt von Weltenburg nach Kelheim für heute die letzte war.

Er erwiderte gelangweilt die vielen Grüße mit einem monotonen »Danke und auf Wiedersehen« und luhrte ans Ende der Schlange. So viele waren es gar nicht mehr, die die Klosterschänke besuchen wollten. Nachdem die emsigen Radler von Bord gegangen waren, folgten einige Jugendliche, die sich lautstark über das letzte Riedenburger Frühlingsfest unterhielten. Anscheinend hatte es für sie feuchtfröhlich geendet. An den Rucksäcken konnte Hermann erahnen, dass darin nicht nur Decken zum Sitzen auf dem Donaukies, sondern auch Flaschen mit Hochprozentigem enthalten waren.

»Die saufen wie die Löcher! Sind sicher aus'm Gymnasium und haben das Abi frisch in der Taschn. Zurückfahren werden die wohl mit der Zilln. Na dann viel Spaß«, maulte Hermann kaum hörbar.

Statt mit einem Schiff nach Kelheim zu schippern, konnte man die Strecke gegen eine geringe Gebühr auch mit einem kleinen Holzboot zurücklegen, das mit einem Außenborder ausgestattet war. Zugegebenermaßen machte das sogar mehr Spaß, denn man saß nur wenige Handbreit über dem Donauwasser und überholte mit der geringen Geschwindigkeit sogar das eine oder andere Schlauch- und Ruderboot. Hermann bemitleidete seine Kollegen, weil er sich vorstellte, wie die Halbstarken spätnachts kotzend über den Seitenwänden der Zille hingen. Der letzte Passagier trollte an ihm vorbei, bepackt mit einem winzigen Rucksack und einer riesigen Kamera, die vor seiner Brust baumelte.

»Hach, junger Mann«, erkundigte er sich in einem geschäftigen Rheinländisch. »Wo jehts denn hier zum Schlösschen?«

Hermann hob schweigend die Hand und deutete damit an, immer der Herde zu folgen.

»Ist es weit zu jehen?«, schickte der ältere Herr hinterher.

Hermann schüttelte den Kopf. Weil der Mann merkte, dass mit diesem mundfaulen Matrosen keine Kommunikation in Gang kommen würde, drehte er ab und marschierte mit seinem kleinen Rucksäcklein auf dem Rücken der teils laufenden, teils radelnden Meute hinterher.

»Man hat mir ja jesacht, dass die Oberpfälzer nich jern sprechen«, murmelte der Senior mümpfelig.

Mir sand do in *Niederbayern*, Fischkopf!, dachte Hermann grimmig. Und außerdem: Des is a Kloster! Schaut des hier etwa so aus wie Schloss Neuschwanstein, du Saupreiß?, hätte er ihm am liebsten hinterhergerufen.

Aber Hermann wusste: Reden ist Silber, Schweigen ist Gold. Also nickte er seiner Kollegin Berta zu, die auf der Uferseite am Absperrband wartete. Sie öffnete die Leine und ließ die Horde Leute passieren, die von Weltenburg nach Kelheim zurückfahren wollten. Wieder reihten sich viele Radlfahrer in die Schlange ein. Natürlich drängelten sie sich mit ihren »Alu- und Carbon-Waffen« an Familien mit kleinen Kindern und brav wartenden Touristen vorbei. Schließlich wollte man seinen Drahtesel sicher verwahrt wissen.

Rentner müsste man sein, dachte Hermann neidisch. Wer sonst hatte an einem Dienstagabend Zeit, sich in so ausgedehnter Manier seinem Hobby zu widmen?

»Man könnt meinen, die Welt bestehe nur noch aus Radlern. Da beschwer'n sie sich immer übers Ozonloch … Und wer denkt an mei Riechorgan?«, murrte er genervt. Wieder stieg ihm die verhasste Wolke mit dem unverwechselbaren Duft »Eau de Schweissel« in die Nase, als der erste Radl-Rentner an Bord eilte. Hermann blieb tapfer, das Lächeln schien ihm ins Gesicht gemeißelt.

Nachdem die letzten Touristen – eine junge Familie mit zwei plärrenden Kindern – die Gangway passiert hatten, wollte er sie einholen und das Schiff für die Abfahrt bereitmachen. Er war gerade dabei, das Tau vom Poller zu nehmen.

»Wart no schnell«, brüllte seine Kollegin Berta. »Da kommen noch ein paar …«

Hermann blickte auf. Seine Kinnlade klappte nach unten.

»Sack'l Zement!«, fluchte er. »Wieder so besoffene Teufel. Ich hoff, die kotzen mir nicht die Bude voll.«

Er verwünschte Berta innerlich. Es stand nicht in der Satzung, dass die Schifffahrtsgesellschaft verpflichtet war, Volltrunkene mit an Bord zu nehmen. Letztendlich entschied der Kapitän. Aber Hermann war es zu mühselig, wegen der sechs Burschen, die jetzt johlend und grölend über den Steg wankten, weitere Schritte zu unternehmen. Einer von ihnen schien so eine Menge intus zu haben, dass ihn zwei seiner Kameraden mehr über die Gangway schleiften, als dass sie ihn führten. Die jungen Männer, die etwa Mitte zwanzig sein mussten, waren schlank und trugen modische Polohemden, die ihnen aus den Hosen hingen. Die geröteten Wangen und der Sonnenbrand auf den Nasenspitzen verrieten, dass sie wohl längere Zeit im Freien verbracht hatten.

»Designerjeans tragen's auch noch«, grummelte Hermann, der ein Auge für teure Klamotten hatte. »Denen wird der Hintern sicher mit Geld ausgewischt.«

Es waren attraktive Kerle, fast zu hübsch, um ohne weibliche Begleitung unterwegs zu sein. Er schob die sechs in die nächstbeste Bank unter Deck. Hier würden sie niemanden stören. Alle Passagiere waren nämlich die Treppen nach oben gestiegen, um die Strahlen der milden Abendsonne zu genießen.

Hermann sprang auf den Steg und lockerte das Seil. Die Gangway warf er wütend auf den Schiffsboden. Berta schüttelte den Kopf und hob tadelnd den Finger. Das war ihm aber egal. Das Weibsstück musste sich jetzt nicht mit sechs Bierdimpfln herumschlagen.

»Bleibt's hier unten und rührt's ja nix an«, murrte er und machte sich daran, seinen Kollegen im Service zu Hilfe zu eilen. Gewöhnlich bekamen die Touristen auf dem Weg Richtung Kelheim immer besonders viel Durst. Müde Kinder waren mit dem Eisbecher »Micky Mouse« leicht zufriedenzustellen.

»Das Klo is da hinten«, sagte Hermann, verfluchte sich aber gleichzeitig dafür, den sechs Betrunkenen diese Information mitgeteilt zu haben. Erfahrungsgemäß war diese Räumlichkeit der ideale Platz, um sich seines Mageninhalts zu entleeren, wenn der Wellengang etwas heftiger wurde. Zum Glück würde die Rückfahrt nach Kelheim nur zwanzig Minuten dauern.

Er ging zur Treppe, stockte und wandte sich noch einmal um. Einer der Kerle hatte sich über den Tisch gebeugt. Die Stirn lag auf der Platte. Die Jungen rissen derbe Witze über seinen Zustand und zerzausten ihm das kastanienbraune Haar.

Mit dem möcht i ned tauschen. Der wird morgen sein blaues Wunder erleben, dachte Hermann und kratze sich am Kopf. Er hatte ein ungutes Gefühl, die sechs hier unten allein zu lassen. Sein Blick wanderte hinüber zum offenen Eingangsbereich. Lediglich ein Seil trennte das Deck vom vorbeirauschenden grünlichen Donauwasser. Hoffentlich überkam nicht einen von ihnen das Verlangen, schwimmen zu gehen. Er hatte keine Lust auf Stress.

»Mensch, Hermann, wo bleibst denn?«, wetterte eine weibliche Stimme von oben. »Ich hab nur zwei Händ!«

Seine Kollegin Anita vom Service kam die Treppen heruntergerauscht und warf ihr Tablett auf den Tresen. Dann wischte sie sich eine Strähne aus dem Gesicht und klemmte sie sich hinters Ohr.

»Wofür wirst denn bezahlt? Für's Daumerldrehen? Ich bin oben schon durch. Es ist ein Haufen Bestellungen eingegangen. Zwei Eisbecher werden auch gewünscht. Die kriegen die plärrenden Schraz'n vorne rechts. Raufbringen tust du's! Ich kann nicht mehr!«

Dabei zeigte sie auf ihre geschwollenen Füße, die in Gesundheitslatschen steckten. Die ledernen Riemchen hatten sich tief in die Haut eingefressen.

»Ich komm ja schon«, murrte Hermann und nahm das Tablett entgegen, das Dennis hinter der Bar gefüllt hatte. Während sich Anita aufmachte, in den Aufenthaltsraum zu humpeln, wuchtete er das Ding nach oben.

»Sklaventreiberei«, fluchte er, sobald er die erste Stufe der Treppe betreten hatte.

Oben an Deck hatten sich die Touristen gleichmäßig auf den Sitzbänken verteilt. Die »Renate« war neben der »Weltenburg« und der »Maximilian II.« das größte Schiff der Gesellschaft. Nur die »Kelheim« und die »Ludwig der Kelheimer« waren mit nur einem Deck und einer Dachterrasse um ein Stockwerk niedriger.

Gemächlich tuckerte der Touristendampfer am berühmten »Meteoriteneinschlag« vorbei. Die weite, rundliche Wiese, auf der viele Apfelbäume blühten, ließ die Dimension dieses Aufpralls noch heute erahnen. Als das Schiff am »Klösterl« vorbeituckerte, zückten viele Touristen erneut die Kamera.

Routiniert informierte der Kapitän die Fahrgäste über diese Einsiedelei.

»Gegründet wurde das Klösterl im Jahre 1450 von dem Eremiten Antonius von Siegenburg«, klang es über den Lautsprecher. »Es liegt inmitten der herrlichen Felsenschluchten des Donaudurchbruchs und beherbergt heute eine Gastwirtschaft. Die Einsiedelei gehört zu den wenigen Felsenkirchen Europas, die ein natürliches Dach haben.«

Hermann erfüllte die Wünsche seiner durstigen Gäste und kassierte gleich ab. Anita hatte wie immer übertrieben. Die Bestellungen waren überschaubar, die zwei kreischenden Kinder hatten sich beruhigt und die Radl-Rentner streckten erschöpft alle viere von sich.

Sobald jedoch Leo von Klenzes Befreiungshalle auf dem Michelsberg in Kelheim zu sehen war, kam wieder Bewegung in die scheintote Masse. Hektisch wurden Taschen und Rucksäcke zusammengepackt und umgeschnallt oder schlafende Kinder auf den Arm genommen. Zufrieden und mit einem Lächeln im Gesicht begab sich der Tross zur Treppe, um sich dort in eine kurze Schlange einzureihen.

Hermann blieb bewusst länger auf dem Deck stehen als sonst. Er atmete tief ein. Es war ein wunderschöner lauer Maiabend. Die kleine Spitze der St.-Michaelskirche mit dem Orgelmuseum lag dem imposanten Denkmal wie ein kleiner Bruder zu Füßen.

»Schee is doch, mein Kelheim.« Hermann lächelte, griff nach den beiden eisverschmierten Bechern und setzte sie auf seinem Tablett ab.

Die Tische abzuwischen war für die Damen des Reinigungstrupps heute nicht viel Arbeit. Der Matrose schritt beschwingt die Treppen hinab und beobachtete mit Erleichterung, dass Dennis seine Arbeit übernommen und die Leine am Ausgang geöffnet hatte. Der letzte Passagier war soeben auf die Gangway getreten.

»Es ist vollbracht.« Erleichtert stellte Hermann das Tablett auf dem Tresen ab.

Sein geschulter Blick wanderte zuerst zur freien Abstellfläche in die Mitte des Unterdecks. Kein Fahrrad, kein Rucksack und kein Kinderwagen wurden heute vergessen. Hervorragend! Nachdem er eines Tages einen herrenlosen Rollator entdeckt hatte, überraschte ihn nichts mehr so leicht. Er wollte gerade Richtung Toiletten abdrehen, als er den jungen Burschen bemerkte, der regungslos auf seinem Platz saß. Seine Stirn klebte noch immer auf der Tischplatte.

»Meine Fresse!«, schimpfte Hermann. »Jetzt haben die Kerle doch glatt ihren Freund vergessen. Ja, wie gibt's denn so was?«

In Gedanken malte er sich schon aus, welche Mühe es kosten würde, diesen Betrunkenen von Bord zu hieven und dann seine Angehörigen zu verständigen. Hermann war zum Heulen zumute. Warum musste ihm das Schicksal nur so hart mitspielen? Er atmete tief aus und ging mit hängenden Schultern auf den jungen Mann zu. Der Matrose schlug dem Kerl leicht auf den Rücken und rief ein lautes »Pack mas!« Keine Regung. Nun fasste Hermann ihn an der Schulter. Während er noch überlegte, wie er den Burschen auf die Beine bringen sollte, klappte der wie ein Taschenmesser in sich zusammen, rutschte von der Bank und fiel auf den Boden. Dort blieb er regungslos auf dem Rücken liegen. Dennis war hinzugetreten.

»Wenn ich's nicht genauer wüsst«, merkte er trocken an, »würd ich behaupten, der is tot.«

2

Am Dienstagabend an der Schiffsanlegestelle in Kelheim

Vor dem Absperrband der Anlagestelle in Kelheim stand Hauptkommissar Max Spenninger inmitten von umhereilenden Polizisten. Soeben war der Rettungsdienst unverrichteter Dinge abgezogen. Max schaute alles andere als glücklich drein.

Auf einem Schiff! Na prima!, dachte er mürrisch.

Der Mittvierziger hasste Wasser – in jeglicher Form. Während sich seine Frau und seine dreizehnjährigen zweieiigen Zwillinge Alexandra und Natalie schon auf die beginnende Freibadsaison freuten, sah Max dem Ereignis mit Skepsis entgegen. Freibad bedeutete, sich halbnackt auf eine enge Wiesenparzelle zu quetschen und andere Eltern beim Kampf mit ihrem ungezogenen Nachwuchs zu beobachten. Max gehörte mit seinen Körpermaßen eher in die Kategorie »Birne«: oben schmal, am Bauch breit wie ein Reifen und der Po fast nicht vorhanden. Er liebte die bayerische Küche, das Bier, gebraut nach bayrischem Reinheitsgebot, und die Gemütlichkeit. Max verzog das Gesicht bei der Vorstellung, dass seine Frau Gisela bald wieder beginnen würde, sämtliche Nonsens-Frauenzeitschriften zu horten, in denen immer neue Wunderdiäten angepriesen wurden. So à la »Wie schaffe ich es, in zwei Tagen auszusehen wie eine Spanplattn mit Pamela-Anderson-Busen und einem Po wie Pippa Middleton?« Sicher wünschten sich seine drei Frauen heute Abend wieder *gesunden, knackigen* Salat. Er war doch kein Karnickel! Er musste noch etwas Gescheites zwischen die Zähne bekommen, bevor er in sein Zuhause nach Affecking zurückkehren würde.

Ein lautes Motorgeheul unterbrach seine Gedanken. Max drehte sich um, denn er wusste, welcher Platzhirsch auftauchte. Sein Kollege Alexander Brandl musste sich und seinen Kollegen wieder mal beweisen, was für ein toller Hecht er war.

»Wenigstens hat er das passende Auto dazu«, seufzte Max und schielte betreten zu den etwa zwanzig Schaulustigen hinüber, die nahe am Absperrband auf eine Sensation warteten. Alex war nicht gerade ein Vorzeigepolizist. Genauso wie Max war er im Rang eines Hauptkommissars bei der Kripo in Kelheim. Alex aber war der Dienstgruppenleiter der Abteilung »Tötungsdelikte« und Max somit übergeordnet. Mit Alex wollte kein männlicher Kollege freiwillig zusammenarbeiten. Er galt als mürrisch, wortkarg und aggressiv. Der Single hatte einen so hohen Frauenverschleiß, dass Max stets mutmaßte, Alex wechsle die Frauen häufiger als seine Unterhosen.

Das Auto seines Kollegen kam mit einem scharfen Quietschen zum Stehen. Lässig öffnete er die Tür seines nagelneuen schwarzen BMW Tourings und schwang sich aus dem Auto. Brandl war groß gewachsen. Das dunkelblonde Haar trug er stets so, als hätte es ihm ein Betthäschen, das er gerade glücklich gemacht hatte, noch einmal verwuschelt. Das machte Max wirklich neidisch, denn seinen Schnitt kreierte die alte Erna aus dem Haarstudio in Affecking. Schon seit seinem zwölften Geburtstag. Und genauso sah seine Frisur auch heute noch aus. Die Haare, die er nicht mehr auf dem Kopf trug, sprossen in seinem Gesicht. Max trug einen Vollbart, den er jedoch fein säuberlich pflegte.

Nicht so Alex. Ein Drei-Tage-Bart schmückte sein makelloses Gesicht mit den markanten Wangenknochen. Auch seine Kleidung war immer lässig: stets schwarzes Hemd, dessen Kragenknöpfe immer weit offen standen und das die glatte männliche Brust zeigte, Jeans, die ihm lässig an den Hüften hing, und Bikerboots. Zu jeder Saison – ob Winter oder Sommer. Max war sich sicher, dass Alex sie auch beim Schlafen nicht auszog.

Max dagegen liebte bequeme Kleidung. Weite karierte Hemden, am besten Größe XL, die an den Ärmeln flatterten, Bundfaltenhosen, Daniel-Hechter-Socken und dunkelbraune Timberland-Halbschuhe, die mit dem Rundum-Lederband. Damit fühlte sich Max wohl.

Alex schlenderte über den Parkplatz. So spät am Abend, es war so gegen neunzehn Uhr, war dieser nahezu leergefegt. An den Wochenenden waren hier die Autos wie Ölsardinen eingepfercht. Am Gesichtsausdruck erahnte Max, dass Alex dieser Einsatz so gar nicht in den Kragen passte.

»Scheiße!«

Das war das erste Wort, das Alex fluchte, während er sich unter dem Absperrband hindurchquetschte.

Da Max schon seit mehr als zwei Jahren mit Alex zusammenarbeitete, wusste er, wie er darauf reagieren sollte.

»Ich wünsch dir auch einen guten Abend, geschätzter Kollege«, säuselte er und vergrub die Hände in seinen Hosentaschen. »Ich hab auch nicht geglaubt, dass wir uns nach Dienstschluss so schnell wiedersehen.«

Alex hielt seine Hände in die Höhe. Max entdeckte einen schmierigen Ölfilm darauf.

»Ist das Gleitmittel?« Max grinste.

»Nein, Schmiere. Meinen Fahrradreifen wollt ich flicken. Hab ein Loch gefahren«, raunzte Alex und suchte nach einem Gegenstand, an dem er sich die Finger abwischen konnte.

»Aha! Und ich dachte schon ...«, feixte Max.

Alex wurde rot wie eine Tomate.

»Also Max!«, meckerte er. »Manchmal überraschst du mich wirklich. Glaubst du echt, dass ich keine anderen Hobbys habe als Frauen zu befriedigen?«

Max schob seinen kleinen Bierbauch nach vorn.

»Du bist doch selbst schuld an deinem Ruf«, sagte er.

Alex verdrehte genervt die Augen.

»Was kann ich dafür, wenn sich mir eine Polizeischülerin nach der anderen an den Hals wirft? Die betteln doch geradezu nach einem ›Erfahrungsaustausch‹«, antwortete Alex.

Max schüttelte den Kopf. Alex würde es nie lernen.

»Aha«, grinste Max. »Du kennst meine Einstellung dazu: Such dir endlich eine Frau, mach ihr ein Kind und gib Ruh.«

»Bla, bla«, äffte Alex. »Is scho gut. Wenn's nur immer so einfach wär.«

Max zuckte mit den Schultern.

»Du könntest jede haben«, sagte er. »Aber anscheinend muss erst eine für dich gebacken werden.«

»Und? Was hamma?«, erkundigte sich Alex, um dem lästigen Thema ein Ende zu bereiten.

»Junger Bursche, Mitte zwanzig, mausetot. Kurz vor seinem Tod hat man ihm stümperhaft ein Kreuz quer über die Brust geritzt. Außerdem fand unser Gerichtsmediziner eine winzige Einstichstelle, die anscheinend mitten ins Herz führt. Daran könnte er auch gestorben sein. Von der Tatwaffe fehlt jegliche Spur.«

»Aha. Unser Pathologe Dr. Zierer hat also seine Untersuchung hier bereits abgeschlossen. Mein verehrter Kollege Spenniger wollte mal wieder nicht bei der örtlichen Untersuchung dabei sein«, grinste Alex. Max räusperte sich verlegen.

»Du weißt doch, wie sehr ich mich dagegen wehre, mich mit diesen ›Fleischbeschauern‹ in einem Raum aufzuhalten«, gestand Max kleinlaut.

»Ja, und deswegen muss ich immer nach Erlangen in die Gerichtsmedizin fahren«, maulte Alex.

»Der Gestank des Todes und die Chemikalien, die man den Toten einspritzt, erzeugen in mir immer einen fiesen Brechreiz«, erklärte Max. »Da bevorzuge ich lieber das Telefon, um mit Dr. Zierer zu sprechen.«

Alex winkte ab.

»Ich habs schon verstanden. Also, was hat unser Gerichtsmediziner mit dem unverkennbaren fränkischen Dialekt denn gesagt?«, erkundigte sich Alex und rümpfte die Nase.

Die Dieselabgase der Touristendampfer stanken erbärmlich.

»Recht wenig. Der Schiffsmatrose Hermann Igel hat ihn gefunden. Der Tote war wahrscheinlich mit fünf Kumpanen beim Saufen im Kloster«, fuhr Max fort. »Die haben ihn aber hier im Schiff sitzen lassen.«

»Sind ihre Namen bekannt?«

»Negativ. Nach der Beschreibung des Schiffsmatrosen waren alle volltrunken und aus besserer Gesellschaft. Das will er an den Klamotten erkannt haben. Die Gruppe betrat als letzte das Schiff und blieb im Unterdeck sitzen. Die Burschen waren sonst nicht weiter auffällig. Der Matrose marschierte dann nach oben und bediente die Passagiere auf dem Oberdeck. Als er runterkam, waren alle weg. Nur die Leiche nicht.«

»Weitere Zeugen?«

»Negativ. Haben alle das sinkende Schiff verlassen ... wie die Ratten.«

»Na super ...«, maulte Alex, während er sich aufmachte, über die Gangway das Schiff zu betreten.

Drinnen herrschte emsiges Treiben. Die Spurensicherung war damit beschäftigt, jeden Quadratmillimeter um die Leiche herum abzupinseln, um eine brauchbare Spur zu finden.

»Und? Was gibt's?«, bellte Alex, während er am Eingang stehen blieb. Max folgte ihm, nicht aber ohne vorher einige Stoßgebete gen Himmel geschickt zu haben. Schon allein die Vorstellung, dass sich unter ihm das bedrohliche Element Wasser befand, zauberte Schweißperlen auf seine Stirn.

»Ja, hallo Tiger!«, flötete eine Frau theatralisch, die in einem weißen Ganzkörperanzug steckte und sich gerade über den Toten gebeugt hatte. »Ist das eine Überraschung, dich zu sehen! Wenn ich gewusst hätte, dass *du* kommst, hätte ich was anderes angezogen. Etwas Schickeres.« Sie ließ die Finger gespielt aufreizend über ihren fülligen Körper wandern.

Max unterdrückte ein Grinsen. Irene Mayer. Sie war Chefin der SpuSi und konnte Alex nicht besonders gut leiden. Das beruhte auf Gegenseitigkeit. Die zwei passten zusammen wie Feuer und Wasser, wie Winter und Sommer. Irene schaffte es immer, Alex dumm dastehen zu lassen, sei es durch einen kurzen Kommentar oder eine witzige Randbemerkung. Sie war die Einzige im Morddezernat, die nicht dahinschmolz wie Butter, sobald Alex den Raum betrat. Mit ihren knapp sechzig Jahren und drei geschiedenen Ehen nahm sie kein Blatt mehr vor den Mund.

Alex runzelte die Stirn, ließ sich aber seinen Groll nicht anmerken. Irenes vier Begleiter von der SpuSi warfen sich belustigte Blicke zu. Das konnte noch heiter werden. Alex startete einen neuen Versuch, genau nach Alex-Brandl-Façon.

»Habt's ihr Schnarchzapfen schon was Brauchbares gefunden?«

Er stemmte die Hände in die Taille, positionierte sich breitbeinig und fixierte Irene feindselig. Doch die ließ sich nicht aus der Ruhe bringen. Sie wandte sich an ihre Kollegen.

»Ich kann mich auch irren«, sagte sie scheinheilig. »Aber mir war gerade so, als summte eine lästige Schmeißfliege im Eingangsbereich herum.«

Alex wollte gerade Luft holen und zum Gegenangriff ansetzen, als Max ihn unsanft beiseitestieß und geradewegs auf Irene zuging.

»Servus, junge Frau«, grüßte er. »Na, wie schaut's aus?«

Max bewunderte jedes Mal Irenes hellblaue Augen, die ihr Gesicht zum Leuchten brachten. Sie war immer fröhlich und heiter. Fast nie hatte er sie grimmig oder schlecht gelaunt erlebt. Selbst nach einem Groll war Irene spätestens nach zwei Minuten wieder gut drauf.

»Wenn'st hier nach brauchbaren Fingerabrücken suchen willst, dann sitzen wir in einem Jahr immer noch da«, beschwerte sie sich und schaute zu ihren Kollegen hinüber, die Bänke und Tische umklappten, um sachdienliche Hinweise zu finden.

»Alles, was man hier entdeckt, sind Kaugummis, die unter die Tische geklebt wurden. Saubären gibt's, des glaubt man net!«

Dabei warf sie Alex einen amüsierten Blick zu. Sie hatte wohl seine ölverschmierten Hände entdeckt.

»Spaß beiseite, Max«, setzte Irene erneut an. »Wir nehmen an, dass alleine auf der letzten Fahrt etwa fünfzig Personen an Bord waren. Das hochgerechnet auf den ganzen Tag bedeutet, dass man hunderte DNA-Spuren finden würde. Das sprengt definitiv unseren Rahmen.«

»Du sprengst auch bald den Rahmen«, raunzte Alex leise und spielte mit dieser gezielten Bemerkung auf Irenes füllige Hüften an. Wie eine kleine Presswurst steckte sie in ihrem weißen Polizeianzug.

Die resolute Frau sprach ungerührt weiter. »Der Tote heißt Daniel Reiter, ist sechsundzwanzig Jahre jung und wohnte in Kelheimwinzer. Er war Student der Wirtschaftswissenschaften an der Universität Regensburg. Wir haben seinen Geldbeutel in der Gesäßtasche gefunden. Darin waren zwei Hunderteuroscheine! Der gehörte wohl nicht zur Unterschicht. Handy? Fehlanzeige. Dr. Zierer bestaunte die laienhafte Tätowierung, die der Bursche auf seiner Brust hat, und entdeckte auf dem linken Querbalken eine winzige, fast übersehbare Einstichstelle in Höhe seines Herzens. Er denkt, sie könnte zum Tod geführt haben. Genaueres untersucht er selbstverständlich erst, wenn der junge Mann auf seinem Tisch liegt. Weil das Polohemd der Leiche pechschwarz ist, fiel das Blut nicht weiter auf, das aus der Wunde quoll. Aber wenn ich ehrlich bin, Max, vermute ich, dass noch was anderes für seinen Tod verantwortlich gewesen ist.«

Max runzelte die Stirn.

»Du meinst Drogen?«

»Volltreffer. Wer lässt sich schon bei klarem Verstand freiwillig die Brust verschandeln und sich anschließend abstechen? Schau dir den Kerl doch mal an.«

Max blickte in das gepflegte Gesicht eines wirklich gut aussehenden jungen Mannes. Die Augen waren geschlossen. Das kastanienbraune, längere Haar fiel locker über die hohe Stirn. Die feine Nase passte zu dem eher feminin wirkenden Gesicht. Alles in allem war der Typ ein sehr ansehnliches Exemplar Mensch.

Max ließ resigniert die Schultern hängen. Das alles hörte sich nach einer Menge Arbeit an. Auf Irenes Lippen breitete sich ein geheimnisvolles Grinsen aus.

»Kopf hoch, Max. Du solltest mich besser kennen«, tadelte sie ihn. »Glaubst du, ich gebe auf, bevor ich nicht was Brauchbares gefunden hab?«

Irene griff in ihre seitliche Brusttasche und zog einen durchsichtigen Plastikbeutel heraus. Damit wedelte sie triumphierend in der Luft herum. Max blinzelte mehrmals. Ein leerer Beutel? Seine Verstörtheit war ihm wohl anzusehen.

»Da ist ein langes, lockiges, schwarzes Frauenhaar drin, mein Lieber«, klärte sie ihn auf. »Habe ich am Knopf seines Polohemdes gefunden. Es scheint, als hätte sich eine unbekannte Dame an Daniel Reiters Hemd zu schaffen gemacht. Aber im Gegensatz zu deinem werten Kollegen Brandl behielt Daniel sein Oberteil wohl an.«

Alex flippte aus. Zu Recht, wie Max fand. Bisher hatte Alex sich mit dummen Kommentaren zurückgehalten, um die Arbeit nicht zu stören. Aber jetzt hatte Irene den Bogen wirklich überspannt.

»Was bildest du dir eigentlich ein, du alte Schachtel!«, schimpfte Alex wütend, während er wie von einer Tarantel gestochen auf Irene zuschoss. Das Gelächter der Kollegen von der SpuSi trug nicht gerade zur Deeskalation der Situation bei. Max stellte sich Alex in den Weg und hinderte ihn daran, Irene am Kragen zu packen und sie kräftig durchzuschütteln. Er wollte immer wieder nach ihr greifen, aber Max schob ihn zurück. Alex war imstande, die Frau schnurstracks über Bord zu befördern.

»Wir versuchen nun alle, uns zu beruhigen!«, rief er laut und gab dem Druck erst nach, als er merkte, dass sich Alex langsam entspannte.

»Reiß dich zusammen, Alex«, sprach er beruhigend und wandte sich Irene zu. »Und du solltest darauf achten, was du sagst.«

Irene grinste breit.

»Lach nicht so blöd!«, keifte Alex angriffslustig.

Max legte Alex die Hand auf die Schulter und bremste ihn ein.

»Ich sag nur, was ich gesehen hab«, sagte Irene süffisant und deutete auf den Beutel, den sie immer noch in der Hand hielt. »Vorletzten Freitag auf dem Riedenburger Frühlingsfest ist dein junger Kollege einem jungen, langhaarigen Mädel förmlich in den Ausschnitt gefallen. Und es machte nicht den Anschein, als behielte Herr Brandl sein Hemd an diesem Abend an.«

Max unterdrückte ein Lächeln. Alex konnte den Weibern einfach nicht widerstehen. Es schien, als wäre er ein Krake mit tausend Tentakeln und an jeder verfing sich eine Frau, die ihm zu Willen war. Mit Haut und Haar, wenn man versteht, was das für Alex bedeutete.

Alex sah zum Fenster hinaus. »Das war doch nur meine Postbotin«, sagte er beiläufig. »Hab sie zufällig dort getroffen. Sie hat den Bus verpasst. Da hab ich sie halt zur nächsten Haltestelle gebracht.«

»Es ist mir neu, dass man Briefe neuerdings mit der Zunge aus dem Rachen seines Briefträgers fischen und gleichzeitig seine Melonen massieren muss«, stellte Irene belustigt fest. »Da hab ich bei meinem Postboten aber Pech. Der ist ein Meter sechzig groß und wiegt hundertzwanzig Kilo. Könnte kein Spaß werden.«

»Ich wollte nix von der. Ehrlich«, raunzte Alex und fuhr sich durchs Haar.

Jetzt erst schien er die drei verschreckten Gestalten bemerkt zu haben, die auf der ersten Stufe der Treppe saßen und die Szene mit großen Augen verfolgten.

»Wer sind denn die Clowns?«, fragte er und deutete in ihre Richtung.

Irene blätterte in einem Block, den sie auf den Tisch gelegt hatte.

»Hermann Igel, Schiffsmatrose, Anita Fuchs, Service, und Dennis Hase, Barmann. Alle drei waren anwesend, als die Leiche entdeckt wurde«, las sie laut.

»Fehlt nur noch ein Rehlein, dann wäre die Waldmannschaft komplett«, murrte Alex und ging auf die drei zu. Alle nahmen gleichzeitig schützend die Hände vors Gesicht, als der große, grimmig wirkende Kommissar auf sie zusteuerte.

»Und? Wo ist der Kapitän des Schiffs?«, raunzte Alex.

Hermann räusperte sich.

»Der ist schon weg«, antwortete er leise. »Er hat ja schließlich nichts gesehen.«

Alex hob eine Augenbraue. Das genügte, dass Hermann in sich zusammenfiel und unsicher an seinem Hemd herumknetete.

»Ich hab ja nur gemeint.«

Alex ließ sich von Hermann genau erzählen, was vorgefallen war. Max war hinzugetreten und machte sich Notizen. Außer der Beschreibung der fünf Freunde und der Tatsache, dass alle offensichtlich sehr betrunken waren, wusste er nichts Weiteres beizutragen. Auch Anita und Dennis, der den Job nur als Aushilfe neben dem Jurastudium wahrnahm, brachten kein Licht ins Dunkel.

Max schüttelte den Kopf. Alex entließ sie mit der Bitte, am nächsten Morgen in der Kelheimer Dienststelle in der Bahnhofstraße zu erscheinen, um ihre Aussagen zu Protokoll zu geben.

Alex machte sich auf, um den Tatort zu verlassen. Alle Zeugen waren vernommen, die SpuSi hatte wenigstens etwas Brauchbares gefunden. Draußen warteten schon die Leichenbestatter, um den Toten in Empfang zu nehmen. Sie würden ihn in die Gerichtsmedizin nach Erlangen transportieren.

Während die beiden Kommissare zum Auto gingen, musterte Max Alex von der Seite. Sein Kollege schaute sehr bekümmert drein.

»Ich weiß, dass du dich lieber von deinen heiß geliebten Biker-Boots trennen würdest, als die Eltern über den Tod ihres Sohnes zu informieren«, sagte Max sanft. »Aber das gehört halt auch zu unserem Job.«

3

Am Dienstagabend in Kelheimwinzer

Die beiden Kommissare standen vor einem villenähnlichen Gebäude, das nicht älter als fünf Jahre sein konnte. Ein riesiger Garten umrahmte das schmuckvolle, weiß getünchte Eigenheim.

»Du weiß doch, dass ich des hass«, sagte Alex bestimmt. »Also machst du's.«

Bevor Max protestieren konnte, drückte Alex die Klinke des Gartentors nach unten und betrat den mit Kopfstein gepflasterten Weg, der zur Haustür führte. Er schwang sich die schwarzen Granitstufen hinauf und drückte die Klingel. Dann trat er beiseite und überließ Max den Platz.

Die Tür wurde von einer Frau Ende vierzig geöffnet. Sie musterte Max von Kopf bis Fuß. Dann konzentrierte sie sich auf Alex.

»Wir kaufen nichts«, sagte sie forsch.

Sie wollte die Tür wieder schließen. Max räusperte sich.

»Sind Sie Frau Reiter?«, fragte er bestimmt.

Die Dame nickte. Argwöhnisch konzentrierte sich ihr Blick erneut auf Max. Er machte auf sie eindeutig den vertrauensvolleren Eindruck, denn langsam begann sie, die Tür wieder zu öffnen.

»Hauptkommissare Brandl und Spenninger. Kripo Kelheim«, sprach Max weiter und die beiden Männer zückten ihre Ausweise. »Könnten wir nach drinnen gehen? Wir haben ein paar Fragen an Sie.«

Seltsamerweise ließ sich Frau Reiter nur Alex' Ausweis geben und musterte sekundenlang das Foto. Dabei warf sie immer wieder skeptische Blicke auf den jungen Kommissar. Zögerlich gab sie den Ausweis zurück. Dann trat sie schweigend beiseite und ließ die beiden Herren passieren. Sie betraten eine große Eingangshalle, die mit hellen, rechteckigen Marmorplatten ausgelegt war. Zwei Treppen zogen sich an den Außenmauern entlang und vereinigten sich im ersten Stock zu einer Galerie, die vermutlich zum Schlaftrakt führte. Riesige Spiegel zierten die imposante Diele. Frau Reiter, die in einem eleganten blauen Hosenanzug steckte und einen stylischen Bob trug, führte sie in das Esszimmer. Außer dem offenen Kamin und einer weißen Ledercouch war der lichtdurchflutete Raum mit den imposanten Fensterfronten leer. Sie stellte sich an eine geöffnete Flügeltür, die in den Garten führte, und deutete den Männern an, sich auf das Sofa zu setzen. Alex hob abwehrend die Hände und lehnte sich an den Kamin. Max nahm Platz und versank unvermeidlich in den Tiefen der weichen Rolf-Benz-Couch.

»Wie kann ich Ihnen helfen, meine Herren?«, erkundigte sich Frau Reiter nun geschäftsmäßig kühl. »Ich habe wenig Zeit. Mein Mann ist gerade am Münchner Flughafen gelandet. Wir treffen uns gleich im Büro.«

»Gehören Ihnen die ›Reiter-Möbelwerkstätten‹?«, fragte Max.

Frau Reiter nickte sichtlich stolz. Dann jedoch wurde ihr Blick wieder ernst, fast ungeduldig.

»Wissen Sie, wo Ihr Sohn gerade ist?«, fragte Max vorsichtig.

»Der ist mit ein paar Freunden unterwegs«, antwortete die Frau zögerlich. »Ist ihm was passiert?«

Und da war sie wieder – die nackte Angst in den Augen der Angehörigen. Der Blick nach solchen Fragen war immer der gleiche. Das, was Max bald aussprechen würde, zog den Betroffenen jedes Mal von einer Sekunde auf die andere den Boden unter den Füßen weg.

»Darf ich ein Foto Ihres Sohnes sehen?«

Max war aufgestanden. Er ahnte, dass er einen sicheren Stand brauchte für das, was er der Mutter zu sagen hatte. Schweigend deutete sie auf ein einziges Foto, das auf dem Kaminsims stand, neben dem Alex lehnte. Der junge Kommissar warf einen Blick darauf. Schweigend nickte er Max zu. Der Tote war eindeutig Daniel Reiter.

»Wir haben die Leiche eines jungen Mannes gefunden«, sagte Max zögerlich. »Und wir müssen leider davon ausgehen, dass es Ihr Sohn ist.«

Alex hatte in Vorahnung bereits die Notruftaste auf seinem Handy gedrückt, um den Rettungsdienst zu informieren. Keine

Sekunde zu früh, denn Frau Reiter sackte soeben ohnmächtig in sich zusammen.

Frau Reiter war nicht mehr vernehmungsfähig. Nachdem der Notarzt aus der nahen Goldberg-Klinik eingetroffen war und die Erstversorgung abgeschlossen hatte, wurde sie auf der Trage in den Sanka geschoben. Man hatte ihr eine leichte Beruhigungsspritze gegeben. Etwas zu leicht, denn als sie wieder zu sich gekommen war, hatte sie geschrien wie am Spieß, um sich geschlagen und versucht, sich den Händen der starken Sanitäter zu entwinden.

Max und Alex waren beiseitegetreten und hatten den Arzt seine Arbeit machen lassen. Die beiden Kommissare wussten, dass ihnen ein weiterer schwerer Gang bevorstand: Herr Reiter würde in seinem Büro auf seine Frau warten. Ihn musste man auch über den Tod seines Sohnes in Kenntnis setzen. Max öffnete den obersten Knopf seines Flanellhemdes. Ein dicker Kloß steckte ihm im Hals. Zum zweiten Mal innerhalb einer Stunde musste er den Todesboten spielen. Wunderbar! Einfach wunderbar!

Als hätte Alex seine Gedanken gelesen, klopfte er ihm auf die Schulter und deutete an, das Haus zu verlassen. Hier würden sie heute sowieso nichts mehr ausrichten.

Der Sanka wendete vorsichtig und brauste davon. Nachdem Alex die Gartentür geschlossen hatte, blickten sich die beiden Männer um. Der Einsatz war nicht unbeobachtet geblieben. Einige Anwohner standen vor ihren Zäunen oder Einfahrten und steckten tuschelnd die Köpfe zusammen. Alex holte tief Luft, um einen Ausruf der Entrüstung von sich zu geben, wurde aber von Max durch einen Seitenhieb gebremst. Zielsicher steuerte er ein älteres Ehepaar an, das am Zaun des Nachbarhauses stand und mit großen Augen den Rücklichtern des Rettungswagens nachsah, der gerade um die Ecke bog.

Max zückte seinen Ausweis. »Sie kannten Daniel Reiter?«, wandte er sich an die Frau.

Die Dame riss die Augen auf. »Wieso *kannten*?«, rief sie entsetzt.

»Hier wird kein Film gedreht, Mütterchen«, merkte Alex trocken an. »Das ist das reale Leben. Daniel Reiter wurde heute Abend tot auf einem Schiff aufgefunden.«

Der Alte räusperte sich.

»Man soll ja nicht schlecht über Tote sprechen«, sagte er, »aber um den ist's nicht schad.«

Seine Frau stieß ihn in die Seite. »Adolf! Was sprichst denn?«

»Ist doch wahr, Mutti«, redete er unbeirrt weiter. »Der war doch von Beruf Sohn. Trieb sich immer mit obskuren Leuten rum. Fuhr dicke Autos, hatte einen Verschleiß an Frauen wie Richard Burton. Damit meine ich nicht nur den Alkohol, wenn Sie wissen, was ich meine.«

Er machte eine eindeutige Geste. Max warf Alex einen Seitenblick zu.

»Ich glaube, wir verstehen Ihre Andeutung.«

Dann forderte Max ihn wortlos auf weiterzuerzählen.

»Der Daniel verließ jeden Morgen gegen zehn Uhr das Haus. Das ist doch viel zu spät zum Studieren. Da ist der Tag doch schon rum. Er traf sich immer mit fünf so komischen Typen, die etwa in seinem Alter waren. Ich kenne die Gesichter genau. Wenn ich draußen stehe und was arbeite, legen sie immer die Schallplatte ›Mit 66 Jahren, da fängt das Leben an‹ in das Autoradio. Das machen sie immer mit Absicht, um mich zu ärgern. Daniel wusste, dass ich mit sechsundsechzig einen Herzinfarkt hatte. Beinahe wäre ich gestorben.«

»Muss aber ein abgefahrenes Radio sein, wenn da eine Schallplatte reinpasst.« Alex grinste.

»Mit den Mädchen sind sie nicht gut umgegangen«, ergänzte die Frau leise. »Wir haben einige von ihnen in den frühen Morgenstunden heulend davonlaufen sehen. Da wird's nicht gerade jugendfrei abgegangen sein. Heute haben die jungen Leute doch nichts anderes mehr im Kopf als Sex! Die müssen noch viel lernen! Man findet ja fast keine g'scheiten Männer mehr. Peter Alexander, Theo Lingen oder Gustav Knuth, ja, das waren noch Exemplare, aber …«

Mitten im Satz machte Alex auf dem Absatz kehrt und beendete damit das Gespräch. Max hastete nach einem kurzen Gruß hinterher und versuchte, mit seinem Kollegen Schritt zu halten.

»Was sollte das denn? Ein wenig freundlicher hättest schon sein können«, beschwerte er sich außer Atem, als sie ihre Autos erreicht hatten.

»Du weißt genau, wie sehr ich diese NATO-Auskünfte hasse«, schimpfte Alex und schlug wütend auf das Dach seines Wagens.

NATO war für Alex und Max die Bezeichnung für Gespräche, bei denen nichts herauskam: No actions, talk only.

»So ein dummes Geschwätz. Ich könnt kotzen. Schließlich ist ein junger Mensch zu Tode gekommen.«

»Du musst sie verstehen. Das sind schließlich alte Leute ...«, sagte Max beschwichtigend.

Alex hob fragend die Augenbrauen und öffnete die Fahrertür mit einem Ruck.

»Weißt was, Max? Ich habe keinen Bock mehr. Auf nichts und niemanden. Weder auf Lebende noch auf Tote. Keine zehn Pferde bringen mich heute noch einmal dazu, den Todesboten zu spielen. Nach so einem Scheißabend freue ich mich jetzt auf meine Radltour nach Riedenburg, nur um dort blöd auf der Bank am Kai zu sitzen und ein verdammtes Eis zu schlecken.«

»Das ist gegen die Dienstvorschrift«, warf Max hastig ein.

»Ich scheiß auf die Dienstvorschrift!«, fluchte Alex und schwang sich hinters Steuer. Er startete den Motor und fuhr mit lautem Motorgeheul davon.

»Das hätte man auch etwas netter formulieren können«, merkte Max trocken an, während er seinen Volvo 740 aufsperrte und sich psychisch darauf vorbereitete, Herrn Reiter die Todesnachricht – wider alle Vorschriften – allein zu überbringen

Als Alex sich seinem kleinen Eigenheim in Herrnsaal näherte, wurde sein Blick grimmig. Vor dem Haus stand das gelbe Postauto. So spät am Abend? Die junge Briefträgerin war dabei, ein Kuvert in den Schlitz zu werfen. Tief in Gedanken versunken betrachtete sie das Schriftstück in ihren Händen. Es schien, als sei sie nicht gewillt, es herzugeben. Alex verfluchte sich, nicht noch ein wenig getrödelt zu haben. Er wollte ihr nicht begegnen. Nicht nach dem heißen Quickie in seinem Auto. Als sie ihn erblickte, breitete sich ein versonnenes Lächeln auf ihren Lippen aus. Sie lehnte sich keck gegen den Zaun und wartete, bis er seinen Wagen abgeschlossen hatte und zu ihr hinübergegangen war. Sie spielte mit einer Locke ihres roten Haares, die sich aus ihrem Zopf gelöst hatte. Das Gelb ihrer Uniform passte nicht zu der weißen Haut. Alex fühlte sich unbehaglich. Er hätte nicht mit dieser Frau schlafen dürfen.

»Grüß dich«, hauchte die Briefträgerin und wollte ihn an der Schulter berühren.

Alex wich zurück und sah sie ausdruckslos an. Etwas verstört hielt sie ihm den Brief unter die Nase.

»Ich bin noch nicht so lange hier auf dieser Route eingeteilt und habe heute Morgen wahrscheinlich vergessen, das Kuvert bei dir einzuwerfen. Kann passieren. Der hier ist schon wieder von diesem geheimnisvollen Absender. Steht nichts drauf, aber ich vermute, dass ihn eine Frau verschickt hat, oder? Das riech ich an dem Parfum. Ist schon der zweite die Woche. Ich wollte ihn eigentlich einwerfen, aber wenn ich dich persönlich treffe, kann ich ihn dir auch so geben.« Sie schaute verlegen zu Boden. »Übrigens … das im Auto mit dir vor zwei Wochen war sehr schön …«

Doch als Alex ihr den Brief aus den Händen nahm, hörte er ihr schon nicht mehr zu. Traurig, ja fast verzweifelt zerknüllte er den Umschlag und schob sich an der jungen Frau vorbei. Mit einem lauten Knall ließ er das Gartentürchen hinter sich zufallen. Die Postbotin ließ er wortlos stehen. Den zerbeulten Brief an sein Herz gedrückt, schloss er die Tür auf und entfloh in sein Zuhause, um ihre Nachricht zu lesen. An die Innenseite der Haustür gelehnt, riss er mit zitternden Fingern den Umschlag auf. Der Duft ihres Parfums verbreitete sich in der kleinen Diele. Alex schloss die Augen. Er hatte so das Gefühl, in ihrer Nähe zu sein, sie zu berühren. Er spürte Tränen in seinen Augen. Mit einer hastigen Bewegung wischte er sie weg. Er entfaltete das Blatt, dessen Worte er bereits kannte:

Es ist jetzt genau zwei Jahre her … Ich kann es einfach nicht vergessen. Du weißt, dass ich dich immer dafür hassen werde. Gleichzeitig aber sehne ich mich so nach dir, dass mir das Atmen schwerfällt. Ich habe das Gefühl, ohne dich ersticken zu müssen. Ich liebte euch beide so sehr, dass es mir das Herz zerriss …

Alex schluchzte laut. Er fuhr sich durchs Haar.

»Warum?«, rief er. »Warum nur?!«

Er holte tief Luft und schlug mit der Faust gegen die Haustür. Dann trottete er in sein Schlafzimmer. Dort zog er die erste Schublade seiner Kommode auf. Den Brief ließ er langsam in die Kiste gleiten, in der die vielen anderen Briefe von *ihr* ruhten. Die Lust am Radfahren war ihm nun endgültig vergangen.

4

Am Mittwochmorgen in der Dienststelle in Kelheim

Gegen acht Uhr morgens erschien Alex im Revier. Er marschierte grußlos an seinen Platz, schmiss die Jeansjacke über die Lehne und ließ sich auf seinem Stuhl nieder. Max lugte hinter seinem Monitor hervor.

»Ich wünsch Ihnen auch einen guten Morgen, werter Kollege. Und? War die Strecke nach Riedenburg sehr *kurvig*?«

Er formte einen rundlichen Frauenkörper in die Luft.

»Nein, ich bin nimmer g'fahrn. War gestern schon zu spät«, murmelte Alex.

Max warf Alex einen Aktenordner auf den Schreibtisch.

»Heute Vormittag kommt Herr Reiter in die Pathologie nach Erlangen, um die Leiche seines Sohnes zu identifizieren.«

Alex machte durch ein grummelndes »Mm« bemerkbar, dass er verstanden hatte.

»Gestern hab ich ihn abgefangen«, sprach Max unbeirrt weiter. »Er wollte gerade ins Büro gehen, als ich auf den Hof fuhr. Ich sag's dir, das ist ein Betrieb. Vom Allerfeinsten. Hightech, dass du mit den Ohren schlackerst. Da kann der Schreier von nebenan zusperren.«

Weil Alex nicht reagierte, sondern stumm auf den Bildschirm starrte, berichtete Max weiter.

»Herr Reiter hat im Gegensatz zu seiner Frau sehr gefasst auf den Tod seines Sohnes reagiert. Es schien, als hätte er damit gerechnet, dass dem Junior irgendwann so etwas passiert. Er wusste von Drogenpartys und Sexorgien zu berichten, an denen junge Mädchen eher unfreiwillig als gerne teilnahmen. Ihm seien die Hände gebunden gewesen, erklärte er. Er hätte ihm mit Vergnügen den Geldhahn zugedreht, aber der Bub stand unter dem besonderen Schutz seiner Frau. Ist wohl seine zweite Ehe. Seine Frau hat den

Sohn mitgebracht. Er selbst hat keine leiblichen Kinder. Daniel sollte einmal das Erbe seines Stiefvaters übernehmen.«

Alex zeigte keinerlei Reaktion. Max kratzte sich am Kopf und entfernte einen gelben Post-it-Zettel vom Monitor. Darauf hatte er fünf Namen gekritzelt.

»Gegen elf Uhr habe ich die fünf Freunde bestellt.«

»Kommt die Autorin Enid Blyton auch zum Treffen?«, fragte Alex trocken.

Max runzelte die Stirn.

»Bist du ein Aff! Ich spreche von Daniel Reiters fünf Kumpanen. Sein Vater hat mir die Namen gestern diktiert. Es dauerte eine Weile, bis ich heute Morgen alle erreicht hatte. Anscheinend schliefen sie ihren Rausch aus. Die waren wirklich entsetzt, als ich ihnen vom Tod ihres Freundes erzählt hab.«

In diesem Moment klopfte es und Sissi Peintinger, die Sekretärin, steckte ihren Kopf herein.

»Der Vater von Daniel Reiter wär in etwa einer Stunde in der Patho. Wer von euch fährt nach Erlangen?«

Wortlos sprang Alex auf und ging zur Tür. Max lächelte. Ja, so war er, sein Kollege. Still und muffelig, aber ein super Typ! Alex wusste, dass Max Leichenbeschauungen hasste. Also übernahm Alex diese Aufgabe, obwohl Max gerade den Eindruck hatte, sein Kollege hätte ihm überhaupt nicht zugehört.

»So kann man sich in einem Menschen täuschen«, meinte Max und biss in sein Salamibrot, das seine Gisela so liebevoll für ihn zubereitet hatte.

Die Fahrt nach Erlangen verlief ohne größere Staus. Eine Stunde später betrat Alex die Pathologie. Herr Reiter wartete bereits in der Eingangshalle auf ihn. Nach einer kurzen Begrüßung und Beileidsbekundung führte Alex Herrn Reiter zum Aufzug, der die beiden in den Keller beförderte. Merklich wurde es kühler, als die Männer den Lift verließen. Es war Mitte Mai und dafür recht heiß, doch nach hier unten schien niemals ein Lichtstrahl durchzudringen.

Schweigend führte Alex den Vater durch einen langen Gang auf eine Glastür zu, die mit einem Knauf versehen war. Alex drückte auf den Klingelknopf und wartete. Er schaute Herrn Reiter ausdruckslos an. Dieser blickte zu Boden. Er schluckte schwer. Herr Reiter musste etwa Anfang sechzig sein. Seine schwarzen Haare waren mit grauen Strähnen durchzogen. Für sein Alter wirkte er sehr sportlich und adrett. Er trug einen grauen Boss-Anzug und ein weißes Hemd. Alex verwunderte es nicht, dass es ihm gelungen war, seine deutlich jüngere Frau für sich zu interessieren. Der Mann hatte eine gewisse Ähnlichkeit mit Jogi Löw.

Die Tür der Gerichtsmedizin wurde geöffnet und der leitende Pathologe Dr. Bernhard Zierer steckte seinen Kopf heraus. Er begrüßte Alex mit einem stummen Nicken. Dann reichte der Gerichtsmediziner Herrn Reiter die Hand zum Gruß und bat die beiden, ihm zu folgen. Gezielt ging er auf eine Schiebetür aus Edelstahl zu, die er mit einem Ruck aufzog. Herr Reiter wankte, als er den Leichnam auf dem metallenen Tisch entdeckte. Die Farbe war ihm völlig aus dem Gesicht gewichen. Bleich betrat er den in Türkis gefliesten Raum. Dr. Zierer positionierte sich am Kopfteil der Bahre und wartete, bis Herr Reiter an den Tisch getreten war.

Geschockt und am ganzen Körper zitternd, streiften seine Augen über das grüne Baumwolltuch, das den Leichnam verdeckte. Dr. Zierer warf Alex einen Blick zu. Der nickte stumm. Dann hob der Gerichtsmediziner das Tuch an und entblößte das Gesicht des Jungen. Die Augen des Vaters füllten sich mit Tränen. Er senkte den Kopf.

»Ja, das ist mein Stiefsohn Daniel«, schluchzte er leise.

Dann hob er seine Hand und strich dem Buben über die Wange. Alex schluckte und schaute zur Decke. Keiner sollte sehen, dass ihm solche Momente an die Nieren gingen.

»Ich wäre jetzt gerne mit meinem Jungen allein …«, murmelte der Vater, während er den Blick auf Daniels Gesicht gerichtet hielt.

Alex räusperte sich. »Natürlich … Ich warte draußen auf Sie«, sagte er leise.

Dann gab er Dr. Zierer das Zeichen, ihm zu folgen.

»Horch amal! Meine Untersuchungen bestätigen meine gestrige Vermutung: Tod durch Einblutung des Herzbeutels, verursacht durch eine millimetergroße Einstichstelle durch die linke Brust«, ratterte der Doktor in seinem unverkennbaren Fränkisch nach dem Schließen der Schiebetür los. »Ich vermute, mit einer dünnen Feile oder einem kleinen Dolch. Da die Wunde sehr klein war, tröpfelte das Blut nur sehr langsam in den Beutel ein, sodass es eine Zeit lang dauerte, bis die Blutansammlung die Herztätigkeit vollends lähmte. Auf dem Weg vom Kloster bis zum Schiff muss er ein paar Mal ohnmächtig geworden sein.«

»Tod durch einen Stich mitten ins Herz?«, fragte Alex stutzig. »Kommt mir bekannt vor. Aber ich komm verdammt noch mal nicht drauf, woher?«

»Gräm dich nicht«, antwortete Dr. Zierer beruhigend. »Die Sisi war's.«

»Welche Sisi?«, fragte Alex verwirrt. »Unsere Peintinger?«

»Aber nein! Doch nicht eure Sekretärin. Ich sprech von der Kaiserin von Österreich. Unsere Elisabeth von Bayern.«

»Was hat Romy Schneider mit Daniel Reiter zu tun?«

Dr. Zierer schüttelte resigniert den Kopf.

»Nix, Brandl. Überhaupt nix. Du hast wirklich keine Ahnung von Dramatik. Die Kaiserin von Österreich befand sich auf einem Spaziergang in Genf, als sich der italienische Anarchist Luigi Lucheni auf sie stürzte und ihr eine zugespitzte Feile mitten ins Herz bohrte. Er hatte sich das Ding wenige Stunden zuvor besorgt. Eigentlich wollte er den Prinzen Henri Philippe d'Orléans ermorden. Weil der aber kurzerhand seine Reisepläne geändert hatte und nicht nach Genf gereist war, beschloss Lucheni, unsere Sisi zu ermorden. Der Einstich war so klein, dass er zunächst nicht bemerkt wurde. Elisabeth dachte, ein Fausthieb habe sie zu Fall gebracht. Deshalb erhob sie sich wieder und spazierte zum Schiff zurück. Erst an Bord brach die Kaiserin endgültig zusammen und starb.«

Dr. Zierer verdrehte dramatisch die Augen und tat so, als wolle er zusammenbrechen.

»Warum kennst du dich mit dem Frauenschmarrn so aus, Zierer?«, hakte Alex argwöhnisch nach. »Ein wenig graut mir vor dir, wenn ich ehrlich bin.«

Der Doktor lachte und klopfte ihm auf die Schulter.

»Ich habe über den Fall promoviert und war seinerzeit oft in Wien. Deshalb kenne ich mich da ziemlich gut aus.« Dann winkte er Alex nahe an sich heran.

»Ich sag's dir«, flüsterte er. »Daniel Reiter hatte eine Leber wie ein alter Säufer. Der war ein Gewohnheitstrinker. Im Blut stellten wir erhebliche Mengen an Alkohol fest.«

Alex wollte schon wortlos gehen, als ihn Dr. Zierer zurückhielt.

»Horch! Wart noch kurz! Ich hab noch was gefunden, was dich sicher interessiert.«

Dr. Zierer lächelte geheimnisvoll.

»Kurz vor seinem Tod dachte der Kerl wohl, er könne seinen Dödel zum Einsatz bringen. Er war bestens darauf vorbereitet. Aber wie heißt es so schön: Satz mit x, war wohl nix. Der Kerl kam nicht zum verhofften Schuss. Trotz der Unmengen von Stimulanzien. Der hatte tausendprozentig mit seinem Megaständer zu kämpfen.«

Alex war ganz Ohr.

»Wie Stimulanzien? Wie Ständer?«, fragte er verwundert.

»Na, den Ständer, den er wegen des Viagras hatte«, erklärte der Arzt.

»Daniel Reiter hatte sich Viagra eingeworfen?«, rief Alex fassungslos. »Welches krumme Gurkerl braucht denn so was?«

»Ich denke, dass das solche Typen sind, denen das Testosteron nicht gleich aus den Augen springt. Oder er wollte einen absoluten Flash beim Geschlechtsakt erleben. Wer weiß.«

Alex schüttelte den Kopf. Wahnsinn!

Jetzt spielte Dr. Zierer seinen letzten Trumpf aus.

»Horch!«, sagte er. »Im Blut des Burschen habe ich organische Nitride gefunden.«

Alex hob fragend die Brauen.

»Sagt dir ›Poppers‹ etwas? Die Droge gibt's seit einiger Zeit. Vertrieben wird sie in üblicherweise in Sex-Shops. Bei Inhalation steigert es die sexuelle Lust. Es kommt zur Entspannung der kleinen Blutgefäße des Herzens, was zu einem Blutdruckabfall bei erhöhtem Puls und einer Leistungsabnahme der linken Herzvorkammer führt. Der Abfall des Blutdrucks dauert maximal dreißig Sekunden.

Nach circa zwei Minuten ist der Blutdruck wieder normal. Poppers wird eine schmerzhemmende Wirkung zugeschrieben, weshalb es in der Schwulenszene sehr beliebt ist. Es wird vor dem Analverkehr konsumiert, um den Schließmuskel zu entspannen und eventuellen Verkrampfungen und auftretenden Schmerzen vorzubeugen. Aber nicht nur Homosexuelle schwören drauf. Auch ›Normalverkehrende‹ helfen mit dieser Droge gerne nach. Es bewirkt eine Entspannung der kompletten Muskulatur. Ist aber nicht ungefährlich. Eine Überdosierung kann zum Abfall des Blutdrucks, einem Kreislaufkollaps bis hin zum Schock führen. Es scheint, als habe Daniel Reiter Poppers nicht nur inhaliert, sondern auch geschluckt. Und jetzt kommt's: Poppers kann auch als Aphrodisiakum wirken. Vorher hemmungslose Lust, dann trauriger Exitus, denn Poppers und Viagra dürfen niemals gemeinsam konsumiert werden, da beides blutdrucksenkend wirkt.«

Dr. Zierer sah Alex triumphierend in die Augen. Der junge Kommissar schüttelte den Kopf.

»Willst du damit sagen, dass der Kerl sich Viagra eingeworfen und zudem ein Aphrodisiakum geschluckt hat, das zu seinem Tod führte?«

Der Doktor nickte.

»Leck mich am Arsch!«, rief Alex aus. »Wollte sich Daniel Reiter einen ganzen Harem vornehmen?«

Dr. Zierer zog eine Augenbraue nach oben.

»Das erklärt auch, dass er sich diese greislige Tätowierung in die Brust ritzen ließ. Es muss kurz vor seinem Tod passiert sein. Die Spuren sind etwa drei Millimeter tief. Normalerweise ist das sehr schmerzhaft, denn das Kreuz ist nicht gerade klein.« Er deutete mit seinen Fingern eine etwa zehn Zentimeter große Tätowierung an. »Ganz sicher wurde sie nicht von einem Profi gemacht. Alles weist eher auf einen Stümper hin. Ich gehe davon aus, dass das mit demselben Gegenstand gemacht wurde, der ihm später ins Herz gerammt wurde. Aber wegen des Alkohols und Poppers wird Daniel wenig davon gespürt haben. Ich glaube sogar, dass er diesen Vorgang überhaupt nicht bemerkt hat.«

Alex pfiff durch die Zähne.

»Wer bringt einen Kerl wie Daniel dazu, solches Zeug wie Poppers zu inhalieren und letztendlich zu verschlucken? Und was soll das Viagra? Für mich ergibt das keinen Sinn.« Alex zögerte, bevor er weitersprach. »Der Kerl war doch nicht schwul, oder?«

Der Doktor lachte.

»Das ist jetzt wohl dein Job, das herauszufinden«, sagte er großkotzig. »Ich habe meine Arbeit – wie immer – professionell erledigt.«

Alex wartete eine knappe Viertelstunde vor der Gerichtsmedizin, bis Herr Reiter sichtlich abgeschlagen durch die Tür schritt. Er war leichenblass, die oberen Knöpfe seines weißen Hemdes standen offen.

Alex räusperte sich. »Unser Pathologe hat den Leichnam für die Bestattung freigegeben …«, sagte er.

Herr Reiter nickte. Seine Augen starrten ins Leere. Dann atmete er tief ein.

»Ich muss nach Hause … Meine Frau … Sie liegt noch immer in der Goldberg-Klinik«, stammelte er.

»Soll ich Sie nach Kelheim mitnehmen?«, fragte Alex vorsichtig. »Mein Wagen steht vor der Tür.«

Herr Reiter schüttelte den Kopf.

»Nein danke. Ich komme schon zurecht.«

Dann nickte er dem Kommissar noch einmal zu und trottete auf den Aufzug zu.

5

Am Mittwoch gegen Mittag in der Dienststelle in Kelheim

Als Alex kurz nach seiner Rückkehr zur Dienststelle in Kelheim Richtung Büro ging, hörte er Max laute Flüche ausstoßen. Mit hochrotem Gesicht kam dieser aus dem Zimmer herausgestürmt und fuchtelte wild gestikulierend in der Luft herum. Das karierte Flanellhemd war ihm aus der beigen Bundfaltenhose gerutscht, das Haar stand ihm ungekämmt zu Berge. Wütend kickte er einen seiner Gesundheitslatschen vom Fuß und sprang ihm dann einbeinig hinterher, um ihn wieder anzuziehen.

Alex blieb verwundert im Gang stehen. Als Max seinen Kollegen erspähte, stürzte er auf ihn zu.

»Ja, glauben die fünf denn, die könnten mich verarschen?«, schrie er. »Seh ich wirklich so dämlich aus?«

Dann hielt er ihm ein Blatt Papier unter die Nase. Es zeigte das Porträt einer jungen Frau. Alex kannte das Motiv. Aber woher?

»Die fünf Freunde haben eine Meise, wenn du mich fragst«, rief Max wutentbrannt.

»Jetzt beruhig dich, Max«, mahnte Alex. »Was ist denn passiert?«

»Das kann ich dir schon sagen. Ich hatte jemanden aus der Fahndung herbestellt. Der hat aufgrund der Angaben der fünf ein Phantombild der Unbekannten erstellt. Und das ist dabei rausgekommen.«

»Darf ich vorstellen, werter Kollege Brandl, das ist Michelangelos Madonna aus dem ›Jüngsten Gericht‹«, sagte Max theatralisch, während er zwischen der Zeichnung und Alex hin- und herschaute. »Und diese Madonna machte sich anscheinend die Mühe, den weiten Weg von Rom bis hierher auf sich zu nehmen, um Daniel Reiter umzubringen.«

Wütend warf Max das Papier auf den Boden. Alex bückte sich und hob es wieder auf. Pfeilgrad! Schüchtern und den Oberkörper leicht abgeneigt, blickte ihn Michelangelos Madonna aus der Sixtinischen Kapelle an. Es war die Gestalt der Mutter Gottes. Das lange Haar fiel über den wohlgeformten Körper.

»Die fünf Kerle behaupten wirklich, dass Daniel Reiter in Begleitung von Maria, der Mutter Jesu, war?«, fragte Alex fassungslos.

»Ja!«, rief Max aufgebracht. »Bitte führ du das Verhör weiter, sonst zerreiß ich die fünf Zeugen in der Luft.«

Bewaffnet mit dem Phantombild, betrat Alex dicht gefolgt von Max das Zimmer, in dem die fünf Männer gelangweilt auf ihren Stühlen saßen. Daniel Reiters Nachbarn hatten die Kerle trefflich beschrieben. Es waren Burschen, die in ihrem Leben scheinbar noch niemals hart arbeiten mussten. Die Markenklamotten hingen an den sportlich durchtrainierten Körpern, die Haare waren modisch frisiert. An der großkotzigen Haltung erkannte man ihre Arroganz. Als sie Alex im Türrahmen bemerkten, rutschten sie in eine senkrechte Position.

Sein Gesichtsausdruck war alles andere als freundlich. Wortlos ging er zum Tisch und knallte die Zeichnung darauf. Dann verschränkte er die Arme vor der Brust und sah den fünfen schweigend ins Gesicht. Sekundenlang herrschte eine unangenehme Stille. Unsicher rutschten die Männer auf ihren Stühlen herum und blickten sich an. Dann begann sich einer zu räuspern.

»Wir haben Ihrem Kollegen bereits alles erzählt«, sagte er. »Wir schwören, dass die Frau, die Daniel in Weltenburg aufgegabelt hat, wirklich so ausgesehen hat.«

Alex zog die Brauen zusammen. Der Zeuge schaute betreten zu Boden.

»Das ist Matthias Berger«, informierte Max, der sich gegen das Fensterbrett gelehnt hatte. »Er stammt ebenfalls aus Kelheimwinzer und war mit dem Toten seit früher Kindheit befreundet.«

Alex verzog keine Miene. Dann hob er betont lässig einen Stuhl hoch und ließ sich den fünfen gegenüber nieder. Er lehnte den Oberkörper nach vorn und stützte die Ellbogen auf die Knie. Die Freunde beobachteten mit angehaltenem Atem jede seiner Gesten. Plötzlich sprang einer auf und positionierte sich breitbeinig.

»Können wir jetzt endlich gehen? Das hier langweilt mich zu Tode«, bellte er.

Alex lachte gekünstelt und schaute zu Boden. Dann richtete er seinen Oberkörper auf und fixierte den jungen Mann mit bitterböser Miene.

»War in Weltenburg wahrscheinlich etwas lustiger als hier, oder?«, fragte Alex, ohne dabei seine Ablehnung verbergen zu können. »Es tut uns leid, wenn wir Ihnen hier nicht die nötige *Action* bieten können.«

Der junge Mann stemmte die Hände in die Taille.

»Wir haben Ihrem Kollegen doch schon alles erzählt«, raunzte er. »Kurz nachdem wir den Klosterhof betreten und einen Platz gefunden hatten, tauchte diese Frau auf. Auf dem Kopf trug sie genau so einen Schleier wie die Madonna. Ich meine jetzt nicht die Sängerin, sondern die Mutter Jesu. War 'ne ziemlich scharfe Braut, das sag ich Ihnen. Die ist zielsicher auf Daniel zugegangen und hat ihm etwas ins Ohr gehaucht. Daniel ist aufgestanden und hat ihr an die Möpse gefasst. Mann, war das geil, da zuzusehen! Daniel war ja kein Kind von Traurigkeit, aber bei der ging er so richtig ab. Die hat sich ein wenig zickig benommen, wollte sich nicht küssen lassen. Die hat sich seinen Armen sprichwörtlich entwunden. Darauf fuhr der Daniel voll ab, ich sag's Ihnen! Die beiden sind dann verschwunden. Was sie wo getrieben haben, wissen wir nicht. Daniel kam allein zurück. Wirkte zugedröhnt. Sprach kein Wort mehr, sondern grinste nur noch. Wir dachten, er hätte ne heiße Nummer mit der Braut geschoben.«

Max schüttelte den Kopf.

»Ein Quickie? So nahe beim Kloster? Ja, seid's ihr denn noch bei Trost? Ich geh doch nicht mit einer Wildfremden um die Ecke und tausche vor der Kirche mit ihr Körperflüssigkeiten aus, oder Alex?«

Seltsamerweise antwortete sein Kollege nicht darauf.

»Da hab ich ja genau den Richtigen gefragt«, ereiferte sich Max und faltete theatralisch die Hände.

»Alle Heiligen im Himmel, vergebt ihnen, denn sie wissen nicht, was sie tun«, betete er. »Als Wiedergutmachung für diese ungezügelte Jugend von heute fahre ich gleich morgen nach Frauenbründl bei Bad Abbach und zünd in der Kapelle ein Kerzerl an.« Max schüttelte den Kopf. »Also, so eine Schande!«

Alex konzentrierte sich wieder auf den jungen Mann. Durch diese Aussage war die Vermutung vom Tisch, dass Daniel Reiter schwul war. »Daniel hat diese Madonna schon vorher gekannt«, sagte er. »Da bin ich mir hundertprozentig sicher. Die beiden waren dort verabredet. Wer hatte die Idee, nach Weltenburg zu fahren, so mitten unter der Woche?«

Der junge Mann verdrehte die Augen.

»Das haben wir auch schon zu Protokoll gegeben. Der Vorschlag kam von Daniel. Er lud uns nach Weltenburg ein. Zum Feiern haben wir immer Zeit. Daniel hat bezahlt. Sein Alter hat Kohle wie Heu. Der kann schon mal was springen lassen.«

Alex hakte nach, indem er nach dem Phantombild griff und es lange betrachtete.

»Und die Frau hat genauso ausgesehen?«

»Verdammt noch mal, ja!«, echauffierte sich der junge Mann und stampfte auf den Boden.

Alex stand auf, legte die Zeichnung auf den Tisch und verließ wortlos den Raum. Max ließ er wie einen begossenen Pudel stehen.

»Typisch Alex!«, wetterte Max. »Mitten im Verhör haut er ab!« Er schüttelte den Kopf. Dann ging er auf die geöffnete Tür zu und deutete den Männern mit einer Geste an, dass das Verhör beendet war.

»Momentan haben wir keine weiteren Fragen mehr. Bitte halten Sie sich zu unserer Verfügung. Auf Wiedersehen.«

Sichtbar erleichtert sprangen die Kerle auf und eilten aus dem Zimmer. Nur einer blieb zurück. Es war Matthias Berger. Ihm schien noch etwas auf dem Herzen zu liegen.

»Ich frag mich immer wieder, wieso es den Daniel getroffen hat«, stammelte er leise. »Ich hab mir deswegen schon das Hirn zermartert. Aber ich habe diese Frau vorher noch nie gesehen. Die hatte es auf Daniel abgesehen, warum auch immer. Und er fuhr voll auf sie ab. Wissen Sie, Herr Spenninger, vielleicht war die Madonna ein himmlisches Zeichen. Weil wir mit Frauen nicht gerade zimperlich umgehen, wenn Sie wissen, was ich meine. Und was ist, wenn das Mädel die richtende Instanz Gottes war, die jeden von uns heimsucht, um uns zu bestrafen?«

Dann senkte er den Kopf und schlich aus dem Zimmer.

Na bravo, dachte Max. Ich zünd lieber fünf Kerzerl an. Wer weiß, wozu's hilft.

Alex war geradewegs zur Spurensicherung gegangen. Er spürte instinktiv, dass da was faul war. Sich mit einer Frau zu verabreden, um dann Sex zu haben, war nichts Ungewöhnliches. Dass man sich aber etwas spritzen lässt, inhaliert oder gar schluckt, muss gut vorbereitet gewesen sein und basierte auf einer gewissen Form von Vertrauen. Und was hatte diese verdammte Tätowierung auf der Brust zu bedeuten? Daniel musste seine Mörderin, die unbekannte Madonna, also gekannt haben. Aber woher? Vor der Tür, die zur SpuSi führte, hielt er kurz inne. Er atmete tief ein und betrat den Gang. Rechts und links befanden sich Büros, geradeaus waren die Labore untergebracht. Zielsicher steuerte er darauf zu.

»Ja, wer kommt denn da? Der Alex Brandl«, sagte Irene, die gerade in ein Mikroskop schaute, ohne aufzublicken. »Hab dich an deinem After Shave erkannt, Tiger.«

Alex zögerte. Warum war Irene so nett zu ihm? Da war doch was faul. Sie blickte auf.

»Ich hab was für dich. Komm mal her«, gackerte sie.

Irene winkte ihn heran. Als Alex direkt neben ihr stand, atmete sie tief ein, stand auf und griff ihm an die Brust.

»Du riechst so gut, Tiger«, sprach sie mit verführerischer Stimme. »Ich reiß mir gleich die Kleider vom Leib.«

Während Alex die Augen verdrehte, ließ sie sich wieder auf ihren Drehstuhl fallen, stieß sich zurück und lachte schrill auf. Dann überließ sie Alex das Feld. Er beugte sich hinunter und lugte durch das Okular. Ein langer Faden mit dunklen Streifen kam zum Vorschein. Alex blickte auf und runzelte die Stirn.

»Keine Angst, mein Lieber.« Irene grinste breit. »Ich habe keinen Regenwurm getötet. Das, was du hier siehst, ist das Haar, das ich an Daniel Reiters Poloshirt gefunden habe.«

Alex wurde hellhörig.

»Ich weiß, dass deinem Beuteschema eher blonde, vollbusige Frauen mit Wespentaille und langen Beinen wie Barbie entsprechen.

Der *natürliche* Typ Frau also. Die hier hätte bei dir wahrscheinlich keine Chance gehabt.«

Sie griff nach dem Beutel, in dem sie das Haar vom Tatort hinterlegt hatte.

»Plastik. Hundert Prozent Plastik. Also nicht echt.«

Irene fuchtelte damit in der Luft herum. Alex machte große Augen.

»Die Dame der Begierde trug eine Perücke?«, fragte er verblüfft.

Irene nickte.

»Kein billiges Modell. Aber auch nicht zu teuer. Es stammt wohl aus Asien. Bei ebay kannst du diese Dinger scharenweise für etwa zwanzig Euro ersteigern. Ergo gibt es auch keine verwertbaren DNA-Spuren. Wie es aussieht, seid ihr auf der Suche nach einer unbekannten Dame in der Verkleidung einer Madonna, die eine schwarze Langhaarperücke trägt.«

Max saß bereits glücklich vor dem heutigen Tagesgericht Hähnchenbrust in Curry, als Alex die Kantine betrat. Alex schnappte sich ein Tablett, orderte eine große Tasse Cappuccino und gesellte sich zu seinem Kollegen.

Max beobachtete, welch große Anziehungskraft Alex besaß. Besonders aufs weibliche Geschlecht. Sobald er an den langen Tischen vorbeischlenderte, bekleidet mit seinem schwarzen Hemd, das wie gewohnt weit offen stand, und der lässigen Jeans, warfen ihm die Kolleginnen schmachtende Blicke hinterher. Max hatte einmal gemutmaßt, mit wie vielen Alex bereits intimere Bekanntschaft gemacht hatte.

Obwohl etwa zehn Frauen gleichzeitig um seine Aufmerksamkeit buhlten, würdigte Alex sie keines Blickes. Er steuerte auf Max zu und ließ sich auf den Stuhl plumpsen.

»Wie kann man mit einer Frau ins Bett gehen und sie dann so ignorieren?«, murmelte Max und schüttelte den Kopf. Dann besah er sein Hühnchen und stellte zufrieden fest: »Lieber ein gerupftes Hühnchen auf dem Teller als ein Häschen im Bett. Das ist unkomplizierter.«

Genussvoll steckte er sich einen Bissen zwischen die Backen. Alex nippte an seinem Getränk und schaute Max tief in die Augen. Der unterbrach sein Kauen.

»Is was passiert?«, erkundigte er sich.

Kleine Brocken des Hühnchens fielen aus seinem Mund und geradewegs auf den Tisch. Alex zog die Nase kraus.

»Mensch Max! Das ist ja ekelhaft!«

Er schnappte sich Max' Serviette und beförderte damit die kleinen Essensreste auf den Boden.

»Warum schaust denn auch so blöd«, verteidigte sich Max. »Gibt's etwa was Neues?«

»Unsere Madonna hatte eine Perücke auf«, informierte Alex. »Wie es scheint, haben wir außer dem nichts in der Hand.«

Enttäuscht ließ Max die Gabel sinken.

»Ist das wirklich alles?«, fragte er.

Alex nickte.

»Ich habe die SpuSi zu den Reiters geschickt«, antwortete er. »Die soll dort Daniels Zimmer auf den Kopf stellen, Computerdaten checken. Sein Handy ist spurlos verschwunden. Alle Ortungsversuche waren vergebens. Ich bin felsenfest davon überzeugt, dass der Kerl seine Mörderin kannte. Und weil ich nicht glaube, dass sich niemand an ein madonnenhaftes Wesen mit einer schwarzen Perücke erinnern kann, fahre ich jetzt nach Weltenburg. Irgendjemandem muss sie doch aufgefallen sein.«

Max leckte sich die Lippen. Die Vorstellung, nach dem Essen ein kühles Weltenburger Dunkles zu trinken, fand er einfach sensationell.

»Tut mir leid, dich enttäuschen zu müssen, aber du besuchst Frau Reiter im Krankenhaus«, sagte Alex, als hätte er seine Gedanken gelesen. »Vielleicht weiß sie etwas über die weiblichen Bekanntschaften ihres Sohnes zu erzählen. Wie es scheint, hatte sie das engere Verhältnis zu Daniel.«

Max war enttäuscht. Seine Mundwinkel zogen sich verräterisch nach unten. Mit einem Achselzucken erhob sich Alex und marschierte auf die Tür zu. Dort angekommen, drehte er sich noch einmal um.

»Hey, Max!«, rief er durch den Raum. »Wie war das gleich noch mal: ein Weltenburger Barock Dunkel, oder?«

Max grinste. Alex wusste einfach, wovon echte Männer träumten.

6

Am frühen Mittwochnachmittag vor der Goldberg-Klinik in Kelheim

Max parkte auf dem Besucherparkplatz des Krankenhauses und stand vor scheinbar tausend Stufen, die zum Haupteingang hinaufführten. Unsicher blickte er nach oben. Ganz beiläufig schielte er zum gläsernen Aufzug hinüber. Schließlich drehte Max ab und schlenderte darauf zu.

Also, wenn das Krankenhaus so viel Geld für einen Lift in die Hand genommen hat, sollte er auch benutzt werden. Natürlich nur, um die immensen Anschaffungskosten zu rechtfertigen, redete er sich ein und drückte auf den Knopf.

Die Türen öffneten sich und gaben den Weg frei. Max hielt die Luft an. Hier drinnen waren Raucher gewesen. »Schade um das schöne Mittagessen«, grummelte er, weil sich in seiner Nase langsam der Gestank der ätzenden Substanz breitmachte, wo vorher der Duft des zarten Curryhähnchens gehaftet hatte.

Max stürzte so überhastet aus dem Aufzug, dass er beinahe eine ältere Dame im Rollstuhl überrannt hätte. Er entschuldigte sich überschwänglich und machte sich von dannen.

»Raucher! Mörder! Umweltverschmutzer!«, rief ihm die Frau nach, während sie in den Lift rollte und drohend die dürren Ärmchen hob.

»So eine Frechheit! Diesen Schuh ziehe ich mir nicht an«, verteidigte sich Max und drehte sich erbost um. »Ich bin der personifizierte Raucherschreck. Mir steigt schon übel auf, wenn ich nur an den Geruch denke.«

Die Seniorin fauchte noch einmal kurz in seine Richtung, bevor sich die Türen des Lifts schlossen, um sie nach unten zu transportieren.

Brummelnd marschierte Max durch die geöffnete gläserne Schiebetür des Eingangsbereichs und blickte sich suchend um. Am

Empfang teilte man ihm mit, dass Frau Reiter in der Neurologischen Abteilung untergebracht war. Max nahm erneut den Aufzug und fuhr in den vierten Stock hinauf. Die Schwestern nannten ihm Frau Reiters Zimmernummer. Max klopfte leise an die Schiebetür, bevor er sie öffnete. Die Frau lag alleine in dem großen Raum. Sie starrte zum Fenster hinaus. Weil Max sicher war, dass sie ihn nicht gehört hatte, räusperte er sich leise. Sie drehte ihm den Kopf zu, schaute aber durch ihn hindurch.

Max trat ans Bett heran. Frau Reiters schwarze Haare hingen in Strähnen vom Kopf herab. Ihr Gesicht war bleich, die geröteten Augäpfel verrieten, dass sie viel geweint hatte. Sie trug ein weißes, kurzärmliges Nachthemd mit Spitze am Dekolleté. Müde benutzte sie den Handgriff, der über ihrem Kopf baumelte, und setzte sich auf. Jetzt erst sah sie Max direkt an.

»Guten Tag, Frau Reiter«, sagte er leise. »Spenninger. Zusammen mit meinem Kollegen habe ich Ihnen gestern die Todesnachricht Ihres Sohnes überbringen müssen. Vielleicht erinnern Sie sich noch daran?«

Die Frau nickte langsam.

»Wie geht es Ihnen?«, erkundigte sich Max vorsichtig.

Frau Reiter verzog keine Miene.

Max trat von einem Bein aufs andere.

»Ist es in Ordnung«, hakte er behutsam nach, »wenn ich Ihnen ein paar Fragen stelle?«

Frau Reiter schluckte. Sie kämpfte sichtlich mit den Tränen. Max räusperte sich.

»Wie es den Anschein hat, war Daniel in Weltenburg mit einem Mädchen verabredet, das nur ihm bekannt war«, sagte er leise. »Wir haben seine Freunde verhört. Diese berichteten von einem sehr vertrauten, ja sogar intimen Verhältnis Ihres Sohnes mit der Dame.«

Frau Reiter sah ihn aus großen Augen an.

»Sie würden uns sehr weiterhelfen«, sagte Max, »wenn Sie uns diesbezüglich Informationen zukommen lassen könnten. Hat er jemals den Namen eines Mädchens erwähnt, der ihnen unbekannt war? Welche Kontakte pflegte Ihr Sohn? Hatte er eine feste Freundin?«

Max hielt inne. Er verabscheute Kettenfragen. Man hatte ihn auf der Polizeischule gewarnt, solche zu stellen. Man konnte sich bei der letzten beim besten Willen nicht mehr an die erste erinnern. Frau Reiter atmete tief ein.

»Daniel war kein einfaches Kind«, seufzte sie müde. »Die Scheidung von meinem ersten Mann hat ihn stark mitgenommen. Er war ein schlechter Schüler. Sein Abiturschnitt war grottenschlecht. Daniel suchte immer den bequemsten Weg. Hauptsache, er hatte Spaß.« Tränen sammelten sich in ihren Augen. »Für ihn war eine wie die andere. Er war immer der Meinung, Mädchen seien Flittchen. Deshalb hatte er immer wechselnde Freundinnen. Ich habe ihm verboten, eine in unserer Anwesenheit mit nach Hause zu bringen. Was er getrieben hat, als mein Mann und ich außer Landes waren, weiß ich nur vom Hörensagen.«

»Hat er in letzter Zeit keinen Mädchennamen erwähnt?«, wollte Max wissen

Die Frau runzelte die Stirn.

»Wenn ich mich recht entsinne, fiel da einer. Wir haben uns deswegen sogar gestritten«, antwortete sie zögerlich.

Max wurde hellhörig und bat die Frau mit einer Geste weiterzusprechen.

»Bevor er nach Weltenburg gefahren war, grölte er: ›Mama, heute leg ich eine *Madonna* flach! Wenn die Mutter Jesu auch so eine scharfe Braut war, verstehe ich die Zweifel an einer *jungfräulichen* Zeugung. So ein Schmarrn‹ …«

Frau Reiter blickte dem Kommissar in die Augen.

»Sie müssen wissen, dass wir sehr gläubig sind, mein Mann und ich. Wir besuchen jeden Sonntag den Gottesdienst. Deswegen hat mich seine Bemerkung wirklich wütend gemacht.«

Dann füllten sich ihre Augen mit Tränen.

»Die letzten Worte, die ich meinem Sohn gestern nachgebrüllt habe, waren: ›Scher dich zum Teufel!‹«, schluchzte sie.

Alex dachte nicht daran, sein Auto auf dem großen Besucherparkplatz vor dem Kloster abzustellen und dann Hunderte Meter weit zu latschen, um in den Innenhof zu gelangen. Also ignorierte er die

Anweisungen des Parkwächters und gab beim Wegfahren besonders viel Gas, um eine Menge Staub aufzuwirbeln. Krachend legte er den zweiten Gang ein und rauschte auf das Kloster zu. Weil das Tor ziemlich eng war, wurde er zum Abbremsen gezwungen. Beim Durchfahren schrammte sein Seitenspiegel die rosé getünchte Mauer. Alex schlug ärgerlich gegen das Lenkrad und brachte den Wagen mit quietschenden Reifen im Innenhof zum Stehen, direkt vor dem Eingang zur Brauerei.

Auf dem grau gepflasterten Hof standen lange Reihen von Bierbänken unter uralten Kastanienbäumen. Obwohl Mittwochnachmittag war, waren viele davon besetzt. Die Bäume spendeten einen angenehmen Schatten. Trotzdem waren mehrere blaue Sonnenschirme aufgestellt. Einige Bedienungen waren dabei, das zahlungskräftige Publikum – rüstige Rentner und Radlfahrer – zu bedienen. Eine Handvoll Touristen schlenderten zum Klosterladen hinüber, der direkt neben der berühmten Barockkirche der Gebrüder Asam beheimatet war. Durch ein Tor gelangte man entweder über einen steilen Weg oder zahlreiche Treppen zum Frauenberg hinauf, auf dem eine Kapelle thronte. Von dort aus hatte man einen phänomenalen Blick auf die Donau.

»Da dürfen Sie aber nicht parken!«, raunzte eine stämmige Kellnerin, die gerade im Begriff war, einen der Tische abzuräumen. »Da dürfen nur Gehbehinderte halten.«

Weil Alex nicht reagierte, sondern sich suchend umsah, knallte die Frau einen leeren Bierkrug auf den Tisch.

»Jetzt schauen S' gefälligst, dass Sie Ihren Karren da wegfahren, sonst werd ich unangenehm!«, schimpfte sie.

Jetzt erst schenkte Alex ihr seine volle Aufmerksamkeit. Er zog seine Augen zu engen Schlitzen zusammen und fegte auf die Bedienung zu. Weil sie keine Widerworte gewohnt war, schreckte sie unter der Heftigkeit seiner Reaktion zusammen. Alex hielt direkt vor der Frau an und beugte sich auf Augenhöhe zu ihr herunter.

»Ja, da hab ich jetzt aber Angst!«, fauchte er. »Werden Sie mir jetzt einen Maßkrug über den Schädel ziehen, oder was?«

Die Kellnerin zog die Brauen nach oben. »Ich hab ja nur gemeint …«, stammelte sie. »Sie wissen ja gar nicht, wie viele fußkranke Simulanten es gibt. Alle wollens hier im Hof parken, um ja keinen Schritt zu gehen.«

Ohne eine Miene zu verziehen, fischte Alex seinen Ausweis aus der Hosentasche und hielt ihn der Frau unter die Nase.

»Brandl. Kripo Kelheim. Ich rate Ihnen jetzt, mir zu helfen, sonst werde *ich* unangenehm, verstanden?«

Die Kellnerin nickte rasch und schluckte.

»Am Dienstagnachmittag waren sechs Kerle bei ihnen zu Gast«, hauchte Alex eisig. »Attraktive Burschen, alle Mitte zwanzig. Waren stockbesoffen. Fällt da der Groschen?«

Die Frau runzelte die Stirn und spitzte die Lippen. Dann schüttelte sie bestimmt den Kopf.

»Nein. Gestern war ich im Innenbereich tätig. Wir hatten einen sechzigsten Geburtstag. Die Gäste wollten nicht raus wegen der Sonne. Ich weiß von nichts.«

Alex rümpfte die Nase. Er zeigte damit deutlich, dass er mit ihrer Auskunft nicht zufrieden war.

»Aber die Claudia hatte draußen Dienst. Vielleicht weiß die was.«

Alex richtete sich auf. Die Kellnerin atmete das erste Mal erleichtert aus. Dabei wackelten ihre dicken Backen. Sie waren vor Aufregung gerötet.

»Und wo ist diese Claudia?«, fragte Alex, ohne eine Miene zu verziehen.

Die Bedienung deutete mit einer Geste an, es im Inneren der Klosterwirtschaft zu versuchen. Alex drehte ab und steuerte auf den Eingang zu. Drinnen war es zappenduster. Seine Augen mussten sich erst an die Finsternis gewöhnen. Während draußen die Vögel zwitscherten und den bevorstehenden Sommer begrüßten, klirrten hier drinnen die Maßkrüge, die durch die Spülanlagen gehievt wurden. An den Stuckdecken waren uralte Bilder aufgemalt, die Szenen aus dem Alten Testament zeigten. Das gefiel Alex. Das hatte Stil.

»Wo find ich denn die Claudia?«, rief Alex, als der Schankwirt kurz aufsah.

Der Mann zeigte in Richtung Nebenzimmer. Dort saß eine Frau Anfang dreißig auf der Bank. Sie hatte braunes Haar, das sie zu einem lockeren Pferdeschwanz zusammengebunden hatte. Ihr schlanker Körper steckte in einem Dirndl mit blauem Mieder und schwarzem Rock. Die rosa Schürze hing locker zwischen ihren Beinen. Sie hatte offensichtlich Pause, denn vor ihr stand eine Tasse Kaffee und ein halb aufgegessenes Stück Schwarzwälder Kirschtorte. Als Alex durch die Tür kam, blickte sie auf. Ein Grinsen breitete sich auf ihren Lippen aus.

»Na, Cowboy? Womit kann ich dienen?«, fragte sie und musterte Alex von Kopf bis Fuß.

Ihr schien zu gefallen, was sie sah. Alex ließ sich auf das Spielchen ein und setzte sich ihr gegenüber auf einen Stuhl.

»Pause?«, fragte er und nahm ihr den Kaffeebecher aus der Hand. Er trank einen kräftigen Schluck daraus. Claudia beugte sich vor.

»Das kostet dich was. Ist nicht billig«, hauchte sie.

Alex beugte sich ebenfalls nach vorne.

»Ich bezahl nie«, antwortete er.

Die Kellnerin lachte mit rauchiger Stimme. »Du gefällst mir«, sagte sie. »Ein Gast bist du aber nicht. Also, schieß los! Was liegt dir auf dem Herzen?«

Alex gab ihr den Becher zurück.

»Brandl, Kripo Kelheim. Ich suche nach einer Madonna.«

Claudia deutete in Richtung der Klosterkirche.

»Da drin findest eine Menge Madonnen«, flüsterte sie. »Such dir eine aus und nimm sie mit. Meine Lippen sind versiegelt.«

Verlegen schaute Alex zu Boden und grinste.

»Ich spreche von einer Dame, die gestern hier zusammen mit sechs jungen Männern zu Gast war.«

Die junge Frau schob sich eine Gabel mit einem riesigen Stück Torte zwischen die Lippen und machte den Anschein, als dächte sie scharf nach.

»Stimmt. Du hast recht. Gestern war eine da. Die hat wirklich ausgeschaut wie eine Madonna. Hatte so lange, schwarze, gelockte Haare und ganz komische Klamotten. Die trug einen roten Samtumhang, den sie um ihr kurzes Kleiderl gewickelt hatte. Beinahe wären ihre Brüste rausgefallen, so weit ausgeschnitten war das.

Aber dem jungen Mann, den sie angesprochen hat, hat das sehr gefallen. Die anderen fünf waren eher am Bier interessiert. Irgendwann sind die beiden dann verschwunden. Die waren eine geraume Zeit weg.«

»Was glaubst denn, wo sie hingegangen sind?«

»Sicher nicht zum Beten«, feixte Claudia. »Ich denk, dass sie die Stufen Richtung Frauenbergkapelle hochgegangen sind. Dahinter beginnt der Wald. Zum Liebemachen ideal. Da hört dich keiner. Dann ist er plötzlich wieder alleine dagesessen. Vollgedröhnt, teilnahmslos. Hat keinen Laut mehr gesagt. Gleich darauf wollten sie bezahlen. Ich kann mich deshalb noch genau daran erinnern, weil einer seiner Freunde dem Betrunkenen den Geldbeutel aus der Hosentasche gezogen und mit einem Hunderteuroschein bezahlt hat. Dann sind sie in Richtung Schiffsanlegestelle davongewankt. Das ist alles, was ich weiß, Herr Kommissar.«

Alex sah sie sekundenlang an, griff dann nach einer Strähne ihres braunen Haares und spielte damit. Sie hatte sich aus dem Zopf gelöst.

»Würdest mir mal so eine Stelle im Wald zeigen?«, fragte er.

Alex wusste, dass seine Augen sein Begehren verrieten.

Sie zwinkerte.

»Du hast Glück, Cowboy«, antwortete sie. »Ich habe noch zwanzig Minuten Pause.«

»Das reicht mir«, murmelte Alex, nahm ihre Hand und führte sie nach draußen.

Als Alex etwa eine halbe Stunde später zum Auto ging, bewaffnet mit zwei Flaschen Weltenburger Barock Dunkel, steckte er sich sein schwarzes Hemd in die Hose und schloss die unteren Knöpfe.

»Ich dachte mir doch gleich, dass ich das Auto kenne. Herr Brandl! Schön, Sie hier zu sehen«, sprach ihn jemand von hinten an.

Alex drehte sich um. Das entspannte Lächeln auf seinen Lippen erstarb, als er den Mann erkannte.

»Es freut mich, dass Sie anscheinend doch hier heiraten wollen. Ich habe nach dem Trauseminar nichts mehr von Ihnen gehört.«

»Pater Stephanus ...«, stammelte Alex. »Entschuldigung ... Ich habe Sie nicht erkannt ...«

Der Mönch sah sich suchend um.

»Sind Sie alleine hier? Ich kann mich noch sehr gut an Ihre Verlobte erinnern. Sie hatte so ein gewinnendes Lächeln und diese netten Grübchen.«

Alex schluckte.

»Nein, Pater Stephanus. Sie ist schon eine ganze Weile weg.«

»Wie meinen Sie das?«, fragte der Mönch neugierig.

Alex schluckte.

»Auf und davon«, sagte er traurig. »Wie vom Erdboden verschluckt. Das Einzige, was mir von ihr geblieben ist, sind ein paar Briefe ...«

Pater Stephanus hob eine Braue. Er schien nicht zu verstehen.

»Sie schreibt mir regelmäßig, aber ich weiß nicht, wo sie lebt ...«, versuchte Alex zu erklären.

Kraftlos ließ er die Schultern hängen. Es hatte sowieso keinen Sinn darüber zu sprechen. Dann stieg er in den Wagen, steckte den Schlüssel in das Zündschloss und brauste davon.

Pater Stephanus blieb mit einem Stirnrunzeln zurück.

»So kann man sich irren. Dabei dachte ich mir noch, dass die beiden wie geschaffen füreinander wären. Schon allein wegen des Kindes ...«

7

Am Mittwochabend in Frauenbründl bei Bad Abbach

Max bog bei Bad Abbach von der viel befahrenen Bundesstraße 16 nach Frauenbründl ab. Es war genau das Ziel, das er nach dem traurigen Gespräch mit Frau Reiter brauchte. Er mochte diese Einsiedelei, die zu Beginn des 18. Jahrhunderts zum ersten Mal urkundlich erwähnt worden war. Die Kapelle war der Schmerzhaften Mutter Gottes gewidmet. Einer kleinen Quelle, die einem Felsen entspringt, wurden heilende Wirkungen zugesagt.

Schon als Kind hatten Max die gelben Gemäuer und der umgrenzende Wald inspiriert. Es war also nicht verwunderlich, dass er seine Gisela hier geehelicht hatte. Die Festgesellschaft war auf Drängen von Max klein geblieben – also genau passend für die winzige Kapelle.

Mitte September fand hier alljährlich das »Bründl-Fest« statt, bei dem Max Stammgast war. Früher konnte man dort gemütlich bei Kaffee und Kuchen zusammensitzen. Aber irgendwann schaffte man den Brauch ab. Und so blieb Max zwischen dem Gottesdienst am Vormittag und der Gedenkandacht am Nachmittag nur die Möglichkeit, sich bei Sonnenschein von seiner Gisela durch den Wald Richtung Teugn und wieder zurück scheuchen zu lassen.

Den Picknickkorb schleppte meist Max, und er war unsäglich glücklich, schweißgebadet inmitten von Rehkot und giftigen Schwammerln eine Schnaufpause einzulegen. Oder wenn Max Glück hatte und es regnete, kehrten die beiden in der Zwischenzeit in Bad Abbach beim Wirt ein und genossen die gutbürgerliche Küche. Ihre Mädchen ließen sie neuerdings zu Hause. Max war darüber aber nicht sonderlich traurig, denn die leidenden Gesichter der Zwillinge während der Gottesdienste zu betrachten, war wahrlich kein Vergnügen. Schon allein die Andeutung, dass bald das »Bründl-Fest« stattfinden würde, genügte für das Absinken der Stimmung auf den Gefrierpunkt.

Max fuhr auf der Kreisstraße Richtung Saalhaupt und ließ seinen Wagen auf den leeren Besucherparkplatz vor der Einsiedelei rollen. Kein Pilger war zu sehen. Am frühen Abend war das nicht verwunderlich. Meist besuchten am Wochenende sehr viele Menschen die Einsiedelei, um ein Kerzerl in der Kapelle anzuzünden oder in der kleinen Kirche ein »Gegrüßet seist du, Maria« zu beten.

Er schloss den Wagen ab und blickte sich um. Er suchte den Eremiten, der in dem Kloster hauste. Dieser hatte sich viel Mühe mit dem Garten gegeben: Buchsbäumchen, akribisch gestutzt, säumten die Wege, die hinter die Kapelle zu einer großen Wiese führten. Dort stand ein großes, hölzernes Kreuz, und hier fanden auch die Andachten statt. Um das Unkraut fernzuhalten, hatte der Pater satt Rindenmulch zwischen duftende, rosa blühende Pfingstrosen und lilafarbige Akeleien gestreut.

»Meine Gisela darf das nicht sehen«, brummte Max.

Ihm schwante schweißtreibende Gartenarbeit, wenn seine Frau die Beete entdecken würde. Sie warf ihm sowieso immer vor, zu wenig im Garten zu helfen. Aber er mähte doch schließlich schon den Rasen! Das musste doch genügen, oder?

Max marschierte auf die kleine Tür der Kapelle zu, die offen stand. Er betrat den Raum. Der Kommissar spürte sofort die Hitze und roch den Duft von heißem Wachs. Viele rote Kerzen flackerten auf einem schwarzen gusseisernen Ständer, der vor einem Gemälde stand. Es zeigte die Mutter Gottes mit ihrem Kind auf dem Arm. Eine Bank zum Knien stand davor. Max spielte mit dem Gedanken, sich niederzulassen, um ein schnelles Vaterunser zu beten, ließ es aber bleiben. Er war schließlich dienstlich hier. Trotzdem kramte er in seiner Hosentasche und fischte ein Zweieurostück heraus. Ärgerlich stellte er fest, dass ihm fünfzig Cent fehlten. Er wollte fünf Kerzen anzünden, für jeden Freund von Daniel Reiter eine. Es würde um diesen Betrag nicht reichen.

»Na, dann zahl ich's halt das nächste Mal«, brummte er und griff nach den Kerzen.

Er ordnete sie in einer Reihe an. Dann entzündete er mithilfe eines dünnen, länglichen Streichholzes seine fünf Kerzerl und schickte bei jeder ein leises »Herr, steh ihnen bei« gen Himmel.

»Ja, da kann ja gar nichts mehr schiefgehen!«, lachte eine tiefe Männerstimme, die Max bei seiner kleinen Meditation störte. »Wenn alle Leute so spendabel wären wie Sie, könnt ich endlich den Putz an der Außenfassade erneuern. Der bröckelt ganz erheblich. Ihr Ansinnen wird sicherlich da oben erhört werden.«

Max wandte den Kopf und entdeckte den Eremiten, der draußen vor der Kapelle stehengeblieben war. Die blauen Augen im sonnengebräunten Gesicht strahlten. Der Pater steckte in einer grünen Latzhose, an den Füßen trug er gelbe Gummistiefel. Er wollte gerade wieder die Griffe des Schubkarren umgreifen, in dem er Blumenerde und kleine Rosensträucher geparkt hatte, als Max aus der Tür trat.

»Die fünf haben die Fürsorge der Mutter Gottes wahrlich nötig«, erklärte der Kommissar und schämte sich, dass er den Eremiten um fünfzig Cent beschissen hatte.

Er reichte dem Pater die Hand. Der zog den grünen Gartenhandschuh aus und schlug ein. Er stellte sich als Pater Antonius vor. Verwundert über den satten Händedruck, massierte sich Max unauffällig die Finger.

»Spenninger, Kripo Kelheim.«

Der Eremit schenkte ihm einen überraschten Blick.

»Ich wusste nicht, dass die Polizei die Hilfe der Heiligen Jungfrau nötig hat.«

»Himmlischen Beistand kann man doch immer brauchen. Spaß beiseite, ich habe ein paar Fragen zu einem Gemälde. Ich kann mir vorstellen, dass Sie mir weiterhelfen können«, gestand Max.

Pater Antonius nickte und deutete Max an, ihm zu folgen. Er schob seinen Schubkarren an der kleinen Quelle vorbei. Der mit Kopfstein gepflasterte Weg führte entlang der Außenmauern auf die Wiese zu, auf der ein kleiner, geschmückter Altar stand.

»Morgen hab ich eine Taufe«, erklärte der Pater lächelnd und stellte den Karren ab. »Ich halt eigentlich keine Messen unter der Woch, aber da es sich um das Enkelkind meines besten Freundes handelt, mache ich da eine Ausnahme.«

Max nickte verständnisvoll.

»Und? Womit kann ich dienen?«, fragte der Geistliche, während er den Rosenbusch in einem tiefen Loch neben dem Altar versenkte.

Er riss den Sack mit Blumenerde auf, grub seine Finger ein und befüllte damit vorsichtig die Öffnung.

»Das Jüngste Gericht ...«, begann Max zögerlich.

»... steht uns allen einmal bevor«, vollendete Antonius den Satz.

Max lächelte.

»Was fällt Ihnen beim Gemälde ›Das Jüngste Gericht‹ von Michelangelo ein?«

»Ist ein sehr schönes Fresko«, antwortete der Geistliche, ohne seine Arbeit zu unterbrechen. »Kann man in der Sixtinischen Kapelle in Rom bewundern. Ein riesiges Wandgemälde hinter dem Altar aus der Zeit der Renaissance. Michelangelo hat die Arbeiten daran 1541 beendet. Jesus ist dargestellt wie ein menschlicher Gott.«

Jetzt erst sah Antonius auf. Er war ihm Begriff, tief einzuatmen. Spätestens jetzt hatte Max Gewissheit: Wenn er den Geistlichen nicht sofort unterbrach, würde er sicher bis in die späten Abendstunden hier festsitzen.

»Mich interessiert eher die Maria«, sagte Max deshalb hastig.

Pater Antonius zog die Brauen zusammen. Er zeigte, dass er es nicht guthieß, in seinem Vortrag unterbrochen zu werden.

»Sie wird in diesem Gemälde sehr jung und außerordentlich schön dargestellt«, sagte der Eremit. »Man könnte meinen, Maria sei die Geliebte des sehr maskulinen Christus. Eine typische Darstellung der Renaissance eben. Die heilige Jungfrau fungiert als Fürbitterin für die Menschheit, rechts von Christus. Ein Stück weiter entfernt ist ein Mann aufgemalt, der Johannes den Täufer darstellt. Maria und Johannes bilden zusammen mit Christus und all den anderen Heiligen im Halbkreis um ihn herum eine sogenannte große Deesis.«

Max verzog das Gesicht, als er den christlichen Fachbegriff hörte. Er war Kriminaler, kein Pfarrer!

»Damit wird oft die mittelalterliche Darstellung von Christus am Tag des Jüngsten Gerichts bezeichnet«, klärte ihn Antonius auf. »Um Jesus herum hat Michelangelo viele Engel platziert. Einige halten Kreuze, Geißeln oder Martersäulen in den Händen, andere blasen die Posaunen des Gerichts, die die Toten aus den Gräbern rufen. Nach der alttestamentlichen Apokalypse ist das Jüngste Gericht ein abschließendes göttliches Gericht, vor dem sich alle Lebenden und Toten verantworten müssen.«

»Aber dann ist das Bild ja gar nicht so negativ, wie der Titel klingt!«, rief Max erstaunt.

»Keineswegs, Herr Kommissar. Christus segnet mit seiner Rechten, mit seiner Linken weist er die Verdammten zurück. Ich predige immer: Erlösung ist für jeden möglich. Vom falschen Pfad zurück auf den richtigen schreiten, kann jeder Mensch. Christus zeigte durch seinen Tod, dass die Auferstehung der Anfang eines neuen Lebens bei Gott ist. Und seine Mutter Maria bittet stellvertretend für unsere Sünden.«

Max druckste herum. »Wenn ich Ihnen jetzt verriete«, fragte er zögerlich, »dass eine Frau in Verkleidung einer Madonna auf der Suche nach einem jungen, genussorientierten Mann war, den sie dann umgebracht hat …«

»… würde ich sagen: heilige Scheiße, Herr Kommissar. Bitte verzeihen Sie mir diesen Ausdruck, aber das, was Sie gerade erzählt haben, klingt alles andere als verheißungsvoll. Da hat wohl jemand an Gottes Stelle ein Urteil gefällt.«

Als Max zum Parkplatz zurückging, fühlte er sich keineswegs besser. Er machte auf dem Absatz kehrt und marschierte geradewegs auf die Seitenkapelle zu. Er packte noch einmal fünf Kerzen und zündete sie an. Dann bekreuzigte er sich hastig.

»Verzeih, liebe Gottesmutter«, murmelte er. »Zahlen tu ich beim nächsten Mal. Und vielleicht wirfst ein besonderes Aug auf die zahlreichen jungen Männer da draußen. Das wär sehr nett von dir.«

8

Sie zitterte vor Anspannung. Allmählich wurde ihr Atem wieder regelmäßig. Sie schloss die Augen. Sie war mit sich sehr zufrieden. Alles lief nach Plan. Schließlich hatte sie es gut eingefädelt. Bereitwillig war er mit ihr hierhergeklettert, obwohl der Abhang bedrohlich steil abfiel, und hatte das Zeug geschluckt.

Sie lachte schallend, wenn sie daran dachte, wie sehr sie sich angestrengt hatte, um ihn so gefügig zu machen. Er hatte sich ohne Weiteres fesseln und anbinden lassen. Sie leckte sich über die Lippen, die so derbe Worte gesprochen hatten. Sie hätte nie gedacht, dass sie nach allem, was sie erlebt hatte, so reden konnte. Aber es funktionierte. Die Kerle waren wie betäubt von ihren Worten und ihrem Körper.

Sie warf ihm einen abwertenden Blick zu. Für die Vorstellung, eine außergewöhnliche Nummer zu schieben, tun diese Bestien einfach alles. Es hat sich nichts geändert. Pfui! Sie spuckte auf den Boden. Sie stand auf und ging auf ihn zu. Sie betrachtete ihr Werk auf seiner Brust. Es war gut so. Sie war zufrieden. Gerade hatte sich der Brustkorb das letzte Mal gehoben. Jetzt ruhte er für immer. Es war vollbracht! Blut lief über den strammen Bauch hinab. Sie zog den kleinen Dolch aus der Wunde. Blut klebte an der Klinge. Sein Blut. Sein verdammtes Blut. Sie legte dem Mann, der auf der Brüstung lag, den Klettergurt an und zog ihn mit aller Kraft straff. Er hatte ihr zuvor gezeigt, wie das funktionierte. Der verliebte Narr. Dann rollte sie ihn vorsichtig über die Mauer. Lautlos fiel er in die Tiefe …

9

Am Donnerstagmorgen in Prunn

Als der Pensionär Walter Kellner aus Einthal bei Prunn in aller Herrgottsfrüh das Rollo in seinem Schlafzimmer hochzog, glaubte er seinen Augen nicht zu trauen.

»Schau, Martha!«, rief er aufgeregt. »Da hängt einer!«

Seine Frau, die gerade in der Küche dabei war, den Kaffee aufzusetzen, erschien im Türrahmen.

»Was hast du gesagt, Walter?«

Ihr Mann winkte sie aufgeregt näher und deutete zum Fenster hinaus.

»Da hängt einer dran! Am Steilfelsen dort drüben. So ein Depp. Klettern ist da lebensgefährlich. Dafür haben's doch die ›Weltenburger Enge‹!«

Martha runzelte die Stirn. An der Bergwand, über der Schloss Prunn thronte, war Klettern schier unmöglich. Der Abhang fiel etwa siebzig Meter senkrecht nach unten. Wo sollte man die Haken festsetzen, geschweige denn einen Halt finden? Ungläubig schaute sie durch die Fensterscheibe. Pfeilgrad. Ihr Mann hatte recht. Am Felsen unterhalb des Gemäuers der imposanten Burg baumelte ein Kletterer. Nicht einmal Pflanzen schafften es, sich an dem Riffkalkfelsen anzusiedeln. Martha schüttelte den Kopf.

»Die jungen Leut. Wissen nicht mehr, was sie anstellen sollen. Überall müssen's hinkommen. Für mich ist der Kerl lebensmüde.«

Dann wandte sie sich ab und ging wieder in die Küche.

»Kommst du, Walter? Der Kaffee ist durch«, rief sie von dort.

Die Zeiten waren wirklich närrisch geworden.

Max Spenninger schlurfte zum Postkasten und zog die Zeitung heraus. Er packte sie unter den Arm und gähnte ausgiebig. Er liebte es, sie während des Frühstücks durchzublättern, seinen Kaffee zu trinken und ein Erdbeermarmeladenbrot zu essen.

Gerade, als er die Haustür wieder schloss, stürzten seine dreizehnjährigen Zwillinge Alexandra und Natalie die Treppe herunter. Laut kreischend stritten sie um einen pinkfarbenen Rock, den Alexandra in die Höhe hielt. Natalie versuchte durch gezielte Sprünge, ihrer Schwester das Kleidungsstück abzuluchsen.

»Gib ihn her, du Gurke! Das ist meiner!«, rief Natalie und setzte zu einem neuen Sprung an.

Alexandra dachte jedoch nicht daran, ihre Beute wieder herzugeben.

»Du durftest ihn gestern tragen. Heute bin ich dran!«, kläffte sie.

Natalie schnaufte wütend und stemmte die Hände in die Taille.

»Du dumme Nudel!«, fauchte sie aggressiv. »Du hast versprochen, ihn mir heute zu leihen!«

»Hab ich gar nicht«, äffte Alexandra und streckte ihrer Schwester die Zunge heraus.

Max verdrehte die Augen, schnappte sich in einem kurzen, unachtsamen Moment das Teil der Begierde und betrat das Esszimmer. Nachdem er die Zeitung auf den Tisch geworfen hatte, breitete er den Rock aus.

»Gisela!«, rief er. »Hast du gesehen, mit welchen Klamotten *deine* Töchter zur Schule gehen wollen? Das soll ein Rock sein? Das ist großzügig formuliert höchstens ein breiter *Gürtel*!«

Bevor die zwei Mädchen, die ihm gefolgt waren, zu lautstarkem Protest ansetzen konnten, schnitt ihnen der Vater das Wort ab.

»Schämt ihr euch denn nicht? Mit diesem *Nuttenschurz* wollt ihr das Haus verlassen?«, fragte er empört. »Nur über meine Leiche!«

Seine Frau Gisela erschien in der Küchentür. Nachdem sie sich die Hände am Geschirrtuch abgetrocknet hatte, warf sie einen kurz Blick auf die Titelseite der Zeitung.

»Apropos Leiche, mein Hase. Da wird eine erwähnt«, sagte sie und griff nach dem Rock.

Dann steckte sie ihn Natalie zu.

»Du hast ihn gestern getragen, Alex. Heute ist Natalie dran. Ich will jetzt nichts mehr hören, ansonsten habt ihr heute Abend Fernsehverbot. Verstanden?«

Gisela machte ein entschlossenes Gesicht und deutete ihren schmollenden Kindern mit einem Wink an, sich endlich fertig anzuziehen. Der Schulbus würde schließlich nicht auf die beiden Grazien warten. Max schüttelte den Kopf.

»Dass du als Pädagogin mir in den Rücken fällst, hätte ich nie gedacht!«

Gisela zog eine Braue nach oben.

»Wir haben wohl vergessen, dass wir auch einmal jung waren, Herr Hauptkommissar? An der Schulpforte werden die Nonnen den Gören schon sagen, was sich schickt und was besser ins Puff gehört. Du kennst doch deine Mädchen: Was wir Eltern plappern, ist sowieso Blödsinn.«

»Sodom und Gomorrha«, murmelte Max, während er sich setzte und die Zeitung ausbreitete. Seine Gisela hatte ihm bereits sein Haferl Kaffee und das Brot auf den Tisch gestellt. Schnell überflog er die Schlagzeile des Titelblattes »Madonna tötete unschuldigen Jüngling«.

Von wegen unschuldig und Jüngling, dachte Max und ärgerte sich gleichzeitig über die sensationslüsterne Berichterstattung.

Ihm war klar, dass sich die Presse früher oder später auf den Mordfall einschießen würde, aber er hätte sich einen objektiveren Artikel gewünscht. In dem Bericht wurde Daniel R. als unschuldiges Lämmchen dargestellt, das von einem männermordenden Vamp in Madonnen-Verkleidung zur Opferbank getrieben worden war.

»Woher haben die Zeitungsfritzen nur ihre Informationen? Das wird Napoleon und seinem Dackel sicher nicht gefallen«, sagte Max, als er den Artikel überfolgen hatte.

Mit »Napoleon« meinte er seine Chefin, Hildegard Hummel. Den Namen hatte sie ihrer Größe und ihrem Auftreten zu verdanken. Und hinter dem »Dackel« verbarg sich kein Geringerer als Staatsanwalt Dr. Harald Fleischer. Beide waren überkorrekt, arbeiteten Hand in Hand und waren niemals geteilter Meinung. Alex war felsenfest davon überzeugt, dass der Fleischer was mit der Hummel am Laufen hatte, doch Max wollte sich das einfach nicht vorstellen. Alex' Welt war schlecht, von Gier und Lust geprägt. Max' Weltbild war anders: harmonisch, familiär, friedlich. Man muss nicht immer das Schlechteste von den Menschen denken, pflegte er seinem Kollegen zu antworten, sobald Alex ihm durch eine eindeutige Geste deutlich machte, dass die beiden wahrscheinlich miteinander schliefen. Dabei spreizte Alex immer zwei Finger über seine Lippen und schob die Zunge durch. Widerlich! Einfach widerlich!

Das schrille Bimmeln des Telefons riss ihn aus seinen Gedanken. Natalie stürmte die Treppe hinunter, bekleidet mit dem pinkfarbigen Etwas, das sich Rock nannte, und riss den Hörer aus der Station. Sie lauschte. Kichernd gab sie ihn an ihren Vater weiter und lief die Treppe hinauf.

»Alex war dran«, informierte sie ihre Schwester kreischend. »Seine Stimme ist *so* maskulin und *sexy*!«

»Was hast denn dem Mädel erzählt?«, raunzte Max in den Hörer. »Ich warne dich, sollte mir jemals was zu Ohren kommen ... Wie bitte? Sag das noch einmal!«

Gisela streckte neugierig den Kopf aus der Küchentür, als Max Sekunden später das Mobilteil auf die Ladestation setzte.

»Wie es ausschaut, haben wir die zweite Leiche. Dieses Mal baumelt sie am Felsen.«

Um den bewaldeten Fuß des Felsens unterhalb der Burg zu erreichen, hatte Alex einen kleinen Hügel bezwingen müssen, der vor der Steilwand endete. Sein Wagen parkte auf der kleinen Straße in Nusshausen, dem Ort, der Schloss Prunn zu Füßen lag. Alex wartete bereits ungeduldig, als Max knapp zwanzig Minuten später am Tatort in Prunn erschien. Er schnaufte wie ein Walross.

Alex tat es sehr leid, dass man den Toten gerade hier gefunden hatte. Die Burg, die auf ein Felsplateau gebaut war, war nämlich sein Lieblingsort im Altmühltal. Oft kam er spätabends noch hierher, um die untergehende Sonne zu genießen, die das Tal vor der Stadt Riedenburg in ein blutrotes Licht tauchte.

Rund um Schloss Prunn wimmelte es von Menschen. Die Freiwillige Feuerwehr Prunn war gerade dabei, den Kletterer zu bergen. Ein Notarzt stand bereit, um ihn in Empfang zu nehmen. Beide Kommissare standen nun vor der Felswand und überstreckten ihre Hälse, um die Stelle, an der der Kerl baumelte, sehen zu können.

»Ich glaub, den Notarzt brauchen wir nimmer«, stellte Alex trocken fest.

Langsam näherte sich der Leichnam der Erde. Der Tote steckte in einem Klettergurt, der fest um seine Hüften geschnallt war. Das T-Shirt, das an der Vorderseite mit Blut getränkt war, spannte sich um den muskulösen Leib. Die sehnigen Beine, die in einer knackigen kurzen Hose steckten, hingen kraftlos nach beiden Seiten. Sie bewiesen jedoch, dass der Kerl sehr durchtrainiert war. Sein Kopf fiel nach hinten, sodass die schulterlangen schwarzen Haare bei jeder Senkbewegung wild herumgewirbelt wurden. Einige Männer der Feuerwehr warteten bereits mit ausgestreckten Armen am Fuß des Berges. Nachdem sie den Toten sicher in Empfang genommen hatten, betteten sie ihn auf eine Plane und winkten den Notarzt und die beiden Kommissare heran. Die Feuerwehrmänner, die den Toten von oben abgeseilt und sich deswegen weit über die Brüstung gebeugt hatten, ließen das Seil fallen und wischten sich den Schweiß von der Stirn.

»Die werden auch ein Stoßgebet gen Himmel schicken, diese Prozedur lebend überstanden zu haben«, merkte Alex an.

»Hast du heute schon Zeitung gelesen?«, fragte Max so beiläufig wie möglich, während der Arzt den Kletterer untersuchte.

Alex nickte.

»Das wird Napoleon nicht gefallen haben«, sagte Max. »Die Kirchenheinis werden bald Sturm läuten.«

»Ich hoffe, Napoleon und sein Dackel sind so klug, keine Details nach außen zu tratschen«, sagte Alex. »Die sollen mal schön den Ball flach halten. Ich hab keinen Bock darauf, mich fragen zu lassen, warum eine Frau in Madonnenverkleidung Jagd auf einen jungen, attraktiven Mann gemacht hat.«

Einen Augenblick lang herrschte Schweigen. Dann stand der Notarzt auf.

»Ich denk, jetzt ist euer Doktor am Zug«, seufzte er. »Ich bin ein Arzt für die Lebenden, nicht für die Toten.«

Er packte seine Sachen, nickte zum Gruß und ging, zusammen mit den beiden Sanitätern, die bei ihm standen, zurück zum Rettungswagen. Alex zog sein Handy aus der Hosentasche und verständigte Irene und Dr. Zierer. Auf die beiden wartete eine Menge Arbeit.

»Wer hat den Toten entdeckt?«, fragte Max, sobald Alex das Gespräch beendet hatte.

Alex zog einen Zettel aus seiner Hosentasche.

»Der Mann heißt Walter Kellner aus Einthal«, sagte er.

Alex deutete mit dem Kopf an, dass sich dieser Ort auf der anderen Seite der Altmühl befand.

»Der hat in der Früh aus dem Fenster geschaut und sich gewundert, warum da einer die Steilwand hinaufklettert. Nach dem Frühstück stellte er fest, dass der Kerl noch immer regungslos am gleichen Platz baumelte. Er verständigte umgehend die Polizei, weil er dachte, da sei was faul.«

Max schüttelte den Kopf.

»Ich hab schon immer g'wusst«, brummte er. »Sport ist Mord.«

Irene erschien auf dem kleinen Hügel. Sie pfiff wie eine Dampflok. In der Hand schleppte sie einen großen schwarzen Koffer, in dem sie ihre Utensilien aufbewahrte. Ihre drei Kollegen folgten der Chefin und grüßten die Kommissare mit einem kurzen Nicken. Sofort streiften sie sich weiße Ganzkörperanzüge über und packten Kameras, Pinsel und Plastikbeutel aus ihren Taschen. Irenes Kopf war feuerrot. Der Schweiß schoss ihr aus allen Poren. Max hastete auf sie zu, um ihr den Koffer abzunehmen. Alex hingegen bewegte sich keinen Millimeter.

»Stoffel!«, schimpfte Irene. »Is des a Hitzn. So ein blöder Ort, um jemanden aufzuhängen.«

Dankbar griff sie nach dem Taschentuch, das Max ihr reichte. Sie entfernte damit Schweißperlen auf ihrer Stirn und im Nacken. Mit einem Dankeschön gab sie es Max zurück, der verdattert auf den nassen Lappen mit den braunen Make-up-Flecken in seinen Händen starrte.

»Du und dein angeborenes ›Helfer-Syndrom‹. Dein Tuch ist jetzt alles andere als blütenrein weiß«, bemerkte Alex und unterdrückte ein Grinsen. »Deine Gisela wird sicher wissen wollen, wem die braune Soße gehört.«

Grummelnd steckte Max den Stofffetzen wieder in seine Hosentasche.

»Lieber Gott! Warum nur immer die schönsten Exemplare?«, seufzte Irene, sobald sie das Gesicht des Toten sah.

Max stimmte ihr zu. Wieder lag der Körper eines jungen Mannes vor ihnen, der in der Blüte seines Lebens stand. Er mochte etwa Mitte zwanzig sein. Die Bräune in seinem Gesicht verriet, dass er sich gerne an der frischen Luft aufhielt.

»Der Sommer hat kaum begonnen, und der hat schon eine Gesichtsfarbe wie Nelson Mandela«, zeterte Max und besah sich seine schneeweißen Unterarme. Er schüttelte den Kopf. »Das können nur Menschen sein, die einen Goldesel haben, der täglich Dukaten scheißt.«

Irene schenkte ihm einen strafenden Blick und begann nun auch, ihren eigenen Koffer zu öffnen. Noch während sie ihre Gummihandschuhe überstreifte, hatte Max den Körper des Toten abgetastet. Er war ein wenig enttäuscht darüber, weder Papiere noch ein Handy gefunden zu haben.

»Hätte er sich das Ding etwa zwischen die Pobacken klemmen sollen?«, fragte Alex grinsend.

»Gscheithaferl«, konterte Max und richtete sich auf. »Es hätte ja sein können, dass in dieser Funktionssynthetik ein geheimes Fach für Wertsachen eingenäht ist.«

Alex schüttelte den Kopf.

»Du hast wirklich überhaupt keine Ahnung von Sportkleidung, du Bewegungslegastheniker«, scherzte er.

Max hob das T-Shirt des Toten an. Die beiden Kommissare warfen sich Blicke zu, als sie das eingeritzte Kreuz auf der Brust und den kleinen Einstich in Höhe des Herzens entdeckten.

Alex fluchte lautstark, während Max das Shirt wieder zurechtrückte.

»Max, wir müssen da rauf«, sagte Alex schließlich und blickte nach oben. »Der Kerl muss ja irgendwie hierhergekommen sein, sei es mit dem Auto oder mit dem Fahrrad. Hier unten habe ich kein Fahrzeug entdeckt.« Dann sah er Max an. »Leider bedeutet das, dass wir marschieren müssen.«

Max schüttelte den Kopf und wedelte mit seinem Autoschlüssel.

»Mich bringen keine zehn Pferde zu Fuß da rauf. Ich fahre. Auch wenn es ein kilometerweiter Umweg ist.«

»Na, dann begleite ich dich«, antwortete Alex großzügig und machte auf dem Absatz kehrt.

Während sie zu Max' Volvo gingen, lief ihnen Dr. Zierer in die Arme.

»Horch, wieder so ein strammer Adonis?«, fragte dieser neugierig. »Ihr habt Glück, dass ich schon da bin. Ich hatte heute an der Uni in Regensburg zu tun. Grad eben wollte ich wieder nach Erlangen zurückfahren, um einen Brustkorb aufzuhebeln. Aber horch, meine Patienten laufen mir ja nicht davon.« Dabei wieherte er wie ein alter Gaul.

Alex verzog das Gesicht zu einer Grimasse und ging an ihm vorbei. Der Doktor würde sich, gewissenhaft wie er war, früher oder später bei ihnen melden.

Alex stieg zu Max in den Wagen. Er durchfuhr das kleine Örtchen Prunn und scheuchte seinen alten Volvo die steile, kurvige Bergstraße hinauf. Dann bog Max nach rechts ab und fuhr die schmale Zubringerstraße entlang, die zum Schloss führte. Auf dem großen Besucherparkplatz stellte er seinen Wagen ab. Einige Touristen scharrten hinter dem Absperrband ungeduldig mit den Hufen. Die Kollegen brauchten viel Fingerspitzengefühl, um die Besucher zu beruhigen. Diese waren so gar nicht damit einverstanden, dass man ihnen den Zutritt zur Burg verwehrte. Leiche hin oder her. Schließlich war man hier in den Ferien.

Alex und Max drückten sich an der Menge vorbei, grüßten die Polizisten und zwängten sich unter dem Absperrband hindurch. Dann marschierten sie die vielen Stufen hinunter, die zur Schlossanlage führten. Max schimpfte wie ein Rohrspatz. Immer wieder blieb er nach einigen Schritten stehen.

»Erst rauf, dann runter«, jammerte er. »Ich dreh durch! Meine Knie! Meine Knie!«

Alex ging schnurstracks auf die Zugbrücke zu, auf der vier Polizisten standen und sich gelangweilt unterhielten. Einer hatte einen orangefarbigen Rucksack in der Hand, der andere hielt ein langes Kletterseil in den Händen.

»Servus, Kollegen«, grüßte Alex und deutete auf den Rucksack. »Gehört der dem Toten?«

»Kann sein, kann aber auch nicht sein«, antwortete der größte Polizist mit einer Seelenruhe. »Wer weiß ... Der lehnte da hinten an der Mauer bei den Bäumen.«

Er deutete auf einen quadratischen Vorhof, der von einer etwa neunzig Zentimeter hohen Mauer umgeben war. Dieser diente als Aussichtspunkt über das Altmühltal. Man konnte, wenn man nach Westen blickte, die Riedenburger Rosenburg mit der berühmten Falknerei sehen.

»Da hinten haben wir auch dieses Kletterseil gefunden«, sprach der Polizist weiter. »Weil ein zweiter Hüftgurt daran montiert war, sieht es so aus, als wäre die Leiche nicht allein beim Klettern gewesen.«

Alex nickte. Er bat die Kollegen, das Seil mit dem Gürtel zur SpuSi zu bringen, die noch am Fuße der Steilwand beschäftigt war. Diese Aufgabe übertrugen die Polizisten großzügigerweise dem Jüngsten von ihnen, der sich schlürfend auf den Fußweg bergab machte.

»Habt's ihr da schon reing'schaut?«, erkundigte sich Alex und griff nach dem Rucksack.

Weil die drei gelangweilt mit den Köpfen schüttelten, übernahm er selbst diese Aufgabe. Im Inneren fand Alex einen Autoschlüssel. Er zeigte ein VW-Emblem. Dann fischte er eine Packung Kondome und eine Blister-Verpackung mit Viagra heraus. Eine Tablette fehlte.

In der Vordertasche steckte ein Geldbeutel mit Führerschein und Personalausweis. Das Foto darauf identifizierte den Toten eindeutig als Marco Meindl, fünfundzwanzig Jahre jung, wohnhaft in der Abensberger Straße in Saal an der Donau. Als Alex den Studentenausweis der Uni Regensburg entdeckte, biss er sich nachdenklich auf die Unterlippe. Schon wieder hatte es einen jungen Akademiker erwischt. Jetzt endlich kam Max angewackelt und griff nach seinem

Taschentuch in der Hosentasche. Angewidert zog er die Hand zurück.

»Irenes Schweißerguss auf deinem Lappen?«, fragte Alex grinsend. Mangels Alternativen wischte sich Max mit dem Ärmel über die Stirn.

»Sehr lecker, Max! Mach nur weiter so. Heute schaffst du es noch auf den Olymp der Geschmacklosigkeiten«, äffte Alex. Dann deutete er auf die Schachtel mit Viagra und reichte seinem Kollegen die Brieftasche. »Du solltest mehr Sport treiben.«

»So wie du, oder? Auf deinen *Matratzensport* kann ich wahrlich verzichten«, blaffte Max.

Die drei Polizisten grinsten sich an und senkten die Köpfe. Alex warf Max einen bitterbösen Blick zu.

»Sonst hat man nichts gefunden?«, fragte Max, um abzulenken.

Die Kollegen zuckten mit den Schultern.

»Wir warten auf die SpuSi«, sagte einer. »Und das kann dauern.«

Die anderen zwei stimmten durch ein monotones Nicken zu. Alex gab Max das Zeichen, sich im Schloss selbst etwas umzusehen. Sie schlenderten über die Burgbrücke auf das bogenförmige Eingangsportal zu. Ein Flügel des Tores war geöffnet. Als die beiden den Innenhof betraten, sahen sie einen Mann, der am Burgbrunnen lehnte und kräftig an seiner Zigarette zog. Seine Hände zitterten. Er schien mit den Nerven am Ende zu sein. Er warf die Kippe weg und ging auf die Mauer zu, über die die beiden Feuerwehrmänner die Leiche abgeseilt hatten. Hier führte der Steilhang in die Tiefe. Kopfschüttelnd lief er wieder zum Brunnen zurück, um sich die nächste Zigarette anzustecken. Als er die Kommissare sah, hielt er inne.

»Heut gibt's keine Führungen«, sagte er mit heiserer Stimme. »Bitte gehen Sie zur Absperrung zurück.«

Alex und Max zogen ihre Ausweise. Sichtlich erleichtert, endlich mit jemandem Befugten sprechen zu können, sackte der Mann in sich zusammen.

»Heilige Scheiße«, stöhnte er. »Ich sag Ihnen, das war ein Anblick. Den werd ich so schnell nicht vergessen.«

»Können wir verstehen«, bekräftigte Max. »Schildern Sie uns bitte möglichst genau, wie Sie den Toten gefunden haben.«

Der Mann fuhr sich durch die Haare.

»Ich hab das Tor heute ausnahmsweise schon vor sieben Uhr aufgesperrt, weil ich im Schloss noch etwas reparieren wollte«, begann er. »Normalerweise bin ich erst gegen neun Uhr hier, denn unter der Woche kommen die Besucher nicht so früh. Gegen zehn Uhr dreißig tauchen gewöhnlich die Ersten auf. Was denken Sie, wie blöd ich g'schaut hab, als plötzlich ihre Kollegen vor mir standen und mir was von einer Leiche erzählten, die da an der Steilwand baumeln soll. Die komplette Prunner Feuerwehrmannschaft war angerückt! Ich dachte, mich tritt ein Pferd.«

Er ging wieder zurück zur Mauer und deutete nach unten.

»Ich bin mit ihnen in den Vorhof gegangen. Da hab ich den Strick erst gesehen. Er war um die Seilwinde des Burgbrunnens gebunden und straff gezogen. Und am anderen Ende hing die Leiche. Mann oh Mann.«

»Sie hatten gestern Abend auch Dienst?«, fragte Alex.

Der Mann nickte.

»Ich bin bei der Verwaltung der Befreiungshalle Kelheim, Außenstelle Burg Prunn, angestellt und sitze tagtäglich hinter der Scheibe da vorn. Ich schließe immer gegen achtzehn Uhr zu.«

Er deutete zum Torbogen, neben dem das Kassenhäuschen untergebracht war.

»Wie könnte das Opfer zu so später Stunde in den Innenhof gekommen sein?«, erkundigte sich Alex.

Der Mann entzündete sich eine Zigarette. Seine Finger zitterten.

»Durch das Tor kann er nicht gekommen sein. Das war definitiv zu. Aber Kletterer finden immer einen Weg. Dafür muss man aber geübt sein. Ein Laie hat keine Chance, es bis hierher zu schaffen.«

»Die Leiche machte nicht den Eindruck, als sei dies der erste Kletterversuch des Typs gewesen«, überlegte Alex laut. »Er muss mit den Örtlichkeiten hier vertraut gewesen sein.«

Die beiden Kommissare entließen den Mann, dem die Geschichte sichtlich an die Nieren ging. Müde stapfte er über den kiesigen Weg am Palais vorbei auf das Tor zu.

»Warum hatte der Kletterer Viagra dabei?«, fragte Alex und runzelte die Stirn. »Wieso wirft er sich das Zeug gerade hier auf der Burg ein? Wenn ich klettere, dann klettere ich und pumpe mir nicht freiwillig das Blut in den Dödel, oder?«

In diesem Moment klingelte Alex' Handy.

»Irene war dran«, sagte er, nachdem er das Gespräch beendet hatte. »Jetzt ist es wie in Stein gemeißelt: Madonna hatte eindeutig wieder die Finger im Spiel. Am Gurt, der an dem Seil montiert war, hing ein Haar. Es war lang, gelockt und schwarz.«

10

Am Donnerstag gegen Mittag in Prunn

Die beiden Kommissare waren wieder nach unten gefahren und hatten das Beweisstück besehen, das Irene und ihr Team gefunden hatten. Auch Dr. Zierer war noch vor Ort.

»Ja, da schau her!«, rief Alex überrascht. »Ist es dir in Erlangen etwa zu langweilig?«

»Horch amol«, maulte Dr. Zierer. »Meinst du, ich bin ein D-Zug?«

Alex hob beschwichtigend die Hände.

»Ist schon gut, Doc. Nichts für ungut. Schieß los«, sagte er versöhnlich.

Dr. Zierer rümpfte die Nase.

»Also. Wie bei Daniel Reiter war wohl der Einstich mitten ins Herz die Todesursache«, fing er an. »Denn nach meinem ersten Eindruck ist er ein gesunder, sportlicher, junger Mann, der an keiner ersichtlichen Krankheit litt. Der stramme Max«, dabei deutete er auf das Glied des jungen Mannes, »hatte sich sichtlich auf Geschlechtsverkehr gefreut. Ob er zum Zug kam, weiß ich noch nicht.«

»Habt ihr ein Kondom gefunden?«, fragte Alex.

Irene verneinte. Der Pathologe bückte sich und hob das T-Shirt an. Bevor er sprechen konnte, wurde er von Alex unterbrochen.

»Zierer! Se-Zierer! Das Kreuz haben wir schon gesehen. Schließlich sind hier keine *Stümper* am Werk«, sagte er streng. Dann hielt Alex ihm den Blister mit den Viagra-Tabletten unter die Nase. Dr. Zierer pfiff.

»Allmächt! Da laust mich der Aff. Diese blauen Pillchen kennen wir doch. Auch Daniel Reiter hatte Viagra im Blut.«

Irene schüttelte entsetzt den Kopf.

»Warum zum Teufel werfen sich diese Prachtexemplare Viagra ein, um in Stimmung zu kommen? Braucht man nicht ein Rezept dafür?«

Dr. Zierer verneinte.

»Das Potenzmittel ist seit 1998 auf dem Markt. Viagra gab es erst nur gegen einen Wisch vom Arzt. Inzwischen hat sich das geändert. Eine Vielzahl von Online-Versandhäusern hat sich etabliert, bei denen man Viagra und ähnliche Potenzmittel ohne Rezept und diskret vom Sofa aus bestellen kann. Ideal finde ich das nicht, denn das Zeug ist nicht ungefährlich. Andererseits ersparen sich Patienten mit Erektionsproblemen den unangenehmen Gang in die Praxis. Ich würde mich wundern, wenn die beiden Kerle einen Arzt aufgesucht hätten.«

Irene schüttelte den Kopf.

»Ich bleib dabei: Die zwei Burschen sehen doch nicht so aus, als hätten sie das Zeug nötig, oder?«

Alex zuckte mit den Schultern.

»Ich habe keinen blassen Schimmer«, gab er zu.

»Ich werde sämtliche Kollegen dazu verdonnern, das Waldstück hier ums Schloss und in unmittelbarer Nähe des Klosters in Weltenburg nach Kondomen abzusuchen«, sagte Irene entschlossen. »Vielleicht hatte unsere Madonna ja doch Geschlechtsverkehr mit den Kerlen.«

»Mit Daniel Reiter kopulierte sie definitiv nicht. Das habe ich bereits untersucht«, brummte Dr. Zierer beleidigt.

»Geben Sie's doch zu, Doc«, konterte Irene. »Irgendwas stimmt hier nicht. Man dröhnt sich doch nicht mit Viagra und Poppers zu, wenn man nicht unmittelbar später Geschlechtsverkehr haben wird, oder?«

»Wollt ihr wirklich den ganzen Forst durchkämmen«, fragte Alex und schaute etwas verunsichert drein.

»Was anderes wird uns nicht übrig bleiben, Tiger«, gab Irene zur Antwort.

Auf dem Parkplatz hatte Max sofort den alten Golf von Marco Meindl entdeckt. Einsam und verlassen stand er in der letzten Reihe. Anschließend war Max mit seinem Volvo zum Präsidium zurückgefahren, wo Alex seinen BMW abgestellt hatte und zu ihm ins Auto gestiegen war. Jetzt waren sie unterwegs nach Saal an der Donau, dem Wohnort des Toten. Alex sprach kein Wort.

Max überlegte, was seinem Kollegen wohl über die Leber gelaufen sein könnte. So sicher war man bei Alex nie. Mal war es ein Blick, der ihn störte, mal ein achtloser Kommentar. Nach außen spielte er den harten Kerl, doch innerlich war er sehr empfindsam. Austeilen konnte Alex prima, aber mit dem Einstecken sah's nicht so rosig aus.

Max kannte seinen Kollegen inzwischen so gut, dass er wusste, dass es keinen Sinn hatte, ihn zu fragen, was ihn bedrückte. Max gehörte schließlich nicht zum weiblichen Geschlecht, dem es scheinbar schon in die Wiege gelegt worden war, Männer auszuquetschen. Die konnten so lange in ein Loch bohren, bis man wirklich ein Problem hatte, wo vorher keines war.

Als Max in die Abensberger Straße einbog, schien Alex wieder der alte zu sein.

»Du redest, ich halt mich im Hintergrund«, bestimmte er.

Max hielt vor einem kleinen Häuschen, das in den späten Sechzigerjahren gebaut worden war. Es war beige getüncht. Vor den Fenstern hingen Blumenkübel, die mit Geranien bepflanzt waren. Der Rasen war penibel gepflegt, die Beete von Unkraut befreit. Das Haus machte einen sehr gepflegten Eindruck.

Verwundert schaute Max sich um. Hier soll Marco Meindl gewohnt haben? Der Supersportler war also auch noch ein begnadeter Gartler! Das Leben war wirklich ungerecht.

Sie stiegen aus und näherten sich der Eingangstür. Alex klingelte und trat wie gewohnt beiseite. Max holte tief Luft. Er war gespannt, wer ihnen öffnen würde. Aber er wartete vergeblich. Nach etwa einer Minute versuchte es Alex erneut. Fehlanzeige. Es war scheinbar niemand zu Hause. Plötzlich jedoch hörten sie eine weibliche Stimme, die übelste Flüche ausstieß. Jemand war hinten im Garten. Alex gab Max ein Zeichen, und sie gingen ums Haus herum. Das Erste, was sie sahen, war ein wohlgeformter Frauenhintern, der in einer knackig engen Jeans steckte. Die Dame hatte sich nach vorne gebeugt und kämpfte mit dem Reifen eines alten Schubkarrens. Sie versuchte vergeblich, den Schlauch aufzupumpen.

»Der hat wohl einen Platten!«, rief Max und eilte der Frau zu Hilfe.

Alex hielt sich im Hintergrund. Max war sofort Feuer und Flamme. Das Weibsbild gefiel ihm sehr gut. Er krempelte seine Ärmel zurück, griff nach der Luftpumpe und fummelte an dem Ventil herum.

»Lassen Sie mich nur machen«, gab er an und schob die große, schlanke Frau zurück. »Das ist Männerarbeit.«

»Sie schickt der Himmel«, lachte sie und strich sich die langen braunen Haare hinter die Ohren. »Da will man Blumen pflanzen, und dann geht das Ding hier kaputt.«

Max schmolz unter ihrem Lächeln dahin. Jetzt erst bemerkte sie Alex, der lässig an der Hauswand lehnte. Die Frau, die etwa Ende zwanzig sein musste, grüßte ihn freundlich. Sie hatte zahlreiche Sommersprossen im sonnengebräunten Gesicht. Beim Lachen entblößte sie ihre gepflegten Zähne.

»Jetzt müssen Sie mir verraten, wer Sie sind«, sagte sie. »Engel seid ihr jedenfalls nicht. Das müsste ich wissen.«

Max grinste bis über beide Ohren, während er die Luftpumpe betätigte. Der Reifen blähte sich schon bedrohlich.

»Pass auf, dass er nicht platzt, dein *Schlauch*!«, rief Alex. Die Frau errötete und schaute zu Boden. Max schenkte seinem Kollegen einen zornigen Blick. Er verschraubte das Ventil und stand auf. Dann wischte er sich die Hände an seiner braunen Cordhose ab und reichte sie der Frau zum Gruß.

»Max Spenninger ist mein Name«, stellte er sich vor. »Kripo Kelheim.«

Sie sah zu Alex hinüber. Der zog seinen Ausweis aus der Gesäßtasche.

»Brandl«, brummte er. »Ich gehör auch zu diesem Verein.«

Die Frau schüttelte verwirrt den Kopf und wandte sich wieder Max zu. Er war ihr offensichtlich sympathischer als der jüngere Kerl. Max kratzte sich am Kopf.

»Sie kennen einen Marco Meindl, Frau …?«, fragte er.

»Sandra Rose ist mein Name«, stellte sich die Frau vor und reichte Max erneut die Hand.

»Rose ist ein schöner Nachname. So passend für Sie«, stellte Max fest, während er die Hand von Sandra fest umschlossen in der seinen hielt.

Alex räusperte sich laut. Max besann sich und sah Sandra in die Augen.

»Ihrem Nachnamen zu entnehmen sind sie nicht mit Marco Meindl verwandt?«

Sandra lächelte.

»Er ist mein Freund. Im März sind wir zusammengezogen. Marco hat das Haus hier günstig erworben. Seitdem sind wir am Renovieren. So langsam wird es heimelig.«

Sandra strahlte übers ganze Gesicht.

»Wo ist ihr Freund im Moment?«, erkundigte sich Max behutsam.

»Er ist mit einem Bekannten zum Klettern gefahren«, antwortete Sandra. »Es war anscheinend ein sehr spontanes Treffen. Leider habe ich es versäumt, nachzufragen, welchen Felsen sie besteigen wollen. Gestern am frühen Abend ist er mit dem Auto überhastet aufgebrochen. Die beiden wollten irgendwo übernachten. Er will heute am späten Nachmittag wieder da sein. Ich soll ihm Allgäuer Käsespatzen kochen.«

Sandras Gesicht strahlte. Max sah zu Boden.

Wenn du wüsstest!, dachte er. Während du liebevoll das Essen zubereitest, vögelt dein Freund eine andere.

»Wie heißt der Freund, mit dem Marco verabredet war?«, wollte Max wissen.

Sandra schüttelte den Kopf.

»Ich war gestern lange an der Uni. Ich besuchte dort ein Hauptseminar. Wir gaben uns sprichwörtlich die Klinke in die Hand. Ein kurzer Kuss, eine flüchtige Verabschiedung und weg war er …«

… und eilte schnurstracks in die Arme eines männermordenden Vamps, vollendete Max den Satz in Gedanken. Wie entsetzlich erniedrigend für Sandra.

Max blickte flehentlich zu Alex hinüber. Er konnte die Befragung nicht fortsetzen. Sandra tat ihm offenkundig sehr leid.

»Marco studierte doch in Regensburg. Warum seid ihr nach Kelheim gezogen? Das ist sehr weit von der Uni entfernt«, schaltete sich Alex ein.

»Marco liebt diese Gegend«, antwortete Sandra. Sie ließ den Blick schweifen. »Er studiert Sport und kann hier seine Leidenschaft ausleben, Klettern, Radfahren, Rudern, Wandern …« Dann hielt sie inne und griff sich ans Herz. Ihr Blick wurde ängstlich.

Max wusste, dass sie erst jetzt gemerkt hatte, dass Alex die Vergangenheitsform benutzt hatte. Und da war er wieder, der verhasste Moment, der das Leben der Angehörigen von einer Sekunde auf die andere veränderte. Alex wandte sich ab und überließ Max das Feld. Dem war sichtlich nicht wohl in seiner Haut. Nervös riss er einen dürren Ast eines kleinen Forsythienstrauches ab und knetete darauf herum.

»Wir haben im Steilhang von Schloss Prunn eine männliche Leiche entdeckt. Sie hing in einem Klettergurt an einem Seil etwa zwanzig Meter vom Boden entfernt. Ein Ausweis, den wir in einem orangefarbenen Rucksack gefunden haben, identifizierte den Toten als Marco Meindl.«

Sandra begann zu wimmern. Erst ganz leise, dann immer lauter, bis sie schließlich schrie wie von Sinnen. Max ging auf sie zu und nahm sie in die Arme. Alex biss die Zähne so fest zusammen, dass Max es knirschen hörte.

Max führte Sandra ins Haus. Sie ließ sich nur langsam beruhigen. Im kleinen Esszimmer zog Max einen Stuhl unter dem Tisch hervor, sodass sich Sandra darauf setzen konnte. Alex war den beiden gefolgt und suchte nach Bildern, die den Freund von Sandra eindeutig als Marco Meindl auswiesen. Er schluckte bitter, als er die zahlreichen Fotos des glücklichen Paares im schmalen Treppenhaus entdeckte. Anscheinend liebten es die beiden, abenteuerliche Reisen zu unternehmen. Die Fotos zeugten von exotischen Zielen. Die lachenden, verliebten Gesichter von Sandra und Marco bildeten stets den Mittelpunkt. So hatten die beiden etwa mehr als fünfzehn Reisen gemeinsam unternommen.

»Marco war ein Weltenbummler«, flüsterte Sandra, als sie Alex entdeckte, der aufmerksam die Bilder studierte. »Wir liebten es, spannende Urlaube zu machen. Wir packten den Rucksack, suchten uns den billigsten Flug und hoben ab. An Marcos Seite hatte ich vor nichts Angst. Egal, ob wir nach Thailand oder Kambodscha flogen, er besorgte uns stets eine günstige, sichere Unterkunft und gesundes Essen. Er war so fürsorglich …«

Tränen rannen über ihre Wangen. Max suchte nach einem Taschentuch. Sein eigenes, das mit Irenes Make-up-Flecken bedeckt war, konnte er ihr nicht reichen. Er verfluchte sich innerlich erneut dafür, es Irene geliehen zu haben. Max' Mühe war vergeblich, denn sie zog selbst ein Taschentuch aus der Hosentasche und schnäuzte sich.

»Ich habe mich in Marco verliebt, als er siebzehn Jahre alt war. Das war vor acht Jahren. Vorher war er ganz anders. Ein Macho und Gaudibursche. Einer, der hinter jedem Rockzipfel her war. Er liebte Mutproben. Weil er in der neunten Klasse keinen Bock mehr auf Schule hatte und durchfiel, schickten ihn seine Eltern nach Regensburg aufs Goethe-Gymnasium. Trotzdem hing er die meiste Zeit mit Halbstarken aus Kelheim zusammen, die volljährig und schon mobil waren. Er war der Jüngste in der Clique. Marco hat mir schon immer sehr gefallen. Wissen Sie, ich stamme auch aus Saal. Hier kennt jeder jeden. Ich weiß nicht warum, aber Marco hat sich plötzlich verändert. Nach seinem Abitur interessierte er sich nicht mehr für wilde Partys. Vielmehr schrieb er sich an der Uni ein und begann mit dem Sportstudium. Die Kurse besuchte er gewissenhaft. Und dann geschah das Unglück: Seine Eltern starben bei einem Autounfall, als er zwanzig Jahre alt war. Es riss ihm den Boden unter den Füßen weg. Da ich in der Pfarrgemeinde tätig bin, habe ich ihn in dieser Zeit oft getroffen. Wir haben zusammen geweint, getrauert und uns getröstet.«

Ich weiß auch schon wie, schoss es Max durch den Kopf, und sein Blick fiel unwillkürlich auf den vollen Busen der jungen Frau.

»Wir haben uns ineinander verliebt«, flüsterte Sandra. »Ich ersetzte seine Familie. Obwohl ich fast sechs Jahre älter bin als er, sprach er in den letzten Monaten immer wieder von einem Baby …«

Die junge Frau schluchzte. Tränen rollten über ihre blassen Wangen.

»Sie sind berufstätig?«, fragte Max vorsichtig.

Sandra schüttelte den Kopf.

»Ich studiere Theologie. Ich stehe kurz vor dem Examen. Ich war jahrelang im Ausland und habe in SOS-Kinderdörfern in Afrika gearbeitet. Deshalb hat mein Studium auch so lange gedauert. Nach dem Examen wollten wir beide noch einmal für längere Zeit ins Ausland reisen. Bangladesch oder Indien hätten wir gerne besucht, um den Menschen dort zu helfen. Aber jetzt ...« Sie sah auf ihre Hände, die sie in den Schoß gelegt hatte. »Jetzt hat alles keinen Sinn mehr.«

Sie begann erneut zu weinen. Max legte ihr den Arm um die Schulter.

Alex ging nach draußen, weil er den Vibrationsalarm seines Handys in der Hosentasche spürte. Es war Irene.

»Ich hab's geschafft!«, kreischte sie. »Daniel Reiters Computer ist geknackt! Stell dir vor, das letzte Fenster, das er geöffnet hat, war so eine Datingseite aus der Region Kelheim. Wen er da gesucht hat, kriege ich noch raus. Leider haben wir sein Handy noch immer nicht gefunden.«

Alex bedankte sich für die Info. Er bereitete Irene darauf vor, bald auch Marco Meindls Computer auf dem Tisch stehen zu haben. Dann würde die Suche nach der Nadel im Heuhaufen erneut beginnen.

Alex wollte auflegen.

»Stopp, stopp, mein Lieber!«, krächzte Irene. »So schnell schießen die Preußen nicht. Jetzt kommt die Sensation. Meinen Kollegen ist das Unmögliche gelungen. In Prunn waren sie leider erfolglos, aber im Weltenburger Forst haben sie zwei Kondome gefunden. Wie es scheint, sind beide nicht älter als eine Woche. Und, was sagst jetzt, Tiger?«

»Wo ist ein Strick, mit dem ich mich erhängen kann?«, murmelte Alex, während er die gackernde Irene wegdrückte.

11

Am frühen Donnerstagnachmittag in Erlangen

Nur ungern hatte sich Max von Sandra getrennt und war mit Alex ins Präsidium zurückgefahren. Väterlich besorgt hatte Max sich darum gekümmert, dass Sandra eine Freundin anrief und sie zu sich bestellte. Sandra durfte jetzt keinesfalls alleine sein. Max wollte sie vom Büro aus gleich noch einmal anrufen.

Derweilen steuerte Alex den Wagen Richtung Erlangen und schaute bei Dr. Zierer in der Pathologie vorbei. In der Zwischenzeit sollte er die Leiche von Marco Meindl genauer unter die Lupe genommen haben. Als der Rechtsmediziner Alex entdeckte, wollte er gerade beginnen, den Brustkorb der Leiche zu öffnen. Sofort legte er die elektrische Säge beiseite.

»Servus Alex«, grüßte er. »Mit dir hätt ich so schnell nicht gerechnet.«

Alex zog die Schiebetür zu und näherte sich der Bahre. Er griff instinktiv nach dem grünen Leinentuch und bedeckte den Unterkörper des Toten. Dr. Zierer jedoch zog es gleich wieder beiseite.

»Der friert nimmer«, sagte er trocken und stützte sich an der Bahre ab. »Horch, ich weiß, was du denkst. Du wärst auch froh, wenn dir jemand die Scham bedeckt. Aber in dem Fall«, er zeigte auf Marcos Glied, »finden sich genau da Spuren, die ich dir zeigen muss.«

Er griff nach einer Taschenlampe und beleuchtete das Geschlechtsorgan. Dr. Zierer beugte sich nach unten. Offensichtlich brannte er darauf, dem Kommissar eine Entdeckung zu präsentieren. Verwundert blickte er jedoch wieder auf, weil Alex starr wie eine Statue neben ihm stand.

»Ist schon schlimm genug, dass man völlig entblößt vor dir liegen muss, Doktor«, brummte Alex. »Aber dass du den Penis der

Leiche auch noch durch einen gezielten Lichtstrahl in Szene setzt, überschreitet schon die Grenze des guten Geschmacks.«

Der Pathologe verzog das Gesicht.

»Horch amol, glaubst du etwa, dass mir das Spaß macht? Jetzt stell dich nicht so an und schau, was ich gefunden hab.«

Alex atmete tief ein. Also, los geht's. Alex beugte den Oberkörper nach vorn.

»Der Todeszeitpunkt muss gegen Mitternacht gewesen sein. Genauso wie Daniel Reiter kam er jedoch nicht zum Schuss, obwohl er bestens darauf vorbereitet war.«

Dann hob Dr. Zierer die Hoden an.

»Das ist ja verkrustetes Blut«, stellte Alex erstaunt fest. »Hatte er wunde Klöten?«

Der Doktor schüttelte den Kopf.

»Wund ist der falsche Ausdruck. Ich würde das eher als ziemlich starke Abschürfung bezeichnen.«

Er fasste an die Hüfte der Leiche und bat Alex, sich Gummihandschuhe überzuziehen.

»Wir müssen ihn rumdrehen«, befahl der Pathologe.

Mit einem kräftigen Schwung bugsierten die beiden Männer die Leiche auf den Bauch. Alex war jedes Mal aufs Neue erstaunt, wie schwer ein toter Mensch war. Marco fühlte sich an wie ein Mehlsack. Als Alex' Blick das Gesäß des Toten streifte, pfiff er vor Erstaunen.

»Der hat ja lauter Kratzspuren am Hintern!«

»Kratzspuren? Das ist aber lieblich ausgedrückt«, spottete der Rechtsmediziner. »Das sind tiefe Schnittwunden! Alles deutet darauf hin, dass Marco eine ganze Weile unten herum entblößt auf einer Mauer saß und sich hektisch bewegte.«

»Auf der Mauer des Innenhofs von Schloss Prunn?«, rief Alex bestürzt. »Da geht's doch mehr als siebzig Meter in die Tiefe! Welche akrobatischen Übungen machte er denn da? So splitternackt?«

»Keine Ahnung. Aber der war völlig benebelt. Vollgepumpt mit Alkohol. Ich gehe davon aus, dass der so zugedröhnt war, dass er in diesem Moment alles getan hätte.«

»Ich fasse zusammen«, sagte Alex. »Marco Meindl rieb sich also auf den kantigen Steinen der Brüstung den Arsch auf, ohne dabei zum Orgasmus gekommen zu sein? Das muss doch höllisch wehgetan haben. Warum hat er das getan?«

»Ich sag nur eins: ›Poppers‹ in Kombination mit Alkohol«, antwortete Dr. Zierer. »Hab ich in seinem Blut eindeutig nachgewiesen. Die Wirkung ist dir bekannt. Man verliert sein Schmerzempfinden. Denk an die frische Tätowierung auf seiner Brust und die Stichwunde.«

»Verdammte Scheiße!«, rief Alex erschüttert. »Warum füllt unsere Madonna die Männer mit so einem Zeug ab, das ihre Gurkerl fast zum Platzen bringt?«

Dr. Zierers Augen leuchteten auf.

»Horch amol, vielleicht steht sie auf Sado-Maso-Spielchen? Sie hat Marco Meindl nämlich auch noch festgebunden.«

»Wie bitte?«, hakte Alex nach.

Dr. Zierer deutete auf zwei etwa vier Zentimeter breite Hämatome unter der rechten und linken Achsel des Toten. Dann ließ er seinen Zeigefinger über eine striemenartige Rötung wandern, die sich quer über dem Rücken des Toten erstreckte.

»Sie hat ihm ein Seil um den Brustkorb gewickelt. Er presste sich die beiden Knoten immer wieder gegen die Achseln.« Dann hielt der Gerichtsmediziner inne. »Nach dem Mord hat sie ihn nur noch über die Mauer hieven und abseilen müssen«, fügte er an. »So kann man einen Toten auch entsorgen. Biologisch abgebaut, sozusagen.«

Alex dachte nach. Dann schüttelte er den Kopf.

»Dann musste unsere Madonna also nur noch zurückklettern, den Gurt abnehmen und verschwinden. Ob sich Zeugen für den Mord finden lassen, wage ich zu bezweifeln. Da oben gibt's nichts außer einem Gasthof, der bereits geschlossen hatte, und ein paar vereinzelten Häusern. Wir haben es anscheinend mit einem ganz ausgefuchsten Weibsstück zu tun. Die muss ungeahnte Qualitäten haben. Sie bringt die Männer so weit, alles zu tun, was sie will. Sie werfen sich Viagra ein, trinken eine so große Menge Alkohol, die zum Tod führen kann, und schlucken ein Aphrodisiakum. Und dann kommen sie nicht mal zum Schuss. Was zum Henker treibt die mit denen? So langsam werde ich auch neugierig auf diese Frau.«

Nach einem kurzen Gruß verließ Alex die Gerichtsmedizin. Er hatte noch etwas Wichtiges in Kelheim zu erledigen. Die Sache durfte er nicht länger vor sich herschieben. Irene sah verwundert auf, als er plötzlich im Labor auftauchte. Alex schlich förmlich an den Kollegen vorbei.

»Na, Tiger? Hast du was auf dem Herzen? Warum streunst du denn hier noch rum? Bist auf der Suche nach frischer Beute?« Sie sah sich demonstrativ um. »Außer den Jungs und mir ist kein Frischfleisch vorhanden.«

Ihre Kollegen grinsten bis über beide Ohren und machten sich wieder an die Arbeit. Irene hielt ihm zwei Kondome entgegen, eines zartrosa, das andere himmelblau.

»Lecker, oder? Die hat man zwischen all dem anderen Müll im Umkreis des Weltenburger Forstes gefunden. Das Sperma in den beiden Kondomen hier scheint einigermaßen frisch zu sein. Mal sehen, ob in einem der Erguss von Daniel Reiter dahindürrt.«

Sie legte die beiden Verhütungsmittel auf den Labortisch und wollte beginnen, sie für die Untersuchung zu präparieren. Alex sah sich um und zog Irene hinter eine Trennwand. Irene schenkte ihm einen verdutzten Blick.

»Also, die Sach ist mir ein bisserl unangenehm«, flüsterte Alex. »Aber es kann sein, dass du in einem der Kondome meine DNA findest.«

Irene hob fragend die Brauen.

»Ich war am Mittwochabend im Kloster und hab eine Bedienung befragt«, erklärte Alex. »Die hat mir dann den Ort gezeigt, wo sich unser Daniel mit Madonna amüsiert haben könnte.«

»Aha. Der Herr Kommissar hat also *hautnah* ermittelt. Ich verstehe«, antwortete Irene. »Welches der beiden hat deiner *Befragung* gedient?«

Alex deutete auf das zartrosarote Kondom. Irene nickte, griff unauffällig danach, ging zum Abfalleimer und betätigte den automatischen Öffner.

»Und da gehen sie dahin, die unzähligen Mädchen und Jungen des schönen Alexander Brandls«, flüsterte sie andächtig. »Er wäre euch ein guter Vater gewesen.«

Alex drehte sich wortlos um. Während er das Labor verließ, fügte er Irenes Worten ein bestätigendes »Amen!« hinzu.

12

Am frühen Donnerstagabend in Affecking

Max tuckerte gemächlich in seine Garage und würgte den Motor ab. So ein Scheißtag! Die zweite Leiche innerhalb weniger Tage! Gedankenversunken starrte er an die Wand. Die Worte »Trautes Heim, Glück allein« begrüßten ihn. Sie standen auf einem alten Stickbild, das seine Mutter ihm zum Einzug ins neue Haus vor fast fünfzehn Jahren geschenkt hatte. Gisela verabscheute das Ding. Schon von Anfang an. Da es Max aber an seine verstorbene Mutter erinnerte, hatten sie einen Deal geschlossen: Es wurde vor der Mülltonne verschont – vorausgesetzt es friste sein Dasein bis ans Lebensende an der Wand der Betongarage. Max hatte mürrisch eingewilligt. Wenigstens erfreute er sich jeden Tag an dem Spruch, wenn er zur Arbeit fuhr und spätabends wieder zurückkehrte. Seine liebe Mutter.

»Gott hab sie selig«, sagte er, während er die Tür seines Volvos verschloss. Sobald er sich der Verbindungstür zum Wohnhaus näherte, warf er noch einmal einen wehmütigen Blick zurück.

»Von wegen ›Trautes Heim, Glück allein‹! Das Glück wich Zwillingen«, hauchte er.

Trotz der Feuerschutztür drang das Gekeife seiner beiden Töchter bis in die Garage. Max atmete tief ein und drückte die Klinke nach unten.

»Auf in den Zickenkrieg!«

Doch sobald die Mädchen den Schlüssel in der Haustür hörten, erstarb das Gestreite, und eine bedrohliche Stille kehrte ein. Max bekam eine Gänsehaut. Schweiß sammelte sich auf seiner Stirn. Ihm schwante Übles. Diese Ruhe bedeutete nichts Gutes.

»Hallo, geliebter Papa«, flötete Natalie und steckte ihren Kopf über das Treppengitter. Die blonden langen Haare fielen ihr ins Gesicht.

»Schön, dass du da bist. War es heute sehr anstrengend?«, erkundigte sich Alexandra, die hinter Natalie aus der Versenkung auftauchte.

Max standen die Haare zu Berge. Was in aller Welt wollten sie schon wieder von ihm? Wenn sie so säuselten, dann hieß es meistens: Papa, zück den Geldbeutel und lass mal was rüberwachsen. Bevor er seine beige Jacke an den Haken der Garderobe hängen konnte, stürmte seine Gisela aus der Küche und nahm sie ihm ab. Sie hauchte ihm ein zartes Küsschen auf die Wange.

»Du bist aber heute früh dran, mein Hase«, flötete sie. »Das Abendessen ist noch nicht fertig. Der Braten braucht noch etwa eine Viertelstunde.«

»Meinst du einen *Schweinebraten*?«, erkundigte sich Max und öffnete den ersten Knopf seines Hemdes.

Schweinebraten unter der Woche war verdächtig. Wenn seine Frau mit den Mädchen gemeinsame Sache machte, bedeutete das *Alarmstufe Rot*. Gisela, die eine weiße Schürze mit der Aufschrift ›Pisa‹ trug, ein Schnellkauf aus dem letzten Italienurlaub, tänzelte zurück in die Küche. Max blieb verdattert in der schmalen Diele stehen. Aber nicht lange. Schon stürzten seine beiden Töchter die Treppe herunter, nahmen den Papa an der Hand, jede bekam eine, und führten ihn in das Esszimmer. Max wehrte sich wie ein störrischer Esel.

»Mensch Papa, mach dich nicht so schwer!«, schimpfte Alexandra und ließ die Hand los, um Papa vor sich her zu schieben. Natalie zog von vorne.

Max riss den Mund auf, als er den herrlich gedeckten Tisch sah. Gisela hatte das beste Geschirr herausgekramt und sogar zwei Weingläser von Rosenthal hingestellt. Die durften sonst nie Frischluft atmen. Für sie galt lebenslängliche Haft im Glasschrank – wegen Bruchgefahr!

Hochzeitstag? Mist!, dachte Max plötzlich. Ich hab den Hochzeitstag vergessen!

»Gisela, mein Liebling«, säuselte er. »Dein Geschenk hab ich …«

Seine Frau schielte zur Küchentür heraus.

»Von welchem Geschenk sprichst du, mein Hase?«, fragte sie verwundert.

Also kein Hochzeitstag. Puh! Dann Geburtstag? Aber von wem? Welchen Monat haben wir? Mai? Da hat doch niemand Geburtstag, schoss es Max durch den Kopf.

Die Schweißansammlung unter den Achseln nahm bedrohliche Maße an. Natalie stellte sich neben den Tisch und deutete auf einen bunten Frühlingsstrauß.

»Den hab ich extra für dich gepflückt. Weil du so ein toller Papa bist.«

Jetzt riss Max der Geduldsfaden.

»Etz rückt's endlich raus mit der Wahrheit!«, polterte er. »Was is passiert und was wollt's von mir?«

Seine drei weiblichen Mitbewohner rissen die Augen auf und klimperten mit den Wimpern. Gisela stand in der Tür mit einer Schüssel voller dampfender Knödel.

»Nix is passiert, mein Hase«, antwortete sie erstaunt und schüttelte den Kopf.

»Wir wollten nur nett zu dir sein, Papa. Indianerehrenwort«, sagte Natalie und hob die Hand zum Schwur.

»Dass du immer was Schlechtes denkst, Papa«, ereiferte sich Alexandra und ließ sich auf den Stuhl plumpsen. »Das liegt an deinem Räuber-und-Gendarm-Beruf!«

Max entspannte sich zusehends. Vielleicht hatte er sich wirklich geirrt und seine Familie freute sich einfach, ihn zu sehen. Er schmunzelte. Manchmal hörte er wirklich das Gras wachsen. Aber sobald er sich setzen wollte, entdeckte er den Grund für das gruselige Schauspiel: Auf seinem Teller lag eine Zeichnung. Mit einem schwarzen Pferd. Und darunter stand in riesigen Buchstaben: »Bitte, bitte, lieber Papa!«

»Herrschaftszeiten!«, schimpfte Max und stampfte auf den Boden. »Ich hab's doch g'wusst!«,

»Jetzt reg dich nicht so auf und setz dich«, befahl Gisela und stellte die Schüssel auf den Tisch. »Hör den Mädchen doch einfach mal zu.«

Ihr Pädagoginnenblick durchbohrte ihn förmlich. Widerrede war zwecklos. Wie ein kleiner Schulbub setzte er sich schweigend und wartete, bis seine Töchter ebenfalls Platz genommen hatten. Gisela war nun zufrieden und forderte Natalie wortlos auf zu reden.

»Also Papa«, begann sie zögerlich und suchte den Blick ihrer Schwester.

Die nickte und bestätigte sie damit merklich.

»Wie du ja sicher weißt, wollen wir schon so lange ein Pferd haben.«

»Pferd haben«, äffte Max nach und verschränkte die Arme vor der Brust.

Der strenge Blick seiner Frau ließ ihn wieder verstummen. Natalie setzte erneut an.

»Wir haben uns in unserer Klasse ein bisschen umgehört und einen günstigen Stall gefunden. Der ist gar nicht weit weg. Mama war schon mit uns da und hat ihn angeschaut. Ihr hat er gefallen.«

»Gisela, du Judas!«, brummte Max grimmig und fixierte seine Frau. Dann zog er die Brauen zusammen. »Wo und wie viel?«, fragte er in bewährter Verhörtaktik.

»Bei Rohr und nur dreihundertfünfundsiebzig Euro im Monat«, informierte Natalie.

Max lief vor Ärger feuerrot an.

»Rohr in *Niederbayern*! Dreihundertfünfundsiebzig Euro *im Monat*!«, rief er empört.

»Max, du bist keine alte Schallplatte, die einen Kratzer hat«, mahnte Gisela ihren nach Luft schnappenden Mann. »Du musst nicht alles wiederholen.«

»Achtzehn Komma acht Kilometer Entfernung, knapp einundzwanzig Minuten Fahrzeit«, ergänzte Alexandra schnell.

»Ja, is da alles dabei?«, fragte Max aufgebracht.

Natalie grinste unsicher.

»Nicht wirklich, Papa. Da kommen *nur* noch Tierarztkosten und der Hufschmied dazu. Alle acht Wochen etwa neunzig Euro. Günstig, oder?«

»Alle acht Wo…«

Max stoppte, als er Giselas strengen Blick sah. Entschieden schüttelte er den Kopf.

»Ich bin doch nicht wahnsinnig und steck dem Viech nach jeder Runde in der Reithalle ein Zweieurostück in den Arsch!«, rief er erzürnt. »Dabei habt ihr in eurer Rechnung den *Gaul selber* vergessen. So ein Bollerlscheißer kostet locker um die viertausend Euro!«

»Wir mäßigen den Ton, lieber Max. Wir werden nicht vulgär«, mahnte Gisela.

»*Wir* machen überhaupt nichts!«, schrie Max und schlug auf den Tisch. »Ich kauf kein Pferd und damit aus! Basta!«

Beleidigt hob Gisela den Kopf und ging wieder in die Küche.

»Ich hätte mir so sehr einen schwarzen *Hengst* gewünscht«, sagte sie schnippisch.

Noch niemals hatte ein Schweinebraten so zäh geschmeckt wie an diesem Abend.

13

Am Freitagmorgen in der Dienststelle in Kelheim

Max war so schlecht drauf, dass ihm seine Kollegen freiwillig aus dem Weg gingen. Das grimmige Gesicht sprach Bände.

»Von wegen, guter Morgen!«, antwortete er missgelaunt auf den Gruß des freundlichen Pförtners. »So ein Schmarrn! Schon an deinem Tonfall merk ich, dass du des gar nicht ehrlich meinst.«

Max durchschnitt förmlich mit seinem Laserblick die Panzerglasscheibe. Der Kollege hob abwehrend die Hände.

»Entschuldigung, Max, aber des wünsch ich dir doch jeden Tag«, stotterte er.

Max stampfte auf den Boden, murrte ein leises »Is scho guad« und riss die Flügel der Eingangstür auf.

Seine Stimmung besserte sich erst ein wenig, als Sissi Peintinger ihm ein großes Stück Nusskuchen brachte und schweigend auf seinen Schreibtisch stellte. Wie immer war Alex im Büro erschienen, ohne Max sonderlich zu begrüßen. Das war ihm lieber als die geheuchelten Guten-Morgen-Floskeln. Aber wie heißt es schon in einem Sprichwort: »Wenn's läuft, dann läuft's« oder anders betrachtet: »Wenn's ned läuft, dann läuft's halt ned.«

Schon die bedrohlichen Schritte aus dem Flur, die mit unglaublicher Geschwindigkeit näher kamen, beschieden den beiden Kommissaren nichts Gutes. Bevor die Tür des Büros aufgerissen wurde, warfen sie sich noch einen kurzen Blick zu. Während Alex ein süffisantes Grinsen aufsetzte, griff sich Max an den Hemdkragen und öffnete den ersten Knopf. Schon jetzt war ihm sein Oberteil zu eng, und er fing bei der Vorstellung, was nun kommen würde, an zu schwitzen.

Es war niemand anderer als der Staatsanwalt Dr. Harald Fleischer, der sich mit grimmigem Gesicht in der Tür positionierte. Die kräftige Statur klebte förmlich im Rahmen, sodass ihre Chefin Hildegard Hummel, genannt Napoleon, keine Chance hatte, den Raum zu betreten.

Alex ließ sich nicht so leicht beeindrucken wie Max. Sobald er die beiden erblickt hatte, begannen leise Gurr-gurr-Laute aus seiner Kehle zu entweichen. Der Staatsanwalt, also Napoleons Dackel, war aber offensichtlich nicht zu Späßchen aufgelegt und schenkte dem jungen Mann einen vernichtenden Blick. Der aber scherte sich wenig darum, und sein Lächeln auf den Lippen wurde noch breiter, als er die piepsige Stimme seiner Chefin aus dem Hintergrund hörte.

»Harald, wärst du so lieb …«

Dr. Fleischer trat mit einem »Ja, gewiss. Sicherlich, Liebes« hastig beiseite, um ihr den Weg frei zu machen.

»Danke, mein Guter«, säuselte Hildegard Hummel und schob den Kopf wie eine Schildkröte nach vorne. Das tat sie immer. War eine blöde Angewohnheit von ihr. Gleichzeitig rückte sie die rahmenlose Brille zurecht. Der Staatsanwalt überragte die Chefin der beiden Kommissare um beinahe zwei Köpfe, aber sobald sie im Raum war, sackte Dr. Fleischer in sich zusammen wie ein leerer Kartoffelsack und setzte seinen verliebten Dackelblick auf. Die kleine Frau zupfte ihren Blazer zurecht und hob den Kopf. Schon allein diese Haltung sollte ihre Amtsautorität ausdrücken. Auf Max hatte das stets seine Wirkung, denn sofort sprang er von seinem Stuhl auf und räusperte sich.

»Das ist ja eine Überraschung, Sie hier zu sehen …«, stotterte er und sah Hilfe suchend zu Alex hinüber.

Der aber versteckte sich grinsend hinter seinem Monitor, formte mit Daumen und Zeigefinger einen Kreis und schob immer wieder den Zeigefinger der anderen Hand hindurch. Die vulgäre Geste war eindeutig. Zum Glück hatte sie Napoleon nicht gesehen.

»Lassen wir die Höflichkeiten beiseite«, sagte Hildegard Hummel streng und schob den Kopf nach vorn. »Das war der zweite Mord in Folge und wie ich gerade von Dr. Zierer, erfahren habe, tappen wir immer noch im Dunkeln. Ist dem so, *Herr Brandl*?«

Sie durchbohrte den Monitor förmlich mit ihrem Blick. Max wollte Alex zu Hilfe eilen und fuhr sich nervös durch die Haare.

»Die Madonna ... ähm, ich meine, wir gehen davon aus, dass es die gleiche Täterin war«, antwortete er statt seiner. »Sie verkleidet sich als Madonna und geht so auf Männerjagd.«

Der Staatsanwalt wollte sich einschalten, wurde aber von Hildegard Hummel unterbrochen.

»Ich bin noch nicht fertig, mein lieber Harald.«

Dabei blieb der Blick auf Max haften. Das Heben ihrer Hand genügte, um dem Riesen die Luft herauszulassen. Der Staatsanwalt zog die Schultern ein und murmelte ein leises »Natürlich. Entschuldige, mein Liebes.«

Die Frau konzentrierte sich nun auf Alex, an dem dieser Auftritt anscheinend spurlos vorüberzugehen schien. Er hatte sich förmlich hinter seinem Monitor verbarrikadiert. Jetzt breitete sich ein Grinsen auf ihren Lippen aus.

»Da wir keine heiße Spur haben, ziehe ich in Erwägung, Unterstützung von der Kripo Landshut zu beantragen«, hauchte sie eisig. »Dr. Annelie Pausewang würde uns sicher gerne unterstützen.«

Napoleon wusste, dass sie mit dieser Bemerkung voll ins Schwarze getroffen hatte. Augenblicklich tauchte Alex aus der Versenkung auf und verzog das Gesicht.

»Alles, nur nicht das, Chefin!«, rief er. »Nicht Dr. Pausbäckchen!«

Hildegard Hummel wusste, dass die beiden Männer nichts mehr hassten, als dass man ihnen die Kollegin aus Landshut wie einen Klotz ans Bein band. Frau Dr. Pausewang war eine alleinstehende Mittvierzigerin, die es sich zur Aufgabe gemacht hatte, jedem ein positives Arbeitsklima zugutekommen zu lassen. Bevor die Gesprächssitzungen mit ihr begannen, zwang sie die Kollegen zuallererst, ihre Gefühle zu offenbaren, die sie momentan spürten. Dazu überlegte sie sich so komische Dinge wie »Stellt euch vor, ihr wärt essbare Dinge auf einem Buffet. Was würdet ihr momentan darstellen?« oder »Geht mit mir auf Gedankenreise. Wohin würdet ihr jetzt gerne reisen?« Dabei leuchteten ihre rot getünchten Bäckchen vor Begeisterung, und die orange gefärbten, dünnen Haare explodierten vor Ekstase.

»Ich würde Ihnen jetzt gerne mit dem Wanderschuh, den ich in Gedanken am Fuß trage, kräftig in die Fresse treten«, hatte Alex einmal ehrlich geantwortet.

Seitdem waren Alex und sie Feinde. Todfeinde. Und das wusste ihre Chefin genau. Allein das Wort »Pausewang« ließ Alex die Farbe aus dem Gesicht weichen.

»Keine Sorge, Chefin«, versicherte er voreilig, »Unterstützung brauchen wir nicht. Oder Max?«

Er durchbohrte seinen Kollegen förmlich mit seinen Blicken. Dieser schüttelte den Kopf.

»Wir werden das Kind schon schaukeln, auch ohne die brillanten Gedanken der geschätzten Kollegin Pausewang«, bekräftigte Max.

Hildegard Hummel zog die Brauen zusammen. Dann schob sie noch einmal den Kopf nach vorne.

»In spätestens zweiundsiebzig Stunden habe ich etwas Brauchbares auf dem Schreibtisch liegen«, stellte sie klar. »Verstanden?«

Alle im Raum, Dr. Fleischer eingeschlossen, nickten eingeschüchtert. Dann machte die kleine Frau auf dem Absatz kehrt und rauschte durch die Tür. Der Staatsanwalt schickte ihr einen verträumten Blick hinterher. Dann räusperte er sich.

»Genau! Ich schließe mich meiner Kollegin da voll und ganz an«, sagte er knapp.

Nach einem kurzen Gruß verließ er das Büro und hastete der Angebeteten hinterher. Alex griff nach seiner Jeansjacke und quetschte sich an Max' Schreibtisch vorbei.

»Ich schau noch mal runter zur SpuSi, und du tust derweilen alles, um uns Dr. Pausbäckchen vom Leib zu halten. Verstanden?«

Dabei schob er den Kopf wie Hildegard Hummel einer Schildkröte gleich nach vorne.

»Ay, ay Käpt'n«, grinste Max und griff nach dem Telefonhörer. Er musste weitere Infos von Marco Meindls Freundin Sandra bekommen. Ob Marco und Daniel sich kannten?

Alex steuerte aufs Labor zu. Irene saß vor ihrem Rechner und schüttelte immer wieder den Kopf.

»Irene, du alter Holzfuchs, bitte sag mir jetzt was Neues, sonst bring ich mich um«, raunzte Alex.

Die Frau setzte ein mitleidiges Gesicht auf und griff sich ans Herz.

»Welch arger Verlust für die Frauenwelt …«, hauchte sie.

Alex zog die Brauen zusammen. »Ich sag nur eins: Dr. Pausbäckchen!«, knurrte er.

Irene lachte auf.

»Oha, daher weht der Wind. Napoleon war bei euch. Und weil wir angeblich nichts Brauchbares haben, muss wieder mal die Psychologin aus Landshut herhalten.«

Alex nickte. Irene wusste, wie gut Alex Frau Dr. Pausewang leiden konnte. Sie lehnte sich zurück und schob einen zweiten Bürostuhl heran. Die Knöpfe ihres weißen Kittels drohten wegen des fülligen Bauches abzuspringen.

»Die Spermien stammen nicht von Daniel Reiter.«

Alex enttäuschter Blick sprach Bände.

»Du kannst es drehen und wenden, wie du willst, Alex. Es gibt keine DNA von eurer Madonna.«

Alex ließ den Kopf hängen. Es war zum Haare Ausreißen. Er fühlte Dr. Pausbäckchen förmlich hinter seinem Rücken stehen.

»Na, komm her, Tiger. Wie gut, dass die Irene euch den Kopf jedes Mal aus der Schlinge zieht«, gackerte sie und winkte Alex zu sich herunter.

Nachdem der Kommissar Platz genommen hatte, betätigte Irene die Maus und öffnete ein Internetportal. Es war eine Dating-Seite aus dem Landkreis Kelheim, wie es sie derzeit wie Sand am Meer gab. Die Frau tippte Daniel Reiters Namen in die Suchleiste ein und bestätigte mit der Enter-Taste. Ein Foto mit dem Profil des jungen Mannes erschien auf dem Bildschirm. Hübsch sah er aus, der Daniel mit den kastanienbraunen Haaren, die ihm locker ins Gesicht fielen, und dem spitzbübischen Lächeln. Die Augen leuchteten eisblau. Als Alex die Zahl seiner Freunde sah, pfiff er.

»Leck mich am Arsch! Neunhundertvierunddreißig Freunde?«

»Freunde! Pah!« Irene schnaubte. »So sind's, die jungen Leut. Kaum spricht jemand mit ihnen und gibt ihnen ein Bier aus, sind das *Freunde*. Flüchtige Bekannte, Schaumschläger, Luftikusse wären treffendere Bezeichnungen dafür.«

Nun scrollte sie mit der Maus die lange Liste der Freunde hinunter und stoppte beim Buchstaben M.

Alex wurde hellhörig. Das war zu schön, um wahr zu sein. Daniel Reiter war befreundet mit einer Dame namens Madonna! Irene grinste, als sie Alex' Anspannung bemerkte. Sie klickte auf den Namen.

»So, Tiger, nun halt mal die Latte flach.«

Alex besah sich staunend das Profilbild. Es zeigte eine nackte Frau, deren Gesicht durch einen roten Samtschleier bedeckt war. Locker hatte sie ihn über den Körper gezogen, ohne jedoch die runden, festen Brüste zu verdecken. Über den Rücken fiel langes, lockiges, schwarzes Haar. Die unbekannte Schönheit, die zweifelsohne einen Körper hatte, von dem Männer nur träumen, räkelte sich lustvoll. Als Alex aufsah, merkte er, dass Irene ihn beobachtete.

»Und? Ganz dein Typ, oder?«, fragte sie ohne Umschweife. »Handlich geformter Busen, gertenschlanke Taille, schmale Hüften, meterlange Beine ...«

»... und wahrscheinlich das Gesicht von Shrek«, vollendete Alex den Satz. »Warum sonst verbirgt sie es hinter einem Schleier?«

»Also Alex!«, rief Irene brüskiert. »Ich kenn keinen anderen, der so offen seine Triebe auslebt wie du! Aber versetz dich doch mal in diese Dame hier. Jede Frau, die Spaß an Sex hat, gilt als Nutte. Sie will unerkannt bleiben. Ich versteh das. Zudem kann das Foto auch gefaked sein. Wer sagt dir denn, dass es sich bei dieser Dame wirklich um unseren männermordenden Vamp handelt?«

»Das ändert nichts an der Tatsache, dass sie sich Madonna nennt und ein *Nacktfoto* hochgeladen hat. Egal, ob gefaked oder nicht. Und Daniel Reiter kannte sie. Unsere Madonna sucht sich also ihre Kandidaten per Internet.«

»Würdest du auch gerne mit dieser Frau schlafen?«, fragte Irene spitz.

Alex schien Irenes Kommentar scheinbar nicht gehört zu haben.

»Erde an Tiger. Erde an Tiger. Hören Sie mich?«, ulkte Irene.

Alex lehnte sich zurück.

»Warum bietet diese Frau ihre Liebesdienste an, obwohl es niemals zum Geschlechtsakt kommt? Sie macht die Kerle heiß und bringt sie dann um.«

Irene schmunzelte.

»Das hier erinnert mich an eine Spinnenart: die Schwarze Witwe. Sie tötet ihre Männchen auch kurz nach dem vollzogenen Liebesakt. Die armen Dinger.«

»Aber unsere Madonna lässt ich ja nicht mal begatten. Worin liegt der Reiz, die jungen Männer zu töten?«

»Vielleicht braucht sie das für ihr Ego? Vielleicht will sie die Bestätigung, die begehrenswerteste und tollste Frau der Welt zu sein?«, überlegte Irene laut.

Alex zog die Brauen zusammen.

»Das kann ich ja noch verstehen, aber warum diese Madonna-Nummer?«

»Womöglich handelt das Mädchen in göttlicher Mission und glaubt, mit dem Morden etwas Gutes zu tun. Wer weiß …«

Alex schüttelte abwertend den Kopf.

»Glaub ich nicht. Das wäre ja wirklich absolut krank. Wie tritt man mit ihr in Kontakt?«

Irene klickte auf einen neongelben Button, der immer wieder aufleuchtete. Eine E-Mail-Adresse erschien: Hilfe1234durch@Madonna.net.

»Du brauchst nicht meinen, dass sie sich mit jedem befreundet«, erklärte Irene und deutete auf die Anzahl der Bekannten.

»Was? Nur ein einziger Freund?«, rief Alex erstaunt.

»Ja, Daniel Reiter. Die Dame ist recht wählerisch. Wahrscheinlich lässt sie sich anschreiben und sortiert gründlich aus, bevor sie sich mit jemandem trifft.«

Irene öffnete Daniels Postfach. Alex pfiff, als er zwei E-Mails mit dem Absender »Madonna« entdeckte. Beide stammten vom vergangenen Sonntag. Da war Daniel Reiter noch am Leben. Alex riss Irene die Maus aus der Hand und öffnete die ältere E-Mail. Gespannt überflog er die wenigen Zeilen, die Madonna ihrem Opfer geschrieben hatte:

Endlich hast du mich gefunden! Ich habe mich schon gewundert, wieso du mein Bild nicht eher entdeckt hast. Ich habe gehört, dass du ein ganz böser Junge bist. Soll ich dir verraten, dass ich ein ganz unanständiges Mädchen bin? Und ich bin auf der Suche nach dir. Schon eine ganze Weile …

»Das ist ein eindeutiges Angebot«, merkte Alex trocken an. »Sie wusste, worauf der Kerl stand: auf Blind Dates mit eindeutigem Ziel. Aber wieso suchte sie gerade nach ihm?«

»Weil er ein toller Hecht war, weil er ein hervorragender Liebhaber war, weil er Kohle hatte … Such dir einen Grund aus. Jeder wird zutreffen.«

Alex schüttelte den Kopf.

»Nein, Irene. Für Daniel war es sicherlich nur eine der üblichen ›Genau-auf-dich-habe-ich-gewartet‹-Sex-Anzeigen. Wer weiß, ob Daniel die Frau ernst nahm. Sie jedoch hatte anscheinend eindeutige Pläne mit ihm.«

Er öffnete die zweite E-Mail:

Treffpunkt: Kloster Weltenburg. 16 Uhr. Sei pünktlich. Ich werde dich finden. Dich würde ich unter Tausenden erkennen. So einen wie dich kann man nicht vergessen!

Irene seufzte.

»Er hätte wohl besser einen großen Bogen um die Wirtschaft machen sollen …«

»Offensichtlich war es nicht sein Hirn, das ihn zu diesem Treffen geführt hat«, stellte Alex fest. »Er hatte nur das eine im Kopf.«

»Ich sag's dir doch«, rief Irene. »Der Daniel war eine Granate im Bett! Und sie konnte ihn nicht vergessen.« Dann klimperte sie mit den Wimpern. »Nicht böse sein, Tiger. Aber außer dir können auch andere Männer Frauen glücklich machen.«

Alex winkte ab.

»Nein, Irene, ihr ging's um etwas ganz anderes.«

Alex stand auf und griff nach seiner Jacke, die er sich über die Schenkel gelegt hatte.

»Dann hätte sie im Kloster Weltenburg mit ihm geschlafen. Hat sie aber nicht.« Alex zögerte. »Kannst du ihre E-Mail-Adresse knacken?«

Irene lachte. »Träum süß, Tiger. Hast du jemals schon etwas von Verschlüsselung gehört? E-Mail-Adressen kann man heutzutage leicht faken. Wer so gewieft ist wie dieses Luder, versteht es, jede Spur im Netz zu verwischen.«

Alex schlug wütend mit seiner Faust auf die Tischplatte.

»Verdammte Scheiße!«, fluchte er. »Das darf doch nicht wahr sein. Dann setz augenblicklich deinen Allerwertesten in Bewegung und liefere mir etwas Brauchbares.«

Irene wurde patzig.

»Mensch Alex«, fauchte sie. »Natürlich überprüfe ich diese E-Mail-Adresse! Das ist doch mein Job! Ich tu doch sowieso schon mein Möglichstes.« Dann besann sie sich wieder und holte tief Luft. Sie lächelte Alex an, der noch immer ein grimmiges Gesicht aufsetzte.

»Ich bin gerade dabei, Marco Meindls Computer zu filzen. Ist verdammt knifflig. Wenn der Herrgott Erbarmen hat, finde ich sein Passwort heraus und stoße ebenfalls auf diese Freundschaftsseite. Das sollte als Beweis genügen, dass Madonna die beiden Mordopfer gezielt ausgesucht hat. Leider fehlt auch von Marco Meindls Handy die geringste Spur. Wie das von Daniel Reiter ist es wie vom Erdboden verschwunden. Es lässt sich nicht mal mehr orten. Aus nachvollziehbaren Gründen will unsere Madonna nicht gefunden werden.«

Sie sah Alex von der Seite an.

»Und?«, fragte sie. »Willst dich jetzt vor mir auf die Knie werfen und mir für meine exzellente Spürnase danken?«

»Wir wollen's mal nicht übertreiben mit der Dankbarkeit. Das ist ohne Zweifel ein guter Anfang. Trotzdem haben wir keine Ahnung, welches Opfer sie sich als nächstes wählt. Es macht mich wahnsinnig, zu wissen, dass sie vielleicht in diesem Moment den nächsten Kerl mit Viagra und Poppers vollpumpt und ihn dann killt, während wir hier dumm vor dem Bildschirm rumsitzen. Ich fahre jetzt zu Herrn Reiter. Vielleicht kennt er Marco Meindl. Und wenn alle Stricke reißen, wird mir sein bester Freund, Matthias Berger, weiterhelfen müssen. Ob er will oder nicht. Und Max soll zu Sandra, der Freundin von Marco Meindl, fahren. Vielleicht kann sie sich – trotz ihrer religiösen Hirnwindungen – an einen Weiberhelden namens Daniel Reiter erinnern.«

14

Am Freitagmittag in Kelheim

Alex ging nicht mehr ins Büro zurück. Viel zu groß war die Angst, dort erneut dem kleinen Napoleon und seinem verliebten Dackel in die Arme zu laufen. Deswegen war er schnurstracks zu seinem Wagen gegangen und hatte sich hinters Steuer gesetzt. Er zog sein Handy aus der Tasche und informierte Max kurz über Irenes Recherchen.

Nach Aussage von Sandra kannte Marco Daniel Reiter nicht. Zumindest hatte er diesen Namen niemals erwähnt. Leider. Alex bat Max, bei Sandra vorbeizufahren, um sie wegen der Potenz ihres toten Freundes zu befragen. Es musste doch einen Grund geben, warum der Kerl Viagra geschluckt hatte. Als Alex dabei grinsend erwähnte, dass er ein väterliches Band zwischen Max und dieser Sandra bemerkt hätte, legte Max beleidigt auf.

Alex hatte Pech: Auch Herr Reiter wusste mit dem Namen Marco Meindl nichts anzufangen. Leicht pikiert musste er zugeben, wenig über das Leben seines Stiefsohnes gewusst zu haben. Er war oft im Ausland unterwegs. Zudem war sein Verhältnis zu Daniel sehr schlecht. Er machte seinen Stiefvater für das Scheitern der Ehe seiner Eltern verantwortlich. Also lag es auf der Hand, dass Daniel ihn an seinem Privatleben nicht teilnehmen ließ.

Vorsichtig und so behutsam wie möglich befragte Alex Frau Reiter, die in der Früh aus der Klinik entlassen worden war. Sie saß auf dem Sofa im Wohnzimmer und starrte zum Fenster hinaus. Auf ihren Beinen lag eine weiße Kaschmirdecke. Zuerst schien es so, als blicke sie durch Alex hindurch. Es brauchte eine Weile, bis sie begriff, was der Kommissar von ihr wollte.

»Ja, den Namen Marco hat Daniel einige Male erwähnt. Das ist aber schon lange her. Marco und er waren damals befreundet. Wissen Sie, zu seinem achtzehnten Geburtstag schenkte mein Mann Daniel ein nagelneues Motorrad, eine Kawasaki. Gelb-schwarz war das Ding. Daniel machte den Führerschein und war zu Beginn Feuer und Flamme. Doch nach etwa einem halben Jahr ließ er die Maschine einfach links liegen. Seitdem steht sie in der Garage. Wollen Sie sie sehen?«

Wie in Trance legte die Frau die Decke beiseite und wollte aufstehen. Alex hielt sie mit sanftem Druck zurück.

»Das ist nicht nötig, Frau Reiter«, sagte er leise. »Wissen Sie, warum er plötzlich kein Interesse an dem Motorrad mehr hatte?«

Die Frau runzelte die Stirn und sah nach draußen. Die Sonne beschien die mit Blumenkübeln versehene Terrasse. Es vergingen Minuten, bis sie antwortete.

»Es hatte wohl mit der Gang zu tun, mit der er sich damals rumtrieb. Sie hatte sich von einem Tag auf den anderen in Luft aufgelöst. Warum, weiß ich auch nicht.«

»Hatte Daniel auch andere Namen erwähnt, die zu dieser Gruppe gehörten?«

Die Frau biss sich auf die Unterlippe.

»Ja«, antwortete sie zögerlich. »Er hat oft von einem Marco und Tobias gesprochen. An die Nachnamen kann ich mich leider nicht erinnern.« Dann blickte sie Alex an.

»Daniel hat eine gelb-schwarze Kawasaki«, wiederholte sie monoton. »Sie steht in der Garage. Wollen Sie sie sehen?«

Alex schüttelte wortlos den Kopf und sah hilfesuchend zu ihrem Mann. Er hatte genug gehört. Herr Reiter trat an das Sofa heran und legte ihr zärtlich die Hand auf die zerbrechlichen Schultern.

»Nein, mein Schatz«, sagte er leise. »Der Kommissar hat keine weiteren Fragen mehr. Bitte ruh dich jetzt aus.«

Er winkte Alex aus dem Wohnzimmer auf den Flur. »Sie hat vorhin erfahren, dass Daniel am Montag beerdigt wird. Der Arzt war da und hat ihr vorsorglich eine Beruhigungsspritze verabreicht. Das erklärt ihren verwirrten Zustand.«

Alex nickte und machte sich auf, das Haus zu verlassen.

Getrieben von dem Funken Hoffnung, zwei weitere Namen in Erfahrung gebracht zu haben, fuhr Alex zu Matthias Berger nach Kelheimwinzer.

Er hatte Glück. Matthias war nicht mehr an der Uni, sondern mähte den Rasen. Alex parkte am Straßenrand und stellte den Motor aus. Der Kerl hatte ihn noch nicht bemerkt, denn seine Aufmerksamkeit gehörte zwei etwa dreizehnjährigen Mädchen, die vor seinem Elternhaus ständig auf der Straße auf und ab gingen.

Betont lässig zog Matthias nun sein Poloshirt aus und ließ seine durchtrainierten Brustmuskeln zucken.

»Ja ... Das gefällt den Mädels«, grinste Alex und beobachtete, wie die beiden Mädchen die Köpfe zusammensteckten und kicherten. »Wenn du so arbeitest, wirst du nie fertig mit dem Rasenmähen.«

Matthias genoss es sichtlich, von den zwei gackernden Teenagern angehimmelt zu werden. Sobald er jedoch den Kommissar entdeckte, der sich aus seinem BMW schälte, würgte er den Rasenmäher ab und griff hastig nach seinem Shirt. Schnell streifte er es sich über. Enttäuscht, dass die Show vorbei war, suchten die zwei Mädchen das Weite.

Ohne zu fragen, öffnete Alex das Gatter und kam schnurstracks auf den jungen Mann zu. Der zog eingeschüchtert den Kopf ein, als der Kommissar sich vor ihm aufbaute.

»Soso. Wir wollen doch nicht etwa kleine Schulmädchen verführen?«, fragte er ohne Umschweife. »Haben wir das nötig?«

Matthias zupfte nervös an seinem Oberteil herum. Alex musterte ihn aufmerksam.

»So. Und jetzt zieh schön brav die Jeans über deine Unterbumpel«, sagte er.

Dem Befehl folgte der Student sofort. Der Bund klebte ihm jetzt förmlich unter den Achseln. Im Nu breitete sich ein Lächeln auf Alex' Lippen aus.

»Das gefällt mir besser. Jetzt bist wieder salonfähig. Ich hab da noch ein paar Fragen.«

Matthias nickte. Es machte den Eindruck, als wünschte er, der Kommissar würde so schnell wie möglich wieder von hier verschwinden.

»Sagen dir die Namen Marco und Tobias etwas?«

Matthias verzog das Gesicht.

»Marco oder Tobias?«, fragte er übertrieben. »Sind Sie besoffen oder meinen Sie das ernst? Marcos und Tobiasse gibt's wie Sand am Meer. Was genau wollen Sie denn jetzt von mir hören?«

Alex wurde wütend.

»Hat dein Freund Daniel Reiter jemals diese Namen erwähnt?«, fragte er zornig.

Matthias räusperte sich und kratzte sich an der Stirn.

»Ja, doch …«, begann er zögerlich.

Alex machte einen Schritt auf ihn zu. Sofort zog Matthias die Schultern ein.

»Ich muss doch erst nachdenken, oder?«, versuchte er sich zu verteidigen.

Alex zog eine Braue nach oben.

»Mit achtzehn Jahren bekam Daniel von seinem Dad eine Kawasaki zum Geburtstag geschenkt. Das war ein schnittiges Teil. Erste Sahne, sag ich Ihnen. Er trieb sich in dieser Zeit auch mit einer Clique von drei Kerlen rum. Ein Marco und Tobias waren meines Wissens auch dabei.« Dann hielt er inne. »Und von einem Bernd hat er auch gesprochen.«

Alex forderte ihn auf, mehr zu erzählen.

»Daniel und ich waren zwar schon seit der frühen Kindheit befreundet, aber in dieser Zeit trafen wir uns nicht häufig. Wir quatschten auf Partys mal über dies und das, aber die Kerle, mit denen er sich damals rumtrieb, kannte ich nur flüchtig. Ich fand sie doof.«

»Daniels Mutter sprach davon, dass sich diese Motorradgang plötzlich aufgelöst hat. Weißt du, warum?«, fragte Alex.

Matthias legte den Kopf in den Nacken, als würde er scharf nachdenken.

»Ich könnte jetzt irgendetwas Abgefahrenes erfinden, Herr Kommissar, um Sie zufriedenzustellen. Aber ich weiß es wirklich nicht«, sagte er schließlich. »Vielleicht dachte Daniel, dass das Motorrad doch nicht so gut zu ihm passen würde. Lieber nahm er sich den Porsche von seinem Dad und kutschierte damit die Bräute in der Gegend herum.«

»Wie lief's denn bei euch mit den *Bräuten*?«, erkundigte sich Alex. Eine bessere Steilvorlage hätte er nicht bieten können.

»Wie meinen Sie das jetzt?«

»Wo habt ihr die *Bräute* denn aufgegabelt, der Daniel und ihr fünf?«

»Ja, wo man Frauen halt kennenlernt. In der Disco, bei Feten, im Studentenwohnheim ... Was wollen S' jetzt genau wissen?«

Alex legte seine Hand an den Griff des Rasenmähers.

»Liegt gut in der Hand.«

Matthias nickte argwöhnisch.

»Ich hab gehört, dass die Mädels nicht immer freiwillig mitgekommen sind?«, fragte der Kommissar weiter.

Matthias riss die Augen auf.

»Wer hat das behauptet?«

»Das tut nichts zur Sache«, antwortete Alex ruhig. »Manche seien in aller Herrgottsfrüh weinend aus Daniels Haus gerannt?«

Alex sah dem jungen Mann in die Augen. Matthias schluckte. Er begann zu schwitzen. Nervös kratzte er sich am Hals.

»Waren Drogen im Spiel?«

Matthias trat von einem Bein aufs andere.

»Mensch, Herr Kommissar, Sie waren doch auch mal jung.«

Alex zog die Brauen zusammen.

»Werd ja nicht frech, du Rotzlöffel! Was heißt hier *waren*?«, empörte er sich.

»Ich wollte Ihnen nicht zu nahe treten, Mann«, sagte Matthias und hob entschuldigend die Hände. »Manchmal haben wir reichlich getankt. Eine Menge Alkohol, wenn Sie wissen, was ich meine. Und dann hatte Daniel ...«

Er stockte. Alex verzog keine Miene.

»Na ja, der Daniel hat dann keinen mehr so richtig hochbekommen und nachgeholfen.«

»Viagra?«

Matthias nickte.

»Dann war er voll geil! Eine Braut reichte ihm nicht. Zwei, drei andere mussten auch noch hinhalten, ob sie wollten oder nicht.

Wenn das Zeug mal wirkt, hast du ne stählerne Latte. Des tut irgendwann richtig weh.«

Matthias verzog das Gesicht und griff sich in den Schritt.

»Woher hattet ihr denn das Zeug?«, wollte Alex wissen. »Soweit ich weiß, braucht man ein Rezept dafür.«

»Leben Sie hinterm Mond?«, fragte Matthias verblüfft. »Viagra bekommt man jederzeit im Internet. Völlig legal und ohne ärztlichen Wisch.«

»Aha. Und die Mädels?«, erkundigte sich Alex so beiläufig wie möglich. »Wie fanden die, dass Daniel das Zeug einwarf?«

»Oft hatten sie auch einen sitzen. Daniel schenkte daheim immer kräftig Champagner aus. Veuve Clicqout. Da ließ er sich nicht lumpen. Mann, die kamen doch freiwillig mit, weil sie sich erhofften, so an Daniel ranzukommen. Der stank doch vor Geld und sah blendend aus. Viele waren förmlich scharf darauf, mit ihm ins Bett zu steigen. Wenn Daniel dann zum Tier wurde, war's oft schon zu spät. Er ließ keine gehen, ohne vollkommen befriedigt zu sein.«

»Und bei euch? Klappt es ohne Potenzmittel?«

Matthias verdrehte die Augen.

»So eine blöde Frage! Natürlich können wir auch ohne! Aber Daniel wollte halt der erste auf der Liste sein, und mit Viagra schaffte er das.«

Alex wurde hellhörig.

»Welche Liste?«

»Na, die ›Weiber-Knallen-Liste‹. Wir sechs haben da ne Wette zu laufen …«, antwortete Tobias sichtlich stolz.

»Was für ne Wette?«, fragte Alex scharf.

Tobias druckste herum.

»Jetzt spucks endlich aus!«, forderte Alex ungeduldig.

»Na ja«, erklärte Tobias zögerlich. »Wer bis Ende des Jahres die meisten Frauen geknallt hat, der bekommt nen Kasten Bier.«

»Wie bitte? Für einen Kasten Bier füllt ihr Frauen ab, um sie dann gefügig zu machen?«, rief Alex empört.

Er spuckte auf den Rasen. »Wie krank seid ihr denn? Das ist eine Straftat! Man nennt das Vergewaltigung! Darüber werden wir uns zusammen mit deinen sauberen Freunden wohl noch etwas genauer unterhalten müssen. Verlass dich drauf, du Luftikuss!«

Peinlich berührt versuchte Matthias zu lächeln. Ihm gelang aber nur eine schräge Grimasse. Alex hatte genug gehört. Er machte auf dem Absatz kehrt und marschierte auf seinen Wagen zu. Bevor er durchs geöffnete Gartentürchen ging, hielt er noch einmal inne.

»Übrigens … Die kleine Blonde von vorhin … Die hat was, oder? Aber die ist nichts für eure Liste. Ist noch etwas zu jung, verstanden!«

Brav wie ein Schulbub nickte Matthias hastig. Wer will sich's schon mit einem Kommissar verscherzen?

15

Am Freitag nach Feierabend im Biergarten in Kelheim

Alex hatte Max verständigt und sich mit ihm im Biergarten des »Weißen Brauhauses« in Kelheim verabredet, um sich über die Ergebnisse ihrer Befragungen auszutauschen. Damit läuteten sie das Wochenende ein. Alex hatte sich einverstanden erklärt, rufbereit zu sein, falls neue Hinweise einträfen. Max war außer sich, als er von der »Weiber-Knallen-Liste« erfuhr.

»Solche gottlosen Kerle!«, rief er entsetzt. »Und für die missratenen Exemplare habe ich Schulden in Frauenbründl gemacht. Bin ich blöd!«

Max schlug gegen die Tischplatte.

»Jetzt krieg dich wieder ein, Max«, forderte Alex. »Die Heiligen im Himmel werden dich deswegen nicht ins Fegefeuer stecken. Was hat deine Befragung mit Frau Rose ergeben?«

»Sandra hat deine Vermutung nicht bestätigt«, grummelte Max. »Marco hatte keine Erektionsprobleme. Viagra hat er nie benutzt. Natürlich hatten die beiden Geschlechtsverkehr, wenn auch nur unregelmäßig. Für Sandra war das jedoch kein Problem. Für sie ist Sex zweitrangig, wichtiger sind innere Werte wie Treue, Ehrlichkeit und Zuverlässigkeit.«

»Für sie vielleicht. Galt das auch für Marco?«, kommentierte Alex. »Denk an die Kässpatzen. Wer weiß, ob Sandra nicht auch ab und zu mal auswärts gegessen hat.«

Max strafte ihn dafür.

»Du kannst es einfach nicht lassen«, schimpfte er. »Sandra hat so ein liebes und sympathisches Wesen.«

Alex pfiff belustig durch die Zähne.

»Das klingt ja so, als würdest du sie am liebsten adoptieren«, feixte er. »Da hätten deine beiden Mädels aber ein Wort mitzureden. Plötzlich säße da noch eine Prinzessin am Mittagstisch …«

»Sei ruhig, Faselhans! Und hör mir jetzt gefälligst zu«, schimpfte Max.

Alex hob beschwichtigend die Hände.

»Marco machten anscheinend andere Probleme zu schaffen«, fuhr Max fort. »Nachts wachte er oft schweißgebadet auf und schrie: ›Hört auf! Hört auf!‹ Begonnen hat dies nach dem Unfalltod seiner Eltern. Das war einfach zu viel für ihn, hat Sandra gemeint. Und obwohl sie sich schon so lange kannten, hat Marco ihr niemals erzählt, welche Sorgen ihn nachts umtrieben. Nach außen wirkte er wie ein Sonnyboy, der Tag und Nacht am Feiern interessiert war. Aber innen sah's ganz anders aus.«

Max klopfte sich theatralisch auf die Brust. Alex zog eine Braue nach oben.

»Und? Hat es deiner Sandra gefallen, dass ihr heiliger Marco eine Madonna getroffen hat, um mit ihr Körperflüssigkeiten auszutauschen, während sie Kässpatzen kochte?«

Max schlug wütend auf den Tisch.

»Jetzt lass doch endlich diese verdammten Kässpatzen ausm Spiel! Er hat nicht mir ihr geschlafen, verdammt doch mal! Und: Nein, es hat ihr nicht gefallen!«, zischte er und schlang den letzten Schluck seines Weizens hinunter. »Ganz im Gegenteil. Das arme Ding brach zusammen, als ich ihr davon erzählt hab.«

»In der Bibel steht ja so schön, dass Jesus der Ehebrecherin verziehen hat«, setzte Alex nach. »Und deine Sandra studiert doch Theologie. Sie hätte ihren Marco sicher wieder in die Arme geschlossen, oder?«

Max verzog keine Miene.

»Ich weiß, Max, dass dich das jetzt ärgern wird, aber Sandras Erzengel hat sich von einer wildfremden Frau verführen lassen« sagte Alex. »Hätte Sandra nicht das gleiche Recht? Vielleicht sollte ich mal zu ihr fahren?«

»Wag es ja nicht, du Vorstadtcasanova«, warnte Max. Sein Gesicht lief vor Wut rot an.

Alex hob abwehrend die Hände.

»Keine Sorge. Ich besudle deine heilige Sandra nicht. Sie ist nicht mein Typ. Ich glaube sowieso nicht, dass sie lange trauern wird.«

»Wie meinst das?«, bellte Max.

»Na ja, wie es aussieht, erbt sie das Haus. Zudem gelten die Regensburger Sportstudenten gewissermaßen als eingeschworene Gemeinschaft an der Uni. Ich glaube nicht, dass Sandra lange nach einem Ersatz suchen muss.«

»Ich verzichte höflichst darauf, auf diesen dummen Spruch zu antworten«, brummte Max sichtbar beleidigt. »Diese Kommentare bewegen sich eindeutig unter meinem Niveau«. Er zerdrückte einen restlichen Salzkrümel von der Brezen, die er kurz vorher vertilgt hatte. Alex' Handy klingelte. Alex hatte für Anrufe nach Dienstschluss einen speziellen Klingelton eingestellt: ein lustvolles Frauenstöhnen.

»Is des peinlich«, schimpfte Max. »Kannst du nicht endlich dieses Gedudel ändern? Hier sitzen nämlich zufällig einige meiner Nachbarn. Was werden die denn von mir denken ...«

Alex winkte ab.

»Man kann alles übertreiben, heiliger Max«, äffte er. Während Alex über das Display strich, beobachtete er, dass ihm andere Besucher des Biergartens, vorwiegend weibliche, nun neugierige Blicke schenkten. Das gefiel ihm.

»Irenchen! So eine Überraschung! Was gibt's Dringendes, dass du deine beiden Lieblingskollegen bei einer wichtigen Dienstbesprechung störst?«, flötete er übertrieben freundlich. Aus dem Augenwinkel sah Alex, dass Max nun versuchte, abzutauchen. Er wand sich auf seiner Bank hin und her, um seinen rundlichen Bauch unter die Tischplatte zu schieben.

»Des is alles so eng zusammeng'stellt«, schimpfte Max leise.

Alex unterbrach das Gespräch für einen kurzen Moment.

»Was suchst denn da unten?«, zischte er und schüttelte den Kopf.

»Ich geb's auf. Der Spalt ist einfach zu klein«, sagte Max resigniert.

»Jetzt hör auf zu spinnen, Max«, mahnte Alex. »Schau dich um. Wir sind nicht länger Gesprächsthema.«

Dann konzentrierte sich Alex wieder voll auf Irene. Das Telefonat dauerte nicht lange. Die Zeit jedoch hatte genügt, um seine gute Laune zu vermiesen.

»Irene hat es tatsächlich geschafft, Marco Meindls Computer zu knacken. Aber nirgendwo findet sich eine Spur, die zu Madonna führt. Es gibt weder E-Mails dieser Dame in seinen Postfächern, noch hat Irene eine Verlinkung zu dieser Freundschaftsseite gefunden. So wie es aussieht, existiert keinerlei Verbindung zwischen Marco Meindl und dieser Madonna.«

Alex schmiss wütend das Handy auf den Tisch. »Wenn die sich nicht per E-Mail verabredet haben, dann muss es über sein Mobiltelefon geschehen sein. Und das ist weg. Fuck! Fuck! Fuck! Und wer zum Teufel sind Bernd und Tobias? Woher kannten sie sich? Aus der Schule? Aber soweit ich weiß, ging Marco doch auf ein Gymnasium in Regensburg, wohingegen Daniel das Abi in Kelheim gemacht hat? Irgendwas muss damals passiert sein, dass sich ihre Wege so abrupt getrennt haben. Ich versuche mal, den Rektor des Donau-Gymnasiums zu erreichen. Vielleicht kann der uns weiterhelfen. Übrigens: Wir beide sollen nachher noch kurz bei Irene im Labor vorbeischauen. Sie will uns etwas zeigen …«

Alex hielt inne, als er Max' Gesichtsausdruck wahrnahm. »Hey, Kollege! Drückt dich ein Schoars oder was is los?«

»Ein Hengst …«, brammelte Max vor sich hin.

Alex hob fragend die Brauen.

»Was? Dich drückt ein Gaul?«

»Nein! Die Gisela will einen …«, antwortete Max.

Alex grinste anzüglich.

»Einen Hengst? Also, Max, wenn's daheim im Bett Probleme mit deiner wunderbaren Frau gibt, dann springe ich gerne für dich ein. Für sie würde ich alles tun. Auch wiehern, wenn es sein muss.«

Max schlug ihm gegen die Schulter.

»Vergiss es! Meine Mädels wollen unbedingt ein Pferd. Das ist schon schlimm genug. Aber jetzt kommt's: Sogar meine mir angetraute Gisela unterstützt diesen Spleen. Sie fände einen schwarzen Hengst sehr schön, hat sie gestern Abend gesagt.«

Alex betrachtete Max von der Seite.

»Mal im Ernst, Max. Bist du sicher, dass deine Frau ein Pferd meint? Womöglich versucht sie nur, dir etwas durch die Blume zu sagen. Vielleicht kümmerst du dich in letzter Zeit zu wenig um sie – im Bett meine ich.«

Max war ganz Ohr.

»Nichts gegen deinen Karo-Look, aber vielleicht solltest du mal was Neues ausprobieren? Hast du's schon einmal mit einem schwarzen Hemd versucht? Das ist deutlich billiger als ein Gaul.«

Max setzte einen Schmollmund auf.

»Wenn ich ehrlich bin, lief in letzter Zeit wirklich nichts mehr zwischen uns. Immer ist Gisela im Stress. Ich würde ja schon öfter wollen … Und jetzt der Wunsch nach einem schwarzen Hengst? Vielleicht hast ja recht?«

»Glaub mir, Max«, ermunterte ihn Alex. »Ein schwarzes Hemd und eine neue Hose würde Giselas Lust auf dich wohlmöglich steigern. Fahr doch nachher mal in die Stadt und schau dich in diversen Geschäften um.«

»Aber nur mal, um zu gucken«, überlegte Max laut und setzte ein zufriedenes Grinsen auf.

Die Chefin der Spurensicherung hatte auf die beiden gewartet. Es war weit nach Dienstschluss. Ihre feine Spürnase verriet Irene, dass die beiden einen Zwischenstopp im Biergarten eingelegt hatten.

»Ihr zwei Bierdimpfl'n! Von wegen wichtige Dienstbesprechung!«, ereiferte sich Irene und führte die Männer zu einem ihrer vier Monitore, die im Labor aufgebaut waren. Sie war die Einzige, die noch hier war. So war sie, die Irene. Ausdauernd und zäh wie ein Kamel.

»Nachdem ich dir die Dating-Seite gezeigt hatte, dachte ich mir: Irenchen, warum schickst du unserer Madonna nicht einfach eine Anfrage? Vielleicht erhört diese Heilige deine Bitte? Gesagt getan. Voilà, hier ist die Antwort darauf.«

Sie öffnete mit ein paar Mausklicks ihr E-Mail-Portal und zeigte ihnen eine Nachricht.

Dort stand nur ein Satz: »Schick mir ein Foto!«

Alex und Max schauten sich an.

»Sehr klug. Unsere Madonna kauft nicht die Katze im Sack. Und? Welches Bild hast du ihr geschickt?«, fragte Max.

Irene grinste breit.

»Das hier.«

Alex pfiff, als er sein altes Porträtfoto im Anhang entdeckte.

»Das ist ja mein Bewerbungsbild! So ein uraltes Teil. Wo hast du denn das her?«

»Von wegen uralt«, antwortete Irene. »Schneidig siehst du da aus. Weißt du, ich hab da so meine Kontakte …«

Alex winkte ab.

»Ich will's gar nicht wissen. Was hat sie darauf geantwortet?«

Irene schloss das Fenster, um die neueste E-Mail zu öffnen.

»Das wird euch nicht gefallen, meine Herren«, seufzte sie.

Alex riss die Augen auf, als er die Antwort der Unbekannten las:

Ha, ha, sehr witzig! Von wegen Erektionsprobleme, Alexander Brandl! Dir steht er doch schon, wenn du an eine nackte Frau denkst. Such dir eine andere, die du für dumm verkaufen kannst, du Hurenbock. Und übrigens: Ich verabscheue Typen wie dich, die Frauen benutzen und sich dann wortlos aus dem Staub machen. Das ist so erniedrigend. Aber glaube mir: Auch du fällst irgendwann auf die Fresse, und dann werde ich ganz in deiner Nähe sein …

Max pfiff durch die Lippen.

»Sei mir nicht bös, so schmeichelhaft diese E-Mail auch ist … Da hat jemand wohl noch eine Rechnung mit dir offen. Sei bloß auf der Hut.«

Alex fuhr sich durchs Haar.

»Wenn ich Madonna richtig verstanden habe, kennst du sie. Warst sogar intim mit ihr«, sagte Irene besorgt. »Wer zur Hölle steckt bloß hinter diesem Teufelsweib?«

16

Am Samstagvormittag in der Dienststelle in Kelheim

Alex übernahm den Bereitschaftsdienst. Erstens war er der leitende Beamte, zweitens war Max bei der Vorstellung, auch noch samstags im Büro rumzuhängen, fast aus den Latschen gekippt. Seine Gisela hätte eine Menge Blumen gekauft, die er einpflanzen musste. Dann müsste er noch den Rasen mähen, die beiden Mädchen wollten bei IKEA nach einem neuen Zimmer Ausschau halten und, und, und …

Alex hatte ganz cool reagiert und Max die Absolution erteilt. Er hatte sowieso nichts vor. Wenn er ehrlich war, ging er sogar gerne ins Büro. Auch am Wochenende, denn die innere Unruhe, die in ihm wütete, brachte in fast um. Alex saß an diesem frühen Vormittag wie auf brennenden Kohlen. Bisher hatte ihn noch kein Fall so in seiner Freizeit beschäftigt wie dieser. Madonna huschte durch seine Gedanken wie eine Sternschnuppe. Sie ließ ihn nicht mehr los. Alex saß vor seinem Rechner und wählte die private Rufnummer des Direktors des Donau-Gymnasiums in Kelheim.

Der wird eine Freude mit mir haben, dachte Alex. Schulische Fragen am hochheiligen Wochenende. Aber wie heißt's so schön: Ein Lehrer ist auch im Privatleben ein Lehrer und darf nicht wegsehen. Das haben unsere Jobs wohl gemeinsam.

Alex war schließlich auch immer im Dienst. Und – zu seiner Überraschung – hatte er sich getäuscht. Der Direktor des Donau-Gymnasiums, Herr Weichenrieder, war sogar sehr auskunftsfreudig. Leider jedoch musste er gestehen, erst seit sechs Jahren Chef dieser Schule zu sein. Vorher hatte er das Amt des ersten Konrektors am Gymnasium in Mainburg ausgeübt. Somit war er nicht gerade der ideale Ansprechpartner für Alex. Doch er versuchte sein Bestes.

»Ja, der Daniel Reiter ist mir gut in Erinnerung«, sagte er. »Er war einer, der sich durchgeschummelt hat. In den Lehrerkonferenzen war er stets Diskussionsthema Nummer eins. Trotzdem schaffte er es immer wieder, das Klassenziel zu erreichen. Er konnte eben gut rechnen. Gegen Ende des Schuljahres schätzte er die Notenschnitte ab und hängte sich in den Fächern rein, wo's bedrohlich gegen fünf ging. Was soll ich sagen, das ist auch eine Form von Intelligenz.«

»Können Sie sich noch an einen Schüler namens Marco Meindl erinnern? Meines Wissens verließ er nach der neunten Klasse die Schule und wechselte nach Regensburg ins Goethe-Gymnasium.«

Alex spürte förmlich das Bedauern am anderen Ende der Leitung.

»Tut mir leid. Ein Marco Meindl sagt mir leider gar nichts.«

»Gibt es eine Möglichkeit, mit Lehrkräften zu sprechen, die Marco Meindl in der neunten Klasse unterrichtet haben?«

Herr Weichenrieder überlegte kurz.

»Wenn jemand Bescheid weiß, dann ist das Frau von Hösslin. Sie gehört sozusagen zum Inventar der Schule. Zum Ende des Schuljahres geht sie in Pension. Wenn Ihnen jemand weiterhelfen kann, dann sie.«

Der Rektor gab Alex die Rufnummer durch und wünschte dem Kommissar bei seinen Ermittlungen viel Glück. Er hätte von der männermordenden Madonna in der Zeitung gelesen.

Voller Hoffnung wählte Alex die Nummer der Lehrerin. Das Glück war auf seiner Seite. Frau von Hösslin war zu Hause und konnte sich sehr gut an den Schüler erinnern.

»Wissen Sie, Herr Brandl, manche Kinder bedürfen besonderer Sorgfalt und Zuwendung«, begann sie das Gespräch. »Marco war genau so ein Kind. Seine Eltern waren schon recht alt, als er auf die Welt kam. Er war ein absolutes Wunschkind und wurde dementsprechend verwöhnt. Ich hatte Marco in der Unterstufe im Fach Deutsch. In der fünften Klasse war er ein sehr schüchternes Kind. Seine Aufsätze waren brillant, die Rechtschreibung sehr gut. Leider musste ich die Klasse abgeben, da ich mich einer Hüftoperation unterzogen hatte. Es kam zu Komplikationen, sodass ich fast ein ganzes Schuljahr ausfiel. Erst in der achten Klasse war Marco wieder ein Schüler von mir. Er hatte sich – zum Leidwesen der Eltern und des Kollegiums – sehr zum Negativen verändert. Marco war störrisch, faul, verweigerte Leistungen. Mich hat es gewundert, dass er die Jahrgangsstufe bestand. Wir im Lehrerkollegium waren sicher, dass er spätestens in der neunten Klasse das Handtuch werfen müsste. Und es kam so. Seine Eltern meldeten ihn in Kelheim ab und schickten ihn in ein Gymnasium nach Regensburg.«

Alex hakte nach.

»Wissen Sie, warum sich der Junge so verändert hat?«

Frau von Hösslin antwortete wie aus der Pistole geschossen.

»Selbstverständlich, Herr Kommissar. Sein Vater erlitt unerwartet einen schweren Herzinfarkt, und man setzte ihm zwei Bypässe. Seine Mutter weinte in dieser Zeit sehr oft, brach während der Sprechstunden zusammen. Sie verbrachte mehr Zeit im Krankenhaus als zu Hause. Die Erziehung von Marco wuchs ihr allmählich über den Kopf. Ich denke, dass der Junge Panik hatte, seinen Vater zu verlieren. Mit Rebellion und Coolness versuchte er, seine Angst zu überspielen. Übrigens geht man auch davon aus, dass ein weiterer Herzinfarkt der Grund dafür war, dass seine Eltern bei einem Verkehrsunfall vor etwa fünf Jahren ums Leben kamen. Sein Vater saß am Steuer und raste ungebremst gegen einen Brückenpfeiler. Sie waren beide sofort tot.«

»Sie wollen also andeuten, dass Marco in dieser Zeit keinerlei Rücksicht auf die Gefühle seiner Mutter genommen hat?«, fragte Alex fassungslos. »Statt ihr beizustehen, erschwerte er ihr das Leben?«

Die Lehrerin seufzte müde.

»Aber das ist doch meistens so, Herr Brandl. Kinder reagieren aggressiv, wenn das Herz schwer wird. Marco hätte in dieser Zeit mehr Liebe und Zuwendung gebraucht. Seine Mutter war zu sehr mit der Krankheit beschäftigt, sein Vater war sterbenskrank. Und so wunderte es auch nicht, dass er sich mit Daniel und Tobias befreundete.«

Alex wurde hellhörig.

»Sie meinen Daniel Reiter?«

Frau von Hösslins Stimme wurde hart.

»Dieser Daniel war eine Plage. In jeder Hinsicht. Er zerstörte das Klima in jeder Klasse mit seiner Großkotzigkeit und Arroganz. Dabei schienen seine Eltern so nett und aufmerksam zu sein. Seine

Mutter nahm jeden Elternsprechtag wahr. Aber Daniel konnte man sagen, was man wollte. Zum einen Ohr ging's hinein, zum anderen hinaus. Einige seiner Klassenkameraden hatten Angst vor ihm, andere bewunderten ihn, weil er sich nichts gefallen ließ. Zu der Sorte gehörte leider Marco. Weil er in seinem Zuhause keine festen Strukturen mehr vorfand, suchte er sie bei Daniel. Dieser fand es toll, einen Wachhund an seiner Seite zu wissen. Wegen Daniel hat sich Marco sehr zum Negativen verändert.«

»Wissen Sie, ob ein Bernd in dieser Clique war?«, bohrte Alex weiter.

Nach einer kurzen Pause verneinte die alte Dame. Von einem Bernd wisse sie nichts.

»Was ist mit diesem Tobias?«, fragte Alex. »Welche Rolle spielte er?«

»Ach, der Tobias«, seufzte die Lehrerin. »Der war ein Mitläufer, ein armes Würstchen. Seine Familie war sehr sparsam. Er galt als Außenseiter in der Klasse, trug eher altmodische Kleidung. Auch seine Noten waren nicht besonders gut. Umso glücklicher war er, als Daniel und Marco ihn in die Gruppe aufnahmen.«

»Wo finde ich diesen Tobias?«, wollte Alex wissen. Er war bereits aufgestanden und griff nach seinem Autoschlüssel. Er musste ihn unbedingt sprechen.

»Bemühen Sie sich nicht«, sagte Frau von Hösslin traurig. »Der läuft Ihnen nicht davon. Wenn Sie Tobias Bauer besuchen wollen, fahren Sie zum Waldfriedhof nach Kelheim. Dort liegt er seit mehr als acht Jahren begraben. Er starb an einem Gehirntumor, kurz nach dem Abitur.«

17

Am Samstagabend in Weltenburg

Es war schon spät. Alex wusste nicht, warum er hierher zurückgekommen war. Die Nachricht des frühen Todes von Tobias Bauer hatte ihn wie ein Schlag in den Magen getroffen. Er stand vor dem Eingang des Wirtshauses von Kloster Weltenburg und zögerte hineinzugehen. Er stemmte beide Arme gegen die Mauer und blickte zu Boden. Er wirkte wie ein räudiger Hund, der zu ihr zurückgekehrt war.

»Hey, Cowboy!«

Eine sanfte Stimme hauchte ihm diese Begrüßung ins Ohr. Die Frau begann, zärtlich sein Haar zu streicheln. Alex schluckte und richtete sich auf. Er vergrub die Hände tief in seinen Hosentaschen. Er war nicht freiwillig zurückgekommen. Er fühlte sich getrieben, verzweifelt und todunglücklich. Claudia legte sich ihre Strickweste über den Arm und zwinkerte ihm zu.

»Hast du das letzte Mal was vergessen, weil du so schnell wieder da bist?«

Alex antwortete nicht.

»Du hast Glück. Meine Schicht ist zu Ende.«

Dann hielt sie ihm die Hand hin.

»Ich wohn gleich in der Näh. Komm, geh'n wir.«

Alex zögerte. Claudia lächelte ihm zu und marschierte langsam auf das rosa getünchte Tor zu, das nach Weltenburg führte. Alex fluchte und stampfte auf den Boden.

»Scheißdreck!«

Dann ging er zu seinem Auto, das er wie gewohnt ihm Hof abgestellt hatte, ließ den Motor aufheulen und gab Gas. Neben Claudia kam er zum Stehen, stieß die Beifahrertür auf und signalisierte der Frau wortlos einzusteigen.

Er war nicht glücklich, nur befriedigt. Warum er ein zweites Mal zu ihr gekommen war, vermochte er nicht zu deuten. Das machte er sonst nie. Niemals kehrte er zu den Frauen zurück, mit denen er geschlafen hatte. Er starrte an die Decke des kleinen spärlich eingerichteten Appartements, das Claudia in einer kleinen Anlage nahe der Donau bewohnte. Sie diente als Ferienwohnanlage für sparsame Urlauber und bot denen ein Zuhause, die über die Sommermonate hierherkamen, um im Kloster Geld zu verdienen.

Das Zimmer war zweckmäßig eingerichtet. Eine beige kleine Küchenzeile schmückte die Wand gegenüber der großen Fensterfront, die mit einem Balkon versehen war. Außer einem Bett, einem Tisch, einem zweitürigen Kleiderschrank und zwei Stühlen war der Raum leer. Claudia hatte darauf verzichtet, das Zimmer heimelig werden zu lassen. Nichts außer dem weißen Spitzen-BH und der schwarzen Unterhose, die verstreut neben den anderen Klamotten auf dem Boden lagen, ließ darauf schließen, dass hier eine Frau wohnte. Vielleicht liegt es an ihrer Leichtigkeit zu leben, sinnierte Alex. Ihn faszinierte, dass sie ihm keine Vorwürfe gemacht hatte.

Er war nach dem letzten Mal so schnell verschwunden. Wortlos hatte er Claudia gegen einen Baumstamm gepresst und sie genommen. Kurz, aber sehr heftig. Alex hatte sie zum Höhepunkt gebracht. Danach hatte er sie wieder auf den Boden aufgesetzt, sein Hemd aufgehoben, es übergeworfen und die Hose hochgezogen. Sie hatte vor ihm gestanden. Ihr Oberkörper mit den wohlgeformten Brüsten hatte gebebt. Claudia hatte ihn keinen Moment aus den Augen gelassen. Mit ihren Blicken hatte sie seinen muskulösen Brustkorb und seine Lenden liebkost. Alex hatte gewusst, dass sie nichts lieber getan hätte, als sich in seinen Armen zu vergraben, um ihm zu küssen. Aber sie hatte es nicht getan. Stattdessen hatte sie die Hände hinter dem Baum verschränkt, so als solle er sie davon abhalten, sich diesem Mann zu nähern. Schweigend hatte ihr Alex noch einmal zugenickt und war durch die Büsche Richtung Kloster verschwunden. Sie hatten während des Quickies nicht ein Wort miteinander gesprochen.

Und auch jetzt verzichtete sie darauf, ihm Vorwürfe zu machen, warum er sich nicht gemeldet hatte. Alex hasste diese Art der Gespräche. Claudia gab ihm das Gefühl, frei zu sein wie ein Vogel. Ohne Verpflichtungen. Wahrscheinlich würde sie im Herbst wieder verschwinden. Heimkehren zu Mann und Kindern. Es war ihm egal. Für Alex zählte das Hier und Jetzt. An die Zukunft verschwendete er keinen Gedanken. Er könnte sie sowieso nicht ändern. Geschehen wird, was geschehen soll. Das Schicksal hatte ihn in die Grätsche gezwungen. Damals.

Claudia, die nackt neben ihm lag, legte ihren Kopf auf seine Brust. Dann sah sie ihn an.

»Eine Extranummer für deine Gedanken?«, fragte sie leise und strich ihm eine Strähne aus dem Gesicht.

Alex biss die Zähne zusammen. Man hörte sie deutlich knirschen.

»Ich hab ein Kind getötet«, gestand er. »Mein kleines Mädchen. Seitdem quält mich seine Mutter mit Briefen. Ich würde sie so gerne in die Arme nehmen und sie trösten. Sie ist so unendlich traurig. Aber ich weiß nicht, wo sie steckt …« Er sah Claudia in die Augen. »Genügt das für die Extranummer?« Er richtete sich auf, um es erneut mit ihr zu treiben.

Ohne Umschweif nahm er sie. Fest und fordernd. Sie sollte dafür büßen, dass sie ihm sein intimstes Geheimnis entlockt hatte. Danach wollte Alex sie nie wieder sehen.

Als Alex spätabends nach Herrnsaal zurückkehrte, warteten seine beiden Nachbarinnen, die Lindinger Schwestern Babette und Genoveva, bereits auf ihn. Auf seinem Gesicht breitete sich ein mildes Lächeln aus. Er parkte den Wagen und stieg aus.

»Und? Was gibt's heute zu reparieren?«, begrüßte er die beiden alten Damen, die sich zittrig gegen seinen Gartenzaun gelehnt hatten.

Als sie seine Stimme hörten, hellten sich ihre Mienen auf. Babette kam mit ihrem Gehstock auf ihn zu, dicht gefolgt von Genoveva.

»Ach, Herr Amtsdirektor«, jammerte Babette und Alex grinste über die altertümliche Bezeichnung. Wie oft hatte er ihnen schon erklärt, dass er ein stinknormaler Hauptkommissar bei der Kripo in Kelheim war. »Unser Wasserhahn in der Kuchl tropft schon seit heute Morgen. Veverl hat sämtliche Eimer, die wir haben, druntergestellt, um das Wasser aufzufangen. Nun sind alle voll. Wasser ist doch so ein wertvolles Gut.«

Ihre Augen verrieten Verzweiflung. Nun kam ihr ihre Schwester zu Hilfe.

»Wir wissen, dass Sie einen anstrengenden Tag gehabt haben, Herr Amtsdirektor, aber wenn es Ihnen nichts ausmacht, bitten wir sie, bei uns auf Spurensuche zu gehen. Aber nur, wenn es Ihre wertvolle Zeit zulässt.«

Die beiden Schwestern bewohnten schon seit Ewigkeiten das kleine graue Häuschen direkt neben ihm. Babette war einst Dorflehrerin in Kelheimwinzer gewesen, ihre Schwester Veverl hatte dem dortigen Priester bis zu seinem Tod den Haushalt geführt. Danach war sie zu Babette gezogen. Die beiden alten Jungfern waren unaufdringliche, fast unauffällige Nachbarinnen, die jedoch immer einen besorgten Blick auf den jungen Kommissar warfen. Manchmal fand Alex einen frisch gebackenen Kuchen vor seiner Tür stehen und wusste wegen des mit Blümchen verzierten Tellers sofort, wem er diese nette Aufmerksamkeit zu verdanken hatte. Die alten Damen schenkten ihm oft mitleidige Blicke, weil sie es einfach nicht verstehen konnten, dass der stattliche, junge »Amtsdirektor« von seiner bildschönen Verlobten nach dem tragischen Unfall damals verlassen worden war.

Alex lachte. »Meine wertvolle Zeit lässt es zu. Ich hol schnell meinen Werkzeugkasten und komm dann rüber.«

Bevor er die Klinke zu seinem Gartentürchen hinunterdrückte, öffnete er grinsend den Briefkasten, um die Post herauszufischen. Er zuckte zusammen, als er die Schrift auf einem der Briefe erkannte. Tränen sammelten sich in seinen Augen. Schon wieder eine Nachricht von *ihr*! Wie schon so viele Male vorher. Würde das denn niemals aufhören? Babette legte ihre kalte, zittrige Hand auf die seine. Sie schenkte dem Kommissar einen besorgten Blick, als der merklich in sich zusammenfiel. Wie in Trance zerknüllte er das Kuvert. Alex atmete schwer und trottete in Richtung Haus.

»Ich bin gleich drüben«, murmelte er, während er die Tür aufschloss und im dunklen Flur verschwand.

18

Sie hatte sich mit ihm an der Bushaltestelle in Kelheimwinzer verabredet. Ohne zu zögern stieg er in ihren Wagen und schloss die Tür. Sie gab Gas. Seine schüchternen Blicke wanderten über ihren Körper, während sie Richtung Riedenburg fuhr. Sie trug ein kurzes, fast durchsichtiges Kleid, das ihre Kurven voll zur Geltung brachte. Der schwarze Spitzen-BH und das dazu passende Höschen waren deutlich zu erkennen, das war ihr bewusst.

Er sagte, dass er so etwas noch nie gemacht hätte. Es sei das erste Mal. Sie lachte schallend. Der Drecksack!

Plötzlich spürte sie seine Hand auf ihrem Busen. Seine Finger waren heiß. Sie zuckte zusammen und packte ihn am Handgelenk. Sie wollte ihn zwingen, sie loszulassen. Sie keuchte panisch, blickte in den Rückspiegel, bevor sie ihm strafend in die Augen sah. Aber er verstand dieses Zeichen offensichtlich falsch, denn seine Hand wanderte in die Richtung ihrer Schenkel.

Sie presste die Knie fest zusammen. Er sollte sie dort nicht berühren. Ärgerlich schüttelte sie den Kopf. Nein, das war nicht der richtige Zeitpunkt. Es lief nicht nach Plan.

Sie griff in den Rucksack, den sie auf den Rücksitz geworfen hatte, und holte die Schachtel heraus. Sie hielt sie dem jungen Mann unter die Nase. Ohne den Blick von ihr zu nehmen, löste er eine Tablette und schluckte sie.

Sie war mit ihm zufrieden. Genauso wie die anderen war er bereits jetzt schon von ihr besessen. Gut so, dachte sie zufrieden. Nachdem sie das Auto vor der Brücke geparkt hatte, beugte er sich keuchend zu ihr hinüber und zwang sie, ihn zu küssen. So groß war seine Gier. Voller Ekel wandte sie den Kopf ab. Heute Nacht würde sie sich um diesen Kerl kümmern. Und der andere war morgen oder übermorgen dran. Dieser miese Verräter!

19

Am Montag gegen Mittag in der Dienststelle in Kelheim

Als Max am Montag auf das Revier kam, lag ein verzaubertes Lächeln auf seinen Lippen. Er grüßte den Kollegen an der Pforte überschwänglich, der ihm einen Vogel zeigte. Der dachte wohl: Der Spenninger hat eine Meise – am Freitag noch tief betrübt und heute himmelhoch jauchzend. Da kennt sich einer aus! Max flog förmlich die Treppen nach oben und öffnete schwungvoll die Tür seines Büros. Alex saß hinter seinem Rechner und schaute verdutzt auf, als er Max erblickte.

»Ich wünsche dir einen wunderschönen guten Morgen, geschätzter Kollege«, trillerte Max, während er sich zu seinem Stuhl begab. »Ist das Wetter heute nicht wunderschön? Die Vögel zwitschern, die Sonne lacht vom Himmel …«

»… und der Max hat seine Gisela endlich wieder einmal glücklich gemacht«, vollendete Alex den Satz und grinste bis über beide Ohren. »Deswegen bist heute so spät dran, du schwarzer Hengst?«

Noch bevor Max darauf antworten konnte, streckte Sissi Peintinger ihren Kopf zur Tür herein. Verdutzt hielt sie inne. Sie warf einen Blick auf Max, dann auf Alex.

»Find ich drollig, dass ihr zwei jetzt im Partnerlook auftretet. Beide in schwarzen Hemden. Das hat was! Soeben hat eine Frau Weigert angerufen. Sie ist Grundschullehrerin und hält sich derzeit mit ihrer Schulklasse im Riedenburger Schullandheim auf. Beim Wandern über die Essinger Fußgängerbrücke hat sie einen Mann gefunden. Sie behauptet, er sei tot. Die Kollegen sind bereits vor Ort. Ich denke, das solltet ihr euch mal anschauen.«

Während sie zum Tatort fuhren, unterhielten sich die beiden Männer über ihre Aktivitäten am Wochenende. Genau genommen plapperte Max wie ein Wasserfall auf Alex ein, der dessen Monolog mit einem gelangweilten »Mmm« und »So, so« kommentierte. Die

Familie Spenninger hatte am Sonntag Max' Schwester Karin besucht, die zusammen mit ihrem Mann Dieter und Dackel Balthasar in Eching bei München lebte. Die Ehe war kinderlos. Umso mehr freute sich Karin, wenn Natalie und Alexandra dabei waren. Max verriet seiner Schwester lieber nicht, mit welchen Engelszungen er auf die beiden einreden musste, bis sie sich bereit erklärten mitzukommen. Doch der Fünfzigeuroschein, den Karin den Zwillingen jeweils beim Abschiedsküsschen in die Hand drückte, machte so manches wieder wett.

Irgendwie konnte Max seine Töchter auch verstehen. Welcher Teenager lauscht schon gerne Geschichten von Krankheiten oder plötzlichen Todesfällen, die sich in Karins Freundeskreis ereignet hatten? Gehorsam saßen die Mädchen auf dem geblümten Sofa im Wohnzimmer ihrer Tante und aßen mit gefrorenem Lächeln Apfelkuchen.

»Und wie ich den Verkehr erst hass!«, krakelte Max, während Alex an der Tropfsteinhöhle Schulerloch nahe Altessing vorbeirauschte. »Nach München kannst ja bald nicht mehr fahren. Zugehen tut das! Furchtbar! Also, die Sonntage sind ein Horror. Da kommen die Wochenendausflügler aus den Alpen wieder zurück und verstopfen die Autobahnen. Jetzt sind wir so früh am Nachmittag aufgebrochen und trotzdem sind wir gestanden.«

»Aha«, antwortete Alex und gab Gas, um einen Senior, der in einem nagelneuen Mercedes-Benz an Altessing vorbeituckerte, noch vor der Achtziger-Beschränkung zu überholen.

»Fast eine halbe Stunde hat das gedauert, bis sich der Stau bei Allershausen aufgelöst hat. Und weißt, was dran schuld war?«

Alex zuckte mit den Schultern.

»Nix! Es war nix! Kein Unfall, kein Pannen-Lkw, einfach nix.«

»Aha«, antwortete Alex wieder.

Max sah ihn von der Seite an. Erst jetzt war ihm aufgefallen, wie wortkarg Alex war. Wenn er genauer darüber nachdachte, hatte sein Kollege noch nie etwas über seine Wochenenden erzählt.

Eigentlich weiß ich gar nicht, was er, außer Frauen zu beglücken, in seiner Freizeit macht, dachte Max, als Alex von der Staatsstraße nach Essing abbog.

Alex und Max wurden bereits erwartet. Die Kollegen waren gerade dabei, den Zugang zur Brücke abzusperren. Geradewegs lief Alex dem Notarzt in die Arme. Der schien leicht angesäuert zu sein.

»Nix gegen euch«, raunzte er. »Aber langsam hab ich es satt, angerufen zu werden, um den Tod von Menschen festzustellen. Ich bin schließlich Arzt und kein Pathologe!«

»Ich kann auch nichts dafür, dass Sie grad immer dann Dienst haben, wenn jemand stirbt«, antwortete Alex mümpfelig. »Ich glaub nicht, dass die Leut mit Absicht den Löffel in Ihrer Schicht abgeben, nur um Sie zu ärgern.«

Der Mann winkte ab und stampfte wütend zum Rettungswagen. Die beiden Kommissare hatten das Auto am Brückenpfeiler in Essing geparkt und waren über die Treppen auf das Holzkonstrukt gelangt. Die Fußgängerbrücke, die von den Einheimischen auch »Tatzelwurm« genannt wurde, überspannte den Rhein-Main-Donau-Kanal mit einer Länge von hundertneunzig Metern. Viele Touristen kamen nur hierher, um auf dem Gebilde mit einer Hauptspannweite von dreiundsiebzig Metern zu wandeln. Wie eine Schlange, die auf zwei Pfeilern gestützt war, wand sich das imposante Bauwerk über den Kanal.

»Dieses Essing ist auch so ein Kaff«, merkte Max an, während sie zum Tatort gingen.

»Wieso?«, fragte Alex. »Das ist doch ein hübsches kleines Dorf. Hier gibt's urige Wirtshäuser und die Bewohner kennen sich alle noch persönlich.«

»Bist du da schon mal mit dem Auto durchgefahren?«, hakte Max nach. »So enge Gasserl, diese riesige Felswand, die das Dorf nach Norden begrenzt …«

»Ohne die Wand gäb's keine Burg Randeck«, merkte Alex an. »Ich finde, sie thront oben auf dem Plateau wie eine Königin, der Essing zu Füßen liegt.«

»Sehr poetisch, Brandl«, antwortete Max grimmig. »Burg ist gut gesagt. Davon stehen doch nur noch die Mauerreste.«

»Ist doch gar nicht wahr, Max«, sagte Alex genervt. »Den Bergfried kannst du besteigen. Den hat Kronprinz Maximilian von

Bayern wieder aufbauen lassen.« Er zögerte kurz. »Außerdem kann man in den Gemäuern auch heiraten. Standesamtlich zumindest.«

»Woher willst du denn das wissen?«, fragte Max belustigt.

»Mei, des weiß ich halt«, schnauzte Alex ihn an und beschleunigte seinen Schritt.

Die Kommissare mussten die komplette Brücke überqueren, um an den Tatort zu gelangen. Schon von Weitem sahen sie zwei Frauen, die mit einer Horde von Schülern zu kämpfen hatten. Das Gekreische erreichte eine ohrenbetäubende Lautstärke. Zwei Polizeibeamte standen hilflos neben der Gruppe.

»Schau mal, Frau Weigert, da kommen Dick und Doof! Die haben sogar das gleiche an«, schrie ein kleiner Junge und deutete auf die beiden Kommissare.

Max und Alex sahen sich in die Augen.

»Halleluja! Eine Horde Rotzlöffel«, brummte Alex. »Was kann's Schlimmeres geben?!«

Die Männer zückten ihre Ausweise, als sie vor einer älteren Dame standen, die sich als Mechthild Weigert vorstellte.

»Wir beleidigen diese Männer nicht, auch wenn sie etwas seltsam aussehen, Kevin. Das sind Polizisten. Wir alle sagen schön artig ›Grüß Gott‹. Auch du, Dennis!«, ermahnte die Lehrerin.

Brav setzte die Gruppe der etwa fünfundzwanzig Schüler an und sang ein monotones »Guten Morgen, Polizisten.«

Anschließend kicherten die Kinder verschmitzt. Max schüttelte den Kopf. Alex entdeckte im Hintergrund eine eher scheue junge Frau Mitte zwanzig, die sich immer wieder hektisch die dicke Brille auf die Nase schob. Dabei klimperte sie nervös mit den Wimpern.

»Das ist meine LAA, Lisa Simmerl«, sprudelte es aus Mechthild Weigert heraus.

Alex hob die Brauen.

»Was bitte ist eine LAA?«

»LAA ist eine Abkürzung für Lehramtsanwärterin«, erklärte die Grundschullehrerin.

»LAA«, murrte Alex. »So ein blöder Titel. Bei diesen Rabauken würde der Titel L-M-A-A viel besser passen.«

»Das junge Ding ist etwas verschreckt, weil sie den Mann gefunden hat«, fuhr Mechthild Weigert unbeirrt fort.

Sie deutete auf das Ende der Brücke, wo die junge Frau mit einem kleinen Mädchen stand.

»Wir sind von der Grundschule Pfatter bei Wörth an der Donau. Bevor die Kinder im Herbst auf weiterführende Schulen gehen, wollten wir ihnen am Ende der vierten Klasse noch eine Freude machen und eine Woche gemeinsam im Schullandheim verbringen. Wissen Sie, wir sind auf Wunsch der Eltern gestern Abend angereist. Um die Schüler müde zu bekommen, brachen wir in aller Früh auf. Eine Schülerin musste dringend austreten und Frau Simmerl ging mit ihr den Abhang da herunter, um sie vom Rest der Gruppe zu trennen. Gefunden haben sie dann den Mann, der mit heruntergelassenen Hosen gegen den Brückenpfeiler gelehnt dasaß. Die Schülerin denkt, der Mann unter der Brücke würde schlafen, denn sie reagierte nicht hysterisch. Das ist sehr beruhigend. Auch die anderen Kinder wissen nichts von der Leiche. Gott sei's gedankt. Ich wüsste nicht, was ich den Eltern erzählen sollte …«

Alex nickte.

»Na, dann wollen wir den Kinder nicht unnötig Angst machen, oder?«, murmelte er, während er zu Frau Simmerl hinüberging, die ihn mit riesigen Augen ansah. Sie schreckte zusammen, als sich der Kommissar vor ihr aufbaute.

»Sie haben den Mann gefunden?«

Die junge Frau nickte und räusperte sich.

»Genauer gesagt waren es Chantal und ich.«

Alex sah zu Max und verdrehte die Augen. Kevin, Dennis, Chantal … Wo waren bitte die guten, alten Namen wie Maria, Stefan oder Anna geblieben?

»Könnten Sie mir bitte sagen, was Sie gesehen haben?«, begann er erneut.

Bevor die Lehrerin darauf antworten konnte, schob sich ein kleines Mädchen nach vorn. Es hatte sich zuvor hinter der Frau versteckt. Die Kleine musterte den Kommissar von oben bis unten und runzelte die Stirn.

»Seid ihr Zwillinge, weil ihr so gleich ausschaut's?«

Alex schüttelte den Kopf.

»Hätt ich euch auch nie geglaubt, weil du bist dünn und der da«, dabei deutete das Mädchen auf Max, »der ist dick.«

Max lief knallrot an. Er verfluchte sich dafür, diese Klamotten heute Morgen angezogen zu haben. Zwar hatten sie ihm, nachdem seine Töchter das Haus verlassen hatten, ein Schäferstündchen mit Gisela beschert, doch als der dicke Bruder von Alex abgestempelt zu werden, war wirklich zu viel!

Alex grinste und ging in die Knie, sodass er in die dunklen Augen des Mädchens sehen konnte. Die Kleine hatte braune, lange Haare, die sie zu Zöpfen geflochten hatte. Auf ihrer Nase saßen unzählige Sommersprossen. Ihr Lächeln entblößte die krummen Zähne, die bald einem Kieferorthopäden »Hallo« sagen müssten. Das weiße T-Shirt hatte Grasflecken abbekommen und hing locker über der grünen Chinohose. Die Füße steckten in pinkfarbenen Turnschuhen. Die Kleine schien vor dem Mann keine Angst zu haben. Sie stemmte die Hände in die Taille und streckte keck die Hüften nach vorne. Sie war offensichtlich gespannt, was der Polizist von ihr wollte. Alex musste unwillkürlich lächeln.

»Hör mal, Prinzessin, ist dir etwas komisch vorgekommen, als du den Mann entdeckt hast?«

»Sie meinen den besoffenen Penner, der da unten seinen Rausch ausschläft?«

Mechthild Weigert unterbrach das Mädchen, indem sie aus der Ferne rief: »Wir sagen nicht Penner, Chantal, sondern Obdachloser!«

Die Kleine nickte.

»Der *Obdachlose* sieht aus, als müsse er Pipi machen, genauso wie ich. Der hat die Hose schon zwischen seine Beine geschoben und den Pimmelmann ausgepackt. Frau Simmerl hat ihn erst nicht gesehen, weil sie so panisch nach einem Biesel-Platz für mich gesucht hat. Ich hab dann gesagt: ›Frau Simmerl, kannst du dem Mann da helfen? Der ist so besoffen, dass er nicht mehr von alleine bieseln kann.‹ Aber Frau Simmerl wollte das nicht.«

Frau Simmerls Wangen liefen krebsrot an. Die Hitze stieg ihr förmlich ins Gesicht und sie begann, sich mit der Hand kühle Luft zuzufächern. Alex grinste. Zum Glück glaubten die Kinder von heute trotzdem noch an das Gute im Menschen, obwohl bereits im Vorabendprogramm dutzende Leichen über die Mattscheibe schwirrten. Alex stand auf und deutete dem Kind an, dass die Befragung beendet war. Mit großen Sprüngen hopste es auf seine Spielkameraden zu. Nun nahm sich der Kommissar die junge Lehrerin zur Brust.

»Sie haben die Leiche nicht sofort gesehen?«

»Nein! Ich hatte Chantal an der Hand und konzentrierte mich darauf, dass sie nicht den Abhang hinuntersauste. Da unten fließt ja der Kanal und bei Kindern ist alles möglich. Da wir keine Wechselklamotten dabeihaben, wollte ich sichergehen, dass sie trocken bleibt.«

»Ist Ihnen etwas ungewöhnlich vorgekommen?«

»Sie meinen abgesehen von der Tatsache, dass dieser Mann tot ist und stolz sein Gehänge präsentiert?«, kreischte die junge Lehrerin.

Alex verzog keine Miene. Frau Simmerl räusperte sich.

»Entschuldigung … Wenn ich genauer darüber nachdenke, ist die Sitzhaltung des Mannes sehr seltsam. Er lehnt gegen den Brückenpfeiler, die Hose hängt zwischen seinen Knien. Seinen, na ja, Sie wissen schon …« Sie unterbrach und flüsterte hinter vorgehaltener Hand: »Seinen Penis hält er in der rechten Hand.«

Sie sah betreten zu Boden. Es war ihr sichtlich peinlich, solche Dinge mit diesem jungen attraktiven Kommissar zu besprechen. Alex nickte. Er hatte verstanden. Die Frau zögerte. Alex hob fragend eine Braue. Es schien, als hätte die Lehrerin noch etwas auf dem Herzen.

»Wenn ich das noch anmerken dürfte: Komisch ist, dass der Mann so richtig entspannt aussieht. Darum habe ich erst beim zweiten Hinsehen bemerkt, dass er mausetot ist«, erklärte Frau Simmerl schließlich. »Außerdem ist Blut auf seinem weißen Hemd zu erkennen. Vorne auf der Brust.«

Nachdem sich Max die Adressen der Lehrerinnen notiert und die Spurensicherung und Dr. Zierer verständigt hatte, setzte die Klasse ihre Wanderung Richtung Altessing fort. Wenn sich die Kinder beeilten, würden sie das Schullandheim am frühen Nachmittag wieder erreicht haben. Die beiden Kommissare kletterten nun den Abhang hinunter. Sie grüßten wortlos die zwei Polizisten, die den Radweg absperrten, der an der Brücke vorbeiführte. Dann nahmen sie den Toten unter Augenschein. Dieser saß mit heruntergelassenen Hosen vor dem ersten Brückenpfeiler. Der Kopf war nach vorne gefallen, die Augen geschlossen.

»Das lässige Aussehen dieses Kerls erinnert mich an einen Surflehrer, der meinen Mädchen im letzten Sommerurlaub an der Nordsee den Kopf verdreht hat. Strahlendes Blend-a-med-Lächeln, immer kolossal gute Laune, cooler Drei-Tage-Bart, von der Sonne ausgeblichenes Haar, braunes Gesicht mit neckischen Sommersprossen. Oh Mann – wie sehr habe ich diesen Kerl gehasst!«

Alex musste grinsen. Typisch Max! Am liebsten würde er seine beiden Töchter in Watte betten und sie gut verschlossen in einem Glasbehälter auf sein Nachtkästchen stellen.

Der Tote war nicht älter als fünfundzwanzig Jahre. Alex ging in die Knie und begutachtete ein Stück Seil, mit dem der Mann am Pfeiler festgebunden war. Penibel war es um den durchtrainierten Oberkörper gewickelt worden. Auch Marco Meindl hatte man einen Strick um die Brust gebunden. Das weiße Hemd stand weit offen. Das gestickte Emblem an der Brusttasche deutete auf eine Nobelmarke hin. Neben einem frisch tätowierten Kreuz waren tiefe Kratzspuren auf der glattrasierten Brust zu erkennen.

»Das muss doch weh tun, wenn dir dort jemand seine Krallen in die Haut rammt«, stellte Max fest.

»Nicht, wenn du unter Drogen stehst oder in sexueller Ekstase bist. Da spürst du nichts mehr. Wir müssen auf den Gerichtsmediziner warten, aber für mich sieht's so aus, als wäre unsere Madonna wieder am Werk gewesen«, erwiderte Alex.

Er deutete auf den Penis des Mannes.

»Exitus mit Zipfel in der Hand. Was für ein schöner Tod!«

»Denkst du an Viagra und Poppers?«, fragte Max.

»Würdest du dich freiwillig mit heruntergelassenen Hosen hierhersetzen? Da muss man schon völlig hemmungslos sein, um an dieser frequentierten Stelle sein Gurkerl zu präsentieren. Hier kommen doch jede Nase lang Spaziergänger oder Radlfahrer vorbei.«

»Glaubst du, dass Madonna dieses Mal mit dem Kerl kopuliert hat?«, fragte Max. »Also ich meine … g'schnackslt … Du weißt schon …«

Alex ließ seinen Blick über das Gelände schweifen.

»Kann sein. Ich gehe aber nicht davon aus. Warum sollte sie dieses Mal ihre Strategie geändert haben? Ihr geht es nicht um Sex, sondern darum, die Männer gefügig zu machen und sie dann umzubringen. Sie will Macht über sie ausüben. Und es ist ihr anscheinend auch hier gelungen. Das ist, mein lieber Max, die plausiblere Erklärung.«

20

Am Montag gegen Mittag bei der Essinger Hängebrücke

Kurze Zeit später eilte Dr. Zierer zusammen mit Irene und ihrem Team herbei. Der Doktor pfiff durch die Lippen, als er die Sitzposition der Leiche genauer unter die Lupe nahm.

»Allmächt! Also, wenn ich was sagen kann, dann eins: Es geht unserer Madonna anscheinend hier um das Gehänge der Männer. Das Geschlechtsorgan wurde sehr auffällig präsentiert.«

»Ich frag mich nur, warum?«, murmelte Max.

Alex hob die Brauen.

»Na, weil sie uns damit eine Nachricht schicken will, du Frauenheld. Es geht hier nicht um Sex. Es geht um Macht. Madonna weckt die Gier und Lust der Männer, um sie dann dafür zu bestrafen.«

»Aha«, antwortete Max erstaunt.

Es schien, als ob er zum ersten Mal davon hörte. Alex schüttelte den Kopf und schlug Max auf die Schulter.

»Manche Männer haben einfach mehr Verlangen nach Sex als alle drei Monate, Max. Ich kann's nur wiederholen: Sag Bescheid, wenn es deiner Gisela zu viel …«

»Schweig, Satan!«, knurrte Max und lief krebsrot an. Es war ihm sichtlich unangenehm, dass Alex ihn so eiskalt in puncto »Häufigkeit der Ausübung ehelicher Pflichten« erwischt hatte.

Dr. Zierer besah das Gesicht des Toten und öffnete mit einem gezielten Griff seinen Mund. Er war leer. Dann untersuchte er die Brust des Mannes. Mit einem Seufzen fuhren seine Finger am eingeritzten Kreuz entlang und stoppten genau auf der linken Brust. Sein Zeigefinger ertastete die Ränder der winzigen Wunde, die sich ins Fleisch eingefressen hatte. Volltreffer! Stich ins Herz!

Angewidert verzogen Alex und Max das Gesicht. Der Doktor schüttelte den Kopf, als er die Kratzspuren besah. Dann tastete er den Körper ab und konzentrierte sich schließlich auf den Genitalbereich. Dabei brummte er unverständliche Wortfetzen. An den

Beinen konnte er keine offenen Wunden oder Blessuren feststellen. Nachdem er die Untersuchung beendet hatte, bedeckte er das Geschlechtsorgan des jungen Mannes, indem er dessen Hemd ein wenig nach unten zog. Anscheinend hatte ihm Alex' letzter Versuch zu denken gegeben, der Leiche von Marco Meindl zumindest ein wenig von ihrer Würde zu erhalten. Er hatte genug gesehen.

»Und täglich grüßt das Murmeltier«, sagte Dr. Zierer, während er aufstand. »Horch! Hier haben wir haargenau das Gleiche wie bei den beiden anderen Kerlen. Nur fehlen hier die Kratzspuren am Gesäß. Die hat er stattdessen auf seiner Brust. Ich schätze, dass sie etwa drei Millimeter tief sind. Ob ihm diese mit den Fingernägeln oder post mortem mit einem anderen Gegenstand zugefügt wurden, weiß ich noch nicht. Vielleicht erhalten wir dieses Mal endlich die lang ersehnten DNA-Spuren. Die Frage, ob er vor seinem Tod Geschlechtsverkehr hatte, kann ich euch an Ort und Stelle nicht beantworten. Das Blut hab ich noch nicht untersucht, aber ich trau meinen Hintern darauf zu verwetten, dass er eine Menge Alkohol, Poppers und Viagra intus hat.«

»Todeszeitpunkt?«, fragte Alex.

»Gestern Abend gegen zweiundzwanzig Uhr«, schätzte Dr. Zierer. »Plus minus einer halben Stunde.«

Alex nickte. Dr. Zierer überließ der SpuSi das Feld. Seine Untersuchung vor Ort war abgeschlossen. Wie ein Schwarm Hornissen machte sich Irenes Mannschaft über die Leiche her. Da wurde gepinselt und eingetütet.

Irene war mit sichtbarem Eifer voll bei der Sache. Wieder war das Entsetzen groß, weil der Tote ein sehr ansehnlicher junger Mann war.

»Habt ihr einen Hinweis entdeckt, der auf die Einnahme von Viagra schließen lässt? Ich meine eine Packung oder angebrochene Schachtel?«, fragte sie.

Als Max den Kopf schüttelte, keimte ein Fünkchen Hoffnung in ihr auf.

»Gut so«, sagte sie zufrieden. »Der Kerl ist so attraktiv! Deswegen hoffe ich, dass mit der Potenz dieses Adonis alles in Ordnung gewesen ist und er keine Hilfsmittelchen nötig hatte.«

»Viagra hin oder her«, merkte Alex trocken an, »tot ist tot.«

»Hast recht«, seufzte Irene. »Is nur so schad drum.« Sie schaute sich um. »So ein lauschiges Plätzchen. Das ist richtig romantisch hier. Wenn keine Spaziergänger oder Radfahrer mehr unterwegs sind, könnte man hier spätnachts verliebt flanieren und die Sterne betrachten.«

Ihr Blick wurde gläsern.

»Denk an das eingeritzte Kreuz und die Stichwunde ins Herz, Irene. Das war kein romantisches Treffen, sondern ein geplanter Mord«, antwortete Alex. »Ich bin gespannt, ob wir einen Autoschlüssel oder Ähnliches bei dem Kerl finden. Aber für mich sieht es so aus, als habe die Mörderin ihn irgendwo aufgegabelt und ihn zielsicher an diesen Ort gelotst. Ich sehe nämlich weit und breit keinen Wagen. Sie wusste genau, dass sich zu so später Stunde niemand mehr hierher verirren würde. Die Frage bleibt offen, ob der Kerl ein zufälliges Opfer war oder ob das Stelldichein geplant war. Vielleicht hatte unser Vamp zwischendurch Lust bekommen auf einen Spontan-Quickie.«

»Du bist so unromantisch!«, rief Irene und verzog das Gesicht.

Sie deutete den Kollegen an, die Leiche hinzulegen. Vorsichtig rollten sie den Körper auf eine Plane. Alex ging in die Knie und zog sich Handschuhe über. Er suchte in der Hose, die dem Kerl immer noch zwischen den Knien hing, nach Papieren, die ihn ausweisen könnten. Er wurde fündig und fischte einen schwarzen Ledergeldbeutel aus der Gesäßtasche. Laut las Alex die Personalien des Opfers vor.

»Der Kerl heißt Bernd Hoffmann, ist sechsundzwanzig Jahre alt.« Dann drehte er den Personalausweis um. »Sein Wohnsitz ist der Winzerberg in Kelheim. Kein Handy. Auch keine Autoschlüssel. Soweit die Spurensicherung nichts Gegenteiliges beweisen kann, gehen wir also davon aus, dass Madonna ihn hierhergebracht hat. Wie auch immer.«

Max runzelte die Stirn.

»Findest du es nicht auch komisch, dass alle drei Leichen im Radius von etwa fünf Kilometern voneinander entfernt gewohnt haben?«

»Komisch ist wohl der falsche Ausdruck. Gruselig passt hier viel besser«, antwortete Irene.

Alex kramte weiter in der Brieftasche. Dann zog er triumphierend einen kleinen Ausweis heraus.

»Student an der Ostbayerischen Technischen Hochschule Regensburg, kurz OTH. Ich hab's doch gewusst.«

Irene sah ihm über die Schulter.

»Und ein ganz Schlauer war er auch«, merkte sie an. »Der hat ja Informatik studiert. Stand wohl kurz vor dem Master, wenn man die Semesterzahl betrachtet.«

Jetzt nahm Irene das Hemd des Toten genauer unter die Lupe. Nur Sekunden später schrie sie laut auf. Max zuckte zusammen.

»Herrschaftszeiten!«, fluchte er. »Hast du ein Gespenst gesehen, weil du so kreischst?«

»So was Ähnliches«, antwortete sie und hielt stolz mit ihrer Pinzette ein schwarzes, langes, gelocktes Haar in die Höhe.

21

Am Montag gegen Mittag auf dem Winzerberg in Kelheim

Der Winzerberg in Kelheim bestand aus einer einzigen Straße, die sich auf einem Bergplateau über Felder hinweg nach Westen schlängelte. Etwa zwanzig Häuser zählten die beiden Kommissare, während sie das Zuhause von Bernd Hoffmann suchten. Einige Bewohner, die vor ihren Häusern standen, sahen dem schwarzen BMW verwundert nach. Hierherauf verirrte sich nur selten jemand. Die Hoffmanns bewohnten ein schmuckes Eigenheim am Ende der Sackgasse. Bernds Vater hatte wohl eine Software-Firma inne, denn ein großes Schild prangte am hölzernen Bretterzaun: »Hoffmann Group GmbH – IT-Solutions«.

»Deshalb hat Bernd Informatik studiert«, sagte Max und deutete auf das Werbeplakat.

»Liegt auf der Hand, oder?«

Alex stieg aus dem Wagen.

Die Hoffmanns hatten sich anscheinend durch diese Firma ein kleines Vermögen verdient. Das penibel gepflegte Äußere des Gartens ließ darauf schließen, dass hier jede Woche ein Gärtner vorbeischaute. Die Buchsbäume waren in Reih und Glied gepflanzt, ein kleiner Magnolienbaum in der Mitte krönte die Kreisbepflanzung. Schwere Kübel aus Terrakotta, in die Edelrosen gepflanzt waren, schmückten einen schmalen Kiesweg. Das Zentrum des Gartens markierte ein Springbrunnen aus grauem Granit. Unaufhörlich wurde eine Wasserfontäne nach oben gepumpt, die nach dem Fall in einem großen Schwimmteich endete.

»Des is ja wie im Paradies«, schwärmte Max.

Alex sah ihn kritisch von der Seite an.

»Ich dachte, du verabscheust Wasser?«

»Nur, wenn ich darin baden muss«, klärte Max ihn auf. »In den Teich könnte ich ja meinen kleinen Zeh hineinhalten, um ihn zu kühlen.«

»Ja, und die Piranhas, die darin kreisen, beißen ihn dir ab.«

»Scherzkeks«, rief Max. »Jeder Depp weiß, dass sie in den tropischen Gewässern Südamerikas leben.«

Alex zog die Schultern nach oben.

»Wer weiß, mein lieber Max, wer weiß ...«

Kritisch beäugte Max noch einmal den Teich, bevor er Alex folgte und auf das Haus zuging. Das Podest bestand aus breiten weißen Marmorstufen. Zwei Säulen hielten einen wuchtigen Balkon, der darüber gebaut war. Die Hoffmanns hatten offensichtlich eine Vorliebe für die toskanische Bauweise. Das bewiesen die quadratischen Formen, der Terrakotta-Ton der Fassade und die vielen Fensterfronten. Wie jedes Mal drückte Alex den Klingelknopf und trat beiseite. Nach einer Weile wurde die Tür geöffnet. Ein junges Fräulein in einem schwarzen, kurzen Kleid, um das sie eine weiße Schürze aus feiner Spitze gebunden hatte, öffnete ihnen. Auf dem Kopf trug sie ein weißes Häubchen.

»Leck mich am Arsch!«, rief Alex überrascht. »Ja, gibt's des wirklich? Dienstboten in solcher Verkleidung? Is heute Fasching oder laufen Sie freiwillig so rum?«

Die junge Frau zog verärgert die Brauen zusammen. Dann wandte sie sich an Max.

»Die beiden Herren wünschen?«

Alex grinste. »Hast du des g'hört, Max? Wer redet denn heute noch so geschwollen daher?

Da platzte der Bediensteten eindeutig der Kragen.

»Halt dei Gosch'n, Bauernfünfer!«, raunzte sie ihn an.

Max konnte gerade noch verhindern, dass sie ihnen die Tür vor der Nase zuschlug. Er quetschte seinen Ausweis durch den verbliebenen schmalen Schlitz.

»Wir sind von der Kripo in Kelheim. Wir hätten ein paar Fragen an die Familie Hoffmann«, rief er, während er sich gegen das Türblatt stemmte.

Sichtlich verärgert riss das Fräulein die Tür auf.

»Die Herrschaften sind nicht zugegen«, pflaumte sie die Männer an. »Wenn Sie was von Ihnen wünschen, müssen Sie ins Büro in die Innenstadt fahren. Verstanden?«

Das »Verstanden« brüllte sie in Alex' Richtung. Alex zeigte ihr einen Vogel.

»Eingebildetes Miststück!«, raunte er und schüttelte den Kopf.

Max setzte ein Lächeln auf und entschuldigte sich bei der Frau. Das Fräulein wirkte etwas versöhnlicher.

»Wollen Sie nicht hereinkommen?«, fragte sie Max höflich und trat beiseite. Alex würdigte sie keines Blickes mehr.

»Das ist aber sehr nett, gerne«, antwortete Max und trat durch die Tür.

Alex folgte mürrisch. Max sah sich erstaunt um.

»Die Herrschaften mögen den mediterranen Stil. Sie haben eine Finca auf Mallorca«, erklärte das Fräulein und blieb mitten in der Eingangshalle stehen. Der Boden war mit terrakottafarbigen Fliesen ausgelegt. An der Außenwand führte eine dunkle Holztreppe nach oben. Eine Sitzgruppe in einem satten Rotton lud zum Verweilen ein. Zahlreiche Stehlampen spendeten Licht – trotz helllichtem Tag.

»Schön haben Sie es hier«, gab Max bewundernd zu.

Alex räusperte sich.

»Wir sind nicht auf einer Hausbesichtigung, Max.«

Max warf ihm einen bösen Blick zu. Er wusste, dass er die Befragung fortsetzen musste, aber er konnte doch nicht mit der Tür ins Haus fallen, oder?

Behutsam griff er nach der Hand des Fräuleins und tätschelte sie väterlich. Es beäugte ihn argwöhnisch.

»Haben Sie eine Ahnung, wo sich Bernd Hoffmann gerade befindet?«

Das Fräulein schüttelte den Kopf.

»Nein. Er hat heute nicht hier genächtigt, wenn Sie darauf hinauswollen. Das Bett blieb unbenutzt. Seine Eltern waren deswegen sehr in Sorge. Aber die Polizei wollten sie nicht verständigen. Das schien ihnen doch etwas übertrieben. Schließlich ist Bernd erwachsen.«

»Kommt das öfter vor, dass er auswärts schläft?«, fragte Max.

»Wenn ich genauer darüber nachdenke, eigentlich nicht«, antwortete das Dienstmädchen zögerlich. »Das ist gar nicht seine Art.

Bernd ist ein sehr zuverlässiger junger Mann.« Ihr Blick wurde ängstlich. »Ist ihm was passiert?«

»Haben Sie ein Foto zur Hand, auf dem Bernd Hoffmann zu sehen ist?«, fragte Max vorsichtig.

Das Fräulein nickte und huschte in den großen Salon, der sich der Eingangshalle anschloss. Max holte tief Luft.

»Hier ist eines«, sagte das Dienstmädchen, während es auf die beiden Kommissare zueilte. Es wischte mit dem Ärmel über das Glas des Bilderrahmens. »Eigentlich dürfte kein Staub drauf sein, ich weiß … Aber ich hab hier eine Menge Arbeit …«

Max nahm dem Dienstmädchen den Rahmen aus der Hand und begutachtete das Porträtbild. Kein Zweifel. Der Tote aus Prunn war Bernd Hoffmann.

Nachdem Max das Fräulein über den Tod des Juniors unterrichtet hatte, fand er sie heulend in seinen Armen wieder. Eine derartige Annäherung in so kurzer Zeit hätte sich Max nie träumen lassen. Es dauerte eine ganze Weile, bis sich die Frau wieder gefangen hatte. Zum Erstaunen von Max plauderte sie nun bereitwillig aus dem Nähkästchen.

»Bernd hatte keine feste Freundin«, erzählte sie. »Er brachte zwar ab und zu Studienkolleginnen mit nach Hause, einige blieben sogar über Nacht, doch schien die Beziehung mit diesen Frauen eher platonisch zu sein. Er war ein schüchterner Typ, bastelte lieber in der Firma an Computern herum oder programmierte, als in irgendwelchen Diskotheken oder Kneipen abzuhängen.«

»Mit welchen Leuten trieb sich Bernd herum?«, fragte Max. »Hatte er engere Freunde?«

Das Fräulein verneinte. »Bernd war ein Einzelgänger. Er hat niemals von einem Freund gesprochen, auch hat sich nie einer öfter hier blicken lassen. Vielmehr betete er seinen Professor, Dr. Roderich Weiß, von der OTH an. Begeistert schwärmte Bernd von dessen Kreativität und Erfindergeist. Mehr weiß ich leider auch nicht.«

Max zog Fotos der beiden anderen Mordopfer, Daniel Reiter und Marco Meindl, aus der Tasche. Die junge Frau betrachtete sie lange.

»Ja, die kenn ich«, sagte sie schließlich. »An solche Prachtexemplare erinnere ich mich gerne. Bernd war damals in einer Motorradgang. Kaum hatte er mit achtzehn Jahren den Führerschein in der Tasche, stand ein schickes Motorrad vor der Tür. Ein weiß-rotes, soweit ich mich erinnern kann. Die beiden Typen, die immer hier auftauchten, hießen Mirko und Samuel oder so ähnlich.«

»Könnten es auch Marco und Daniel gewesen sein?«, fragte Max.

Sie überlegte. Dann hellte sich ihr Gesicht auf.

»Ja, genau! So hießen sie. Und ein Tobias war auch dabei. Ich habe mich öfter mit denen unterhalten, weil ich damals frisch bei den Herrschaften angefangen habe und die Kerle mir …«

Sie stockte. Alex vollendete den Satz.

»Die Burschen machten Ihnen schöne Augen, stimmt's?«

Das Gesicht des Fräuleins lief krebsrot an.

»Ja … Das waren schlimme Finger. Ich sag's Ihnen. Einer von denen, ich glaube, Daniel war's, griff mir einmal an den Busen. Völlig unerwartet. Und die anderen zwei, mit Ausnahme von Bernd …«

Die Frau unterbrach erneut. Sie blickte schüchtern auf den Boden und schob eine Haarsträhne hinters Ohr. Alex atmete tief ein. Es war offensichtlich, dass ihm ihr Getue ziemlich auf die Nerven ging. Max schaltete sich dazwischen.

»Was haben die beiden anderen getan?«

»Na ja«, sagte sie. »Sie haben dämlich gegrinst. Ich hab Daniel eine gescheuert, mich umgedreht und bin ins Haus gegangen.«

»Hatte dieser Zwischenfall Folgen für den Kerl?«, hakte Max nach.

»Den Herrschaften habe ich nichts davon erzählt«, gestand sie. »Warum auch? Ich denke, das war wohl eine Mutprobe.«

»Mutprobe?«, empörte sich Max. »Der Flegel greift Ihnen an den Busen und Sie lassen sich das gefallen?«

Eine kurze Pause entstand. Das Dienstmädchen sah betretend zu Boden. Max schüttelte fassungslos den Kopf und setzte die Befragung fort.

»Woher kannte Bernd diese Burschen?«

»Seine Eltern schickten ihn nach der vierten Klasse nach Regensburg in eine Privatschule. Er sollte die beste Ausbildung erhalten. Bernd war zu der Zeit wirklich ein Früchtchen. Im Zug lernte er Marco kennen. Der wiederholte die neunte Klasse im Goethe-Gymnasium in Regensburg, weil er im Donau-Gymnasium durchgefallen war. Er hatte keinen guten Einfluss auf Bernd. Bald gesellten sich Daniel und dieser Tobias hinzu. Gegen Daniel waren die anderen drei Lämmchen. Dem blitzte der Schalk schon aus den Augen. Aber gut ausgesehen hat der! Wahnsinn! Eisblaue Augen, kastanienbraunes Haar, einen Körper zum Anbeten …«

»Und Geld wie Heu. Bedauern Sie es, dass Daniel sich nicht weiter für Sie interessiert hat?«, wollte Alex wissen.

»Das muss ich mir von Ihnen nicht gefallen lassen!«, herrschte die junge Frau ihn an. Dann wandte sie sich Max zu.

»Wenn Sie Ihrem Wachhund nicht augenblicklich das Wort verbieten, sage ich gar nichts mehr!«

»Wir können unsere Unterhaltung auch auf dem Revier fortsetzen«, antwortete Alex süßlich. »Sie und ich in einem kleinen Raum … Wo Sie doch so viel Sympathie für mich hegen.«

Max deutete Alex mit einem Blick an, die Luft anzuhalten.

»Sie arbeiten ja bereits schon eine geraume Zeit für die Familie Hoffmann«, sprach er beschwichtigend. »Wie ich annehme, putzen Sie recht gründlich. So sauber, wie es hier aussieht.«

Max sah sich demonstrativ um. Die junge Dame lächelte.

»Ist Ihnen beim Säubern von Bernd Hoffmanns Zimmer etwas Verdächtiges in die Hände gefallen?«

Das Fräulein hob die Brauen.

»Wie meinen Sie das jetzt?«

Alex riss anscheinend der Geduldsfaden.

»Haben Sie eine Packung Viagra gefunden?«, fragte er frei heraus. »Litt Bernd an Erektionsproblemen?«

»Erektionsprobleme?«, rief sie hysterisch. »Woher soll ich das denn wissen? Wie kommen Sie darauf?«

»Weil Ihr heiliger Bernd wahrscheinlich Viagra geschluckt und vor seinem Tod eine Latte wie ein Stahlrohr hatte!«, schrie Alex wütend zurück.

Die junge Frau riss die Augen auf. Dann schüttelte sie vehement den Kopf.

»Nein! Von Erektionsproblemen weiß ich nichts«, sagte sie entschieden. »Ich habe auch nichts Auffälliges gefunden. Allerdings war er Single. Und das schon eine ganze Weile. Früher war das anders …«

»Wann stellten Sie denn diese Veränderung fest?«, fragte Max.

Die junge Frau schien nachzudenken.

»Wenn ich's mir genau überlege, dann begann das etwa vor acht Jahren, kurz nach seinem Abitur. Er änderte sein Leben radikal. Er schrieb sich an der OTH ein, brach die Freundschaft mit diesen Burschen ab und konzentrierte sich auf das Studium. Er wurde sehr umgänglich.«

Alex und Max sahen sich in die Augen. Wieder so eine wundersame Metamorphose. Und genau wie bei Marco Meindl fand diese genau vor acht Jahren statt. Was zum Teufel war damals passiert?

Mit hängendem Kopf wischte sich das Fräulein ein paar Tränen aus den Augen. »Die armen Herrschaften. Die armen Herrschaften«, murmelte sie immer wieder.

Max erklärte die Befragung für beendet und bedankte sich bei der jungen Frau. Daraufhin verließen die beiden Kommissare die Villa. Das Dienstmädchen schloss leise die Tür. Alex beschloss, an die Hochschule nach Regensburg zu fahren, um diesen Professor Weiß aufzusuchen. Vielleicht hatte Bernd ihm etwas anvertraut. Die Rolle des »Todesboten« musste Max – entgegen allen Vorschriften – wohl oder übel wieder alleine übernehmen.

22

Am Montagnachmittag auf dem Weg nach Regensburg

Während der Fahrt nach Regensburg raste Alex so, als säße der Teufel höchstpersönlich auf der Rücksitzbank. Er gab Gas und überholte am Bad Abbacher Berg eine Kolonne Lkws. Das war, neben einer Ausnahme, die einzige Stelle, an der man an den Kolossen vorbeirauschen konnte. Wütend drückte er auf die Hupe, als vor ihm ein brauner Skoda Fabia ausscherte und auf die Überholspur wechselte. Doch der alte Herr, der am Steuer saß, dachte nicht daran, den Weg für die nachfolgende Schlange frei zu machen. Gemächlich tuckerte er den Berg hinauf, zog langsam an den Lkws vorbei. Als Alex genervt auf die Hupe drückte, winkte der Senior provozierend.

Alex hatte keine andere Wahl, als dem Skoda hinterherzuschleichen. Glücklicherweise bog der alte Mann im Pentlinger Kreisel Richtung Apotheke ab. Alex überlegte, ob er ihm einen Vogel zeigen sollte. Er besann sich jedoch, weil er am Haus des emeritierten Papstes Benedikt XVI. vorbeifahren würde. Kardinal Joseph Ratzinger unterrichtete seinerzeit an der theologischen Fakultät der Uni Regensburg.

Er würde sich sicher die Haare raufen, wenn er von unserer Madonna erführe, dachte Alex ein wenig bedrückt.

Der Kommissar passierte das Universitätsklinikum und war froh, endlich in die Albertus-Magnus-Straße in Regensburg einzubiegen. Im Parkhaus fand er glücklicherweise schnell einen Parkplatz. Sobald er das Universitätsgelände betreten hatte, orientierte er sich an den Wegweisern, die ihn Richtung Wirtschaftswissenschaftsgebäude lotsten.

Zuerst wollte er Daniel Reiters Professor sprechen. Deshalb klopfte er an die Tür des zuständigen Prüfungsamts. Eine junge Dame bat ihn herein. Sie saß vor einem Rechner und war dabei, die Post zu sortieren. Als sie Alex erblickte, huschte ein Lächeln über ihre Lippen. Ihr Gesicht hellte sich auf, als sie den Kommissar von oben bis unten musterte.

»Momentan habe ich keine Sprechzeit«, flötete sie. »Aber für Sie mache ich gern eine Ausnahme. Wie darf ich Ihnen helfen?«

Sie zwinkerte mit einem Auge. Alex grinste. Er zog seinen Ausweis und näherte sich ihrem Schreibtisch.

»Oh! Polizei?«, hauchte sie. »Wollen Sie mich festnehmen? Ich schwöre, ich bin unschuldig!«

Alex lachte.

»Und ich glaub noch an den Nikolaus«, feixte er und zog einen Stuhl heran, um auf Augenhöhe mit ihr zu reden.

»Tun Sie das wirklich?«, neckte sie ihn. »Ich meine, an den Nikolaus glauben …«

Ein Klopfen unterbrach das wilde Geflirte, und ein Student mit Rastalocken und knallgelbem T-Shirt steckte seinen Kopf zur Tür herein. Die Sekretärin scheuchte den ungepflegten Kerl wütend hinaus.

»Ich habe jetzt keine Sprechstunde!«

Der Student deutete verwirrt auf Alex.

»Aha. Und was macht dann der hier?«, fragte er verunsichert.

»Das geht Sie gar nichts an!«, herrschte sie den jungen Mann erneut an. »Kommen S' einfach morgen wieder. Jetzt passt es überhaupt nicht.«

Dann schenkte sie Alex wieder ihre volle Aufmerksamkeit. Einige Sekunden lang sahen sie sich schweigend in die Augen. Ein Knistern lag in der Luft.

»Wegen dem Nikolaus bin ich übrigens nicht hier. Mich interessiert vielmehr ein Daniel Reiter«, stellte Alex schließlich klar.

»Den Namen habe ich noch nie gehört«, antwortete sie knapp und lächelte ihn an. Es war offensichtlich, dass sie jetzt über keinen anderen Mann sprechen wollte.

»Herrjeh! Das ist aber blöd«, sagte Alex und tat so, als wolle er aufstehen.

»Moment!«, rief sie panisch und griff nach seiner Hand. »Ich glaub, den Namen kenne ich doch.«

Sie wühlte in einem Papierstapel, der sich auf ihrem Schreibtisch aufgetürmt hatte, ohne den Blick von Alex zu nehmen. Dann zog sie einen blauen Papierfetzen heraus.

»Volltreffer! Zufällig habe ich heute einen Brief an ihn getippt, weil ich ihm die Ergebnisse der letzten Prüfungen mitteilen muss«, erklärte sie. Dann zog sie die Nase kraus, als sie das Blatt überflog. »Ein fleißiger Student ist er nicht gerade«, stellte sie sachlich fest. Sie schüttelte den Kopf. »Durch zwei Prüfungen ist er sogar durchgerauscht.«

»Wie ich Sie einschätze, kennen Sie sich im Lehrstuhl sicherlich prima aus«, sagte Alex süßlich.

Die Dame nickte stolz.

»Wer könnte mir Auskunft über Daniel Reiter geben? Mich interessiert vor allem, ob er Kurse besucht hat, die mit anderen Fakultäten gekoppelt waren.«

Die junge Dame löste einen Notizzettel vom Block, der vor ihr lag, und kritzelte einen Namen darauf. Den überreichte sie Alex.

»Sein Tutor könnte Ihnen vielleicht weiterhelfen.« Sie zögerte. »Wenn der Ihnen nichts sagen kann, dann rufen Sie mich an. Meine Nummer steht darunter. Ich könnte mich mal umhören. Das kostet aber was …«

Alex besah den Zettel mit ihrer Telefonnummer.

»Bedaure!«, seufzte er. »Ich mach keine Schulden!«

Er stand auf und verließ wortlos das Büro.

Leider wusste der Tutor auch nicht mehr von Daniel Reiter. Vielmehr beschwerte er sich darüber, dass er sehr unzuverlässig und oberflächlich war.

»Pflichtkurse besuchte Daniel nur, um eine Unterschrift zu bekommen«, schimpfte er. »Vor Zusatzaufgaben oder freiwilligen Diensten schcute er sich so sehr wie eine Katze vor dem Wasser. Ich kann mir nur schwer vorstellen, dass der Kerl Seminare besuchte, die über die der Fakultät hinausgingen.«

»Kann es sein, dass Daniel sich öfter an der OTH aufhielt?«, fragte Alex. »Ich denke da an den Fachbereich Informatik?«

Der Tutor lachte schallend auf.

»Informatik sagen Sie? Daniel war in Mathe eine Niete! Auch mit Computern verschwendete er keine Zeit. Wie gesagt – er suchte sich immer den bequemsten Weg.«

Alex hatte genug gehört. Daniel war anscheinend ein ganz schön fauler Sack gewesen.

Missmutig ging Alex zum Sportzentrum hinüber. Dazu musste er viele Gebäude und Fakultäten durchqueren. Im Institut für Sportwissenschaften befragte er einige Studenten nach Marco Meindl und erfuhr, dass dieser sehr beliebt gewesen war. Er wurde für seine ruhige und besonnene Art gelobt. Mit seiner Freundin Sandra wäre er sehr glücklich gewesen. Darum habe man ihm auch nicht verübeln können, wenn er wilden Partys fernblieb. Man war sehr erschüttert über seinen Tod. Auch diese Studenten löschten den Funken Hoffnung, dass es einen Zusammenhang zwischen Sport, Wirtschaftswissenschaften und Informatik gab. Vielmehr passten die drei Toten so gut zusammen wie ein Wolpertinger!

Alex fuhr zur OTH hinunter. Er parkte direkt vor der Eingangstür und legte seinen Dienstausweis gut sichtbar hinter die Frontscheibe. Keinen Millimeter mehr würde er freiwillig gehen! Er war froh, im Sekretariat eine ältere, stämmige Dame vorzufinden, die ihm emotionslos den Weg zum Büro von Professor Weiß wies. Alex hatte Glück. Weiß war anwesend. Die nächste Vorlesung würde erst in einer halben Stunde beginnen. Der jung gebliebene, sportliche Mittfünfziger, der ein ausgewaschenes T-Shirt und eine weite Jeans trug, fiel in sich zusammen, als er vom Tod seines Schützlings Bernd Hoffmann erfuhr. Er kämpfte sichtlich mit den Tränen.

»Bernd Hoffmann war ein sehr begabter Student«, sagte der Professor. »Er verfügte über eine enorme Auffassungsgabe, verstand Zusammenhänge auf Anhieb und besaß das nötige Gespür für's Programmieren. Ich kann es nicht fassen, dass er nicht mehr leben soll.«

Weiß starrte zum Fenster hinaus.

»Er war im Zweifel, ob er das Geschäft seiner Eltern übernehmen oder hier bei mir am Lehrstuhl bleiben sollte. Ich habe ihm nämlich angeboten zu promovieren. Seine Zensuren waren kolossal gut. Er gab seinen Kommilitonen freiwillig Nachhilfestunden. Diese hielt er gewöhnlich zu Hause in Kelheim ab.« Dann lächelte er.

»Vorwiegend nahmen junge Damen das Angebot wahr. Er war ein sehr attraktiver Bursche.«

»Beschränkte sich dieses Angebot nur auf die OTH oder kooperierte er auch mit der Uni? Sagen Ihnen die Namen Daniel Reiter oder Marco Meindl etwas?«

Weiß verneinte.

»Von den beiden habe ich noch nie was gehört. Das könnte aber auch daran liegen, dass diese Nachhilfe für praktische Übungen angedacht ist, die nur an der OTH stattfinden.«

»Glauben Sie, dass er was mit den Studentinnen am Laufen hatte?«, fragte Alex.

Schnell schüttelte der Mann den Kopf.

»Bernd war in dieser Hinsicht sehr zugeschnürt. Er ärgerte sich oft darüber, nur auf sein gutes Aussehen reduziert zu werden. Er hatte schließlich eine Menge auf dem Kasten.«

»Hat er Ihnen einmal von einem Erlebnis erzählt, das sein Leben vor etwa acht Jahren radikal veränderte?«

Der Professor dachte nach. »Einmal war er bei mir zu Gast. Meine Frau ließ ihn zum Abendessen bitten, weil ich anscheinend so oft von diesem klugen Kerl gesprochen hatte. Es war sehr gemütlich und die Gespräche bewegten sich auf sehr hohem Niveau. Als ihn meine Frau auf eine Freundin ansprach, wurde er traurig. Bernd antwortete darauf: ›Eine Freundin habe ich leider nicht. Ich denke, ich bin einer nicht würdig.‹«

Ein ungewöhnlicher Spruch für einen jungen Mann, schoss es Alex durch den Kopf. Was war geschehen, dass Bernd Hoffmann ein solches Problem mit Frauen hatte?

Alex saß in seinem Wagen in der Tiefgarage. Er war wütend. Es war zum Haare Ausreißen. Seine Befragungen hatten zwar neue, interessante Details ergeben, aber dieser Madonna war er dadurch keinen Schritt nähergekommen.

»Verdammte Scheiße! Blödes Miststück!«, fluchte Alex und schlug mit der Faust gegen sein Lenkrad.

Er musste unverrichteter Dinge wieder abziehen. Max würde im Präsidium sicher schon auf ihn warten. Alex fluchte noch einmal laut, während er auf seinem Handy Irenes Nummer wählte. Es wartete noch mehr Arbeit auf sie. Nicht nur Marco Meindls Computer, sondern auch die Rechner von Bernd Hoffmann würden auf ihrem Schreibtisch landen.

»Servus Irene«, knurrte er. »Gibt's was Neues?«

»Leider nicht, außer, dass du ziemlich scheiße klingst«, antwortete sie. »Zierer hat herausgefunden, dass kein sexueller Kontakt zwischen Madonna und Bernd Hoffmann stattgefunden hat. Er kam nicht zum Schuss. Somit hat sich meine Hoffnung zerschlagen, dass der Kerl einen *normalen* Beischlaf mit einer *normalen* Frau praktizierte. Unser männermordender Vamp hat also wieder zugeschlagen. Das schwarze, lange Haar stammt ebenfalls von dieser Billigperücke aus Asien. Ich habe mir schon überlegt, ob ich die Hersteller kontaktieren soll. Aber als ich die lange Liste der Anbieter und ihre Adressen – darunter welche in China und Buxtehude – gesehen habe, dachte ich mir: Irenchen, du bist doch nicht wahnsinnig.«

»Und jetzt?«, fragte Alex grimmig.

»Nichts, Alex. Ich habe einfach nichts.«

»Sonst noch etwas von unserem Mittelfranken?«, erkundigte sich Alex knapp.

»Nicht wirklich. Zierer hat wie vermutet Poppers, Viagra und Alkohol im Blut von Bernd Hoffmann nachgewiesen.«

Alex legte nach einem kurzen Gruß auf und sah zum Fenster hinaus. Er trommelte mit seinen Fingern undefinierbare Rhythmen auf das Lenkrad. Er musste Dampf ablassen, sonst würde er platzen. Seine Miene erhellte sich, als er zwei Studenten beobachtete, die lachend einen Kasten Bier die Stufen in Richtung Campus hinauftrugen.

»Studenten wissen halt einfach, wie man richtig lebt. Beneidenswert«, grinste Alex und startete den Motor. Wo könnte man sich besser erholen, als bei einem kühlen Bier im »Kneitinger Keller« am Galgenberg?

23

Am Dienstagmorgen in der Dienststelle in Kelheim

»Wir müssen Napoleon und seinen Dackel informieren«, sagte Max, als Alex in der Früh wie gewohnt grußlos im Büro auftauchte. »Die zweiundsiebzig Stunden sind schon längst vorbei. Mich wundert's, dass wir bisher noch nichts von ihnen gehört haben.«

»Wahrscheinlich waren sie mit wichtigeren Dingen beschäftigt«, murmelte Alex und vollführte seine typische ordinäre Zungengeste.

So, als hätte Hildegard Hummel das Gespräch belauscht, kam Sissi Peintinger ins Zimmer und ließ den beiden ausrichten, dass die Chefin die Herrschaften in ihrem Büro erwartete.

»Ihr sollt euren – verzeiht mir – *Arsch* noch vor dem Mittagessen dorthin bewegen. Das hat sie wortwörtlich gesagt.«

»Welch entsetzliche Wortwahl!«, echauffierte sich Max, während er hinter Alex den Gang entlang zum Büro der Chefin schlurfte. Es überraschte die beiden in keiner Weise, dass auch der Staatsanwalt Dr. Fleischer anwesend war. Hildegard Hummel saß über Papiere gebeugt an ihrem Schreibtisch und sah kurz auf, als ihre Sekretärin die beiden Herren anmeldete. Dr. Fleischer stand am Fenster ganz in ihrer Nähe. Während Max sich auf dem Stuhl vor ihrem Tisch niederließ, dachte er: Hat der Kerl denn nichts anderes zu tun, als Napoleon hinterherzudackeln?

Alex blieb wie gewohnt in der Nähe der Tür stehen, sozusagen in Fluchtbereitschaft.

»Wie ich hörte, haben wir bereits die dritte Leiche?«, eröffnete Hildegard Hummel das Verhör und schob den Kopf nach vorn. »Ich höre?«

Max räusperte sich.

»Der Tote heißt Bernd Hoffmann und stammt vom Winzerberg aus Kelheim. Er studierte …«

Die Chefin unterbrach ihn mit einer kurzen Geste und deutete auf einen Stapel Papier.

»Lesen kann ich selber«, sagte sie streng und schob den Kopf nach vorn. »Sissi Peintinger hat mir heute Morgen die Protokolle der Spurensicherung und der Gerichtsmedizin auf den Schreibtisch gelegt. Ihre Berichte fehlen leider noch, Herr Spenninger und Herr Brandl.«

Max murmelte eine leise Entschuldigung und sah hilfesuchend zu Alex hinüber. Wie immer schien jegliche Form der Kritik an ihm abzuprallen. Selbstbewusst zuckte er mit den Schultern und ließ ein »Ja, mei. Kann passieren« verlauten.

Hildegard Hummel schob den Kopf nach vorne. Dann sah sie zu Dr. Fleischer hinüber.

»Harald?«, hauchte sie eiskalt. »Hast du übrigens schon Kontakt mit Dr. Pausewang aufgenommen?«

Sichtlich von dieser Frage überrumpelt, riss der Staatsanwalt die Augen auf und schüttelte den Kopf.

»Nein, mein Liebes«, sagte er schuldbewusst. »Hätte ich das tun sollen?«

Napoleon hob die Hand und Dr. Fleischer hielt die Luft an. Alex sprang an den Schreibtisch heran.

»Machen Sie sich keine Mühe, Dr. Fleischer!«, rief er. »Wir schaffen das schon allein. Also«, fuhr er fort, »wir sind uns sicher, dass auch die letzte Leiche auf das Konto von Madonna geht. Sie plant ihre Morde bis ins kleinste Detail: Zuerst saufen die Kerle Unmengen an Alkohol, dann werfen sie sich Viagra ein und schlucken die Droge Poppers. An Sex ist die Frau jedoch nicht interessiert. Mit keinem der Mordopfer hat sie vor dem Exitus geschlafen. Das sieht mir eher nach Rache oder einem krankhaften Wahn aus, Männer zu demütigen. Madonna hat ihr erstes Opfer per Internet kennengelernt. Wie sie die anderen auserwählt hat, wissen wir leider noch nicht. Tatsache ist, dass sich die Mordopfer von früher kannten. Sie waren in einer Motorradclique. Laut Zeugenaussagen waren es vier Mitglieder. Die Burschen waren keine unbeschriebenen Blätter, wenn's um Frauen ging. Sie legten diesbezüglich anscheinend öfter Mutproben ab. Einer der Gruppe, ein Tobias Bauer, starb vor acht Jahren an einem Gehirntumor. Kurz zuvor muss etwas geschehen sein, was die Kerle völlig aus den Latschen gekippt hat. Drei von ihnen veränderten ihr Wesen, wurden zahme Lämmchen – mit Ausnahme von Daniel Reiter. Der hurte in gewohnter Manier weiter. Unsere Täterin, Madonna, verspricht den Opfern anscheinend den ultimativen Sex-Kick, denn für diese Frau tun sie alles. Entweder folgen sie ihr in ein Waldstück hinter dem Kloster Weltenburg, rutschen in schwindelerregenden Höhen auf dem Arsch herum oder präsentieren stolz ihr Gemächt an der Essinger Hängebrücke. Jedes Mal hinterließ unsere Täterin eindeutige Spuren: schwarze, lange, lockige Haarsträhnen einer Billigperücke aus Asien.«

Alex war fertig. Er hatte alle Informationen preisgegeben, die sie hatten. Ob Napoleon damit zufrieden war, ließ sich nicht erahnen, denn sie lehnte sich zurück und klopfte Rhythmen auf den hölzernen Schreibtisch.

»Sind Sie der Dame auf der Spur?«, fragte sie schließlich nach einer Weile.

Alex nickte.

»Irene ist an was dran. Madonna ist anscheinend mit regionalen Dating-Lines gut vertraut. Wir denken, dass wir sie auf diesem Weg schnappen.«

Hildegard Hummel biss sich auf die Unterlippe.

»Können wir sicherstellen, dass es keine weiteren Opfer mehr geben wird?«

»Nein, das können wir nicht. Sie lässt jedoch nicht jeden x-Beliebigen an sich ran und scheint von Rache getrieben zu sein. Alle vier Kerle dieser damaligen Clique sind tot.«

Napoleon verzog keine Miene.

»Suchen Sie die Eltern des verstorbenen Tobias Bauer auf. Vielleicht hat er auf dem Sterbebett gepfiffen.« Dann nahm sie den Hörer aus der Station und wählte eine Nummer.

Alex fluchte leise. Diese miese Ratte. Sie würde sicher Dr. Pausebäckchen anrufen.

»Hallo?«, flötete Napoleon, als ihr Gegenüber abhob. »Sobald sich Madonna mit einem weiteren Typen befreundet, will ich Bescheid wissen, Frau *Mayer*.«

Max beobachtete, wie Alex erleichtert ausatmete. Napoleon schob den Kopf nach vorne und deutete mit einer Geste an, dass die Unterredung vorbei war. Bevor Alex die Türklinke nach unten drücken konnte, bellte sie: »Sie binden mich in Zukunft in die Ermittlungen ein, verstanden? Und – passen Sie auf sich auf, Herr Brandl.«

Die beiden Kommissare bestätigten den Wunsch mit einem lauten »Jawohl, Chefin!« und schickten sich an, die Folterkammer zu verlassen.

Als sie nach dem Mittagessen, das sie in der Kantine eingenommen hatten, ins Büro gingen, fing Sissi Peintinger die zwei Männer ab. Sie winkte ihnen bereits von Weitem mit einem gelben Haftnotizzettel zu.

»Mahlzeit, liebe Kollegen. Gerade eben hat sich eine Zeugin gemeldet. Barbara Rossmann will am Sonntag eine auffällige Beobachtung an der Essinger Fußgängerbrücke gemacht haben. Sie hat lange mit sich gehadert, weil es ihr anscheinend so peinlich ist.«

»Warum peinlich?«, fragte Max.

»Das wollte sie nicht genau erläutern«, sagte Sissi. »Aber sie erzählte was von zwei Nackerten.«

Sie klebte Max den Haftzettel mit der Adresse der Zeugin an die Brusttasche seines karierten Flanellhemdes.

»Viel Spaß, meine Herren!«, flötete sie.

24

Am Dienstagvormittag in Essing

Barbara Rossmann erwartete die beiden bereits, als sie in die enge Gasse Am Markt in Essing abbogen. Die ältere Dame trug eine weiße Schürze. Ihre Haare waren in einem akribisch geschwungenen Dutt verstaut. Sie winkte den Männern zu, während diese in der schmalen Einfahrt parkten.

»Schön, dass Sie endlich da sind«, rief sie. »Ich hoffe, Sie haben ein wenig Zeit mitgebracht. Kaffee habe ich aufgesetzt und einen Marmorkuchen gebacken.«

Dann schaute sie sich theatralisch um.

»Aber jetzt kommen S' rein!«, flüsterte sie. »Hier haben sogar die Hausmauern Ohren.«

Sie packte Max am Arm und zog ihn durch die geöffnete Haustür in das kleine Esszimmer. Alex folgte genervt. Er hatte nicht vor, ein Kaffeekränzchen abzuhalten, auch wenn sich Barbara Rossmann wirklich Mühe gegeben hatte: Weißes Porzellan war aufgedeckt und der Napfkuchen bereits vorportioniert. Die Kaffeekanne thronte mitten auf dem Tisch. Max strahlte bis über beide Ohren. Kuchen nach dem Mittagessen. Wie toll!

Unaufgefordert nahm er Platz und hob sich ein ziemlich dickes Stück auf den Teller. Wie auf ein unsichtbares Zeichen hin spurtete Barbara herbei und schenkte ihm das braune, dampfende Getränk in die Tasse ein. Alex blieb in der Tür stehen. Die Hausherrin bemerkte seine abwehrende Haltung.

»Sie dürfen ruhig stehen bleiben«, sagte sie spitz. »Aber machen S' bitte die Tür zu. Es zieht.«

Dann ließ sie sich Max gegenüber auf einem Stuhl nieder und griff ebenfalls nach einem Stück Kuchen. Er hatte es nicht sehr eilig, mit der Befragung zu beginnen. Alex trat an den Tisch heran.

»Das dauert mir alles zu lange, Max«, sagte er. »Frau Rossmann ...«

»Sie dürfen mich Barbara nennen«, bot sie großzügig an.

»Also, *Barbara*«, startete Alex erneut. »Am Telefon haben Sie gesagt, dass Sie am Sonntag etwas Auffälliges in der Nähe der Hängebrücke beobachtet haben. Was war das denn genau?«

Barbara nickte aufgeregt und beeilte sich, das Stück Kuchen herunterzuschlucken.

»Auffällig kann man das nicht mehr nennen«, sprach sie, nachdem sie mit einem ordentlichen Schluck Kaffee nachgespült hatte. »Als apokalyptisch würde ich es eher bezeichnen. Mein Waldi und ich«, dabei deutete sie auf einen Rauhaardackel, der gelangweilt in seinem Körbchen in der Ecke lag und seine müden Augen zwischen seinem Frauchen und den beiden Männern hin- und herwandern ließ, »waren vorgestern Nacht Gassi. Sie wissen sicher, dass Hunde zu so später Stunde oft noch ein gewisses Bedürfnis haben.«

Max nickte verständnisvoll, während er nach dem zweiten Stück Marmorkuchen griff.

»Schon von Weitem hörte ich dieses Stöhnen und Schreien. Um Himmels Willen, habe ich gedacht, da muss einer verletzt sein und starke Schmerzen haben. Ich führte meinen Waldi schnell in Richtung Brückenpfeiler. Und da sah ich es.«

Barbara schaffte es, ihren Worten derart an Dramatik zu verleihen, dass Max sogar aufgehört hatte zu kauen. Gebannt starrte er der Hausherrin auf die Lippen.

»Es war zwar schon dunkel, aber erkennen konnte ich es eindeutig: Ein junger Mann, der so schön war, dass ich dachte, es sei Jesus Christus, kniete vor der Jungfrau Maria.«

Alex unterdrückte ein Grinsen. Barbara griff sich ans Herz.

»Der Kerl war fast splitternackt. Seine Hose hing zwischen den Beinen. Nur sein weißes Hemd trug er noch am Körper. Er flehte diese Madonna an, schrie unverständliches Zeug und bat sie mit erhobenen Händen um Verzeihung. Aber sie zeigte ihm nur die kalte Schulter. Es war einfach schrecklich.«

Max nickte mitfühlend und murmelte: »Amen.«

»Sie wollte eine Entschuldigung?«, fragte Alex erstaunt. »Wofür?«

Barbara zuckte mit den Achseln.

»Das weiß ich doch nicht! Ich stand zu weit weg, um Genaueres zu hören. Außerdem trage ich Hörgeräte. Und die hatte ich am besagten Tag ausgerechnet zu Hause vergessen.« Man merkte ihr deutlich an, dass sie sich deswegen sehr ärgerte.

Max schluckte endlich den zerkleinerten Brei hinunter, den er noch immer im Mund hatte.

»Haben Sie die beiden nicht angesprochen?«, fragte er mit großen Augen.

Barbara winkte ab.

»I wo! Ich bin zwar alt, aber nicht blind. Die wollten miteinander schlafen. Ich machte auf dem Absatz kehrt und lief nach Hause, gell Waldi?«

Der Dackel wedelte aufgeregt mit dem Schwänzchen, als er seinen Namen hörte.

Max runzelte die Stirn.

»Auf so ein Vorspiel stehen Frauen?«, murmelte er. »So was habe ich noch nie versucht …«

»Warum haben Sie sich denn nicht schon eher bei uns gemeldet, Barbara?«, tadelte Alex.

Die Frau sah sich um. »Ich habe niemandem etwas davon erzählt«, flüsterte sie. »Nicht mal meinem Mann. Denn wissen Sie«, sie winkte Max nahe zu sich heran, »der kann nämlich sehr lästig sein beim Thema Sex. Und ich bin ehrlich: Ich will meine Ruh, denn so gut klappt's bei ihm auch nicht mehr.«

Als ob Max sie voll und ganz verstünde, nickte er mitleidig und spülte mit dem inzwischen kalt gewordenen Getränk den restlichen Kuchenbatzn hinunter.

»Madonna erbittet also eine Entschuldigung von ihren Opfern. Das ist neu«, bemerkte Alex, während er wieder ins Auto stieg. »Was haben ihr die Kerle nur angetan? Die Art, wie sie sich rächt, ist so erniedrigend. Findest du nicht auch?«

Max nickte.

»Es war also doch eine Art ›Jüngstes Gericht‹«, fasste er zusammen. »Speziell für diese drei Typen. Und das Urteil kennen wir: Tod durch einen Stich mitten ins Herz.«

»Begleitet von einer Unmenge an Stimulanzien, die sie ihnen ins Blut pumpt«, vollendete Alex.

»Wir müssen Napoleons Befehl ausführen«, meinte Max.

»Was? Wir sollen in Russland einmarschieren?«, fragte Alex mit gespieltem Erstaunen.

Max schüttelte den Kopf.

»Du bist ein Aff, Alexander Brandl! Wir fahren jetzt zu den Eltern von Tobias Bauer. Vielleicht bringen sie ein wenig Licht ins Dunkel.«

25

Am späten Dienstagnachmittag in Gronsdorf nahe Kelheim

Es war ein einfaches Häuschen mit weißem Anstrich und dunklen Holzfenstern, vor dem die beiden Kommissare nun standen. Tobias Bauer hatte zusammen mit seinen Eltern und seiner Schwester im Mühlenweg im Kelheimer Ortsteil Gronsdorf gewohnt. Max war nicht wohl zumute. Sie würden Fragen stellen, die alte Wunden aufrissen. Aber ihnen blieb keine andere Wahl. Alle vier Mitglieder der Clique waren tot. Sollte sich Madonna damit zufriedengeben? Alex drückte die Klingel und überließ Max den Platz. Ein Mann mit grauem Haar und tiefen Tränensäcken öffnete.

»Spenninger und Brandl, Kripo Kelheim«, begann Max. »Sind Sie Herr Bauer?«

»Ja. Ich bin Markus Bauer«, antwortete er verdutzt. Dann riss er die Augen auf.

»Ist was mit unserer Marie passiert?«, keuchte er und griff sich ans Herz. Die Blässe im Gesicht des Mannes verriet, dass er fast ohnmächtig wurde.

Max legte ihm die Hand auf die Schulter und schüttelte den Kopf.

»Wir sind nicht wegen einer Marie hier. Wir wollen mit Ihnen über Ihren Sohn Tobias sprechen.«

Der Mann atmete erleichtert aus.

»Marie ist unsere Tochter. Gerade ist sie mit dem Wagen nach Regensburg unterwegs. Sie trifft sich dort mit ein paar Freundinnen, mit denen sie ins Kino gehen will.« Dann sah er Max in die Augen. »Unser Tobias ist schon lange tot, Herr Spenninger. Wie könnte ich Ihnen weiterhelfen?«

»Vielleicht sollten wir das im Haus besprechen?«, fragte Max vorsichtig.

Das Gesicht des Mannes legte sich in tiefe Falten. Er schien zu überlegen.

»Wissen Sie, meine Frau leidet noch sehr unter dem Tod unseres Sohnes. Sie will nicht von ihm reden, hat alle Fotos von ihm entfernt. Wenn Sie Tobias erwähnen, wird sie zusammenbrechen … Für Marie ist das nicht einfach.«

Er ließ den Kopf hängen. Max schluckte. Er blickte zu Alex. Max wollte da nicht hineingehen, um schlafende Geister zum Leben zu erwecken. Alex arbeitete in diesen Dingen zielgesteuerter. Und Max sollte recht behalten.

»Wir untersuchen den Mord an drei jungen Männern«, mischte Alex sich ein. »Die Täterin ist noch immer auf freiem Fuß. Sie sind unsere letzte Hoffnung. Wenn Sie uns nicht weiterhelfen, wird sie womöglich weiter töten. Wollen Sie das verantworten?«

Eine schwache Stimme aus dem Hintergrund meldete sich zu Wort.

»Markus, was wollen die Herren von dir?«

Max blickte in das traurige Gesicht einer Frau, die in der Ecke im Flur stand und ein Foto an ihre Brust drückte. Der Mann wandte sich seiner Frau zu und trat an sie heran.

»Das ist meine Frau Andrea«, sagte er zu den Polizisten. Dann wandte er sich seiner Frau zu.

»Die beiden Kommissare haben einige Fragen …«

Fürsorglich legte er ihr die Hand auf die Schulter. Die Frau beäugte die beiden mit großen Augen.

»Was wollen Sie denn wissen?«, fragte sie leise.

Herr Bauer sah hilfesuchend zu den Männern hinüber. Er schluckte. Alex musterte Frau Bauer mit einem durchdringenden Blick. Er musste wie Max instinktiv spüren, dass sie mehr wusste, als sie vorgab.

»Das ist ein Foto Ihres verstorbenen Sohnes, nicht wahr?«, fragte Alex und deutete auf das Bild, das die Mutter noch immer fest an sich drückte. »Ich denke, Sie wissen, warum wir hier sind … Hat Ihnen Tobias auf dem Sterbebett etwas anvertraut, Frau Bauer?«

Sie riss die Augen auf, begann zu wanken. Ihr Mann griff ihr unter die Arme.

»Das hätten Sie auch mit etwas mehr Feingefühl formulieren können, Herr Brandl«, sagte er vorwurfsvoll.

»Ja, das hätte ich tun können«, antwortete Alex kühn. »Das wollte ich aber nicht. Also sagen Sie mir bitte sofort, was vor acht Jahren geschehen ist.«

»Nichts ist passiert!«, kreischte die Frau.

Die drei Männer zuckten aufgrund der unerwarteten Reaktion zusammen.

Alex ließ nicht locker.

»Ist Ihnen bewusst, Frau Bauer, dass Sie sich einer Straftat schuldig machen, wenn Sie uns nicht weiterhelfen? Strafvereitelung nennt man das. Sie können dafür im Gefängnis landen.«

Herr Bauer begann zu zittern. Er suchte die Augen seiner Frau.

»Bitte, Andrea. Erzähle es ihnen.«

Seine Frau begann zu wimmern. Tränen liefen über ihre Wangen. Sie schüttelte beharrlich den Kopf. Herr Bauer küsste ihr Haar.

»Vielleicht vertreiben wir damit endlich den unsichtbaren Geist aus unserem Haus«, flüsterte er.

Frau Bauer blickte ihm in die Augen.

»Ich wusste, dass dieser Tag kommen würde«, schluchzte sie. »Glaubst du, dass Tobias damit einverstanden wäre, wenn ich es erzähle?«

Ihr Mann nickte, führte seine Frau ins Wohnzimmer und bat die Kommissare, ihnen zu folgen. Dann lüftete sie das Geheimnis um ein Ereignis, das vor etwa acht Jahren geschah …

Sie waren wie schon so oft gemeinsam unterwegs: Daniel, Marco, Bernd und Tobias. Sie fühlten sich wie Cowboys aus uralten Tagen, wenn sie mit ihren Motorrädern durch die Gegend fuhren. Die vier dachten, sie wären unbesiegbar.

Es war ein lauer Frühlingsabend im Mai. Die Freunde wollten zur alten Kapelle am Waldrand fahren. Die frisierten Motoren ihrer Motorräder heulten auf, während sie über den geschotterten Weg hinwegbrausten. Daniel fuhr wie immer voran. Er war der Anführer der Gruppe, der Kühnste unter ihnen. Er kannte keine Angst. Dicht hinter ihm fuhr Marco. Marco, der Schönling. Er genoss es, zu rebellieren und seinen Eltern Probleme zu bereiten.

Weil Tobias kein Motorrad hatte, nahm ihn immer ein anderer mit. Dieses Mal traf es Bernd. Bernd war genauso wie Tobias einer von den Guten. Manchmal meldete sich sein Gewissen zu Wort. Aber der Gruppenzwang war oftmals stärker. Bernd und Tobias waren sich sehr ähnlich.

An diesem Abend bildeten sie die Nachhut. Und da tauchte es plötzlich wie aus dem Nichts auf: dieses junge Mädchen. Überrascht, auf seinem Spaziergang gestört zu werden, und ängstlich zugleich. Das Getöse der drei Motorräder musste angsteinflößend gewesen sein.

Daniel hielt in einiger Entfernung an, klappte seinen Sichtschutz nach oben und grinste dämlich. Die drei nickten sich zu. Ohne Worte hatten sie sich verständigt – ihr verhängnisvolles Vorgehen war besiegelt. Daniel verbarg sein Gesicht wieder hinter dem Visier, gab Gas und steuerte auf das Mädchen zu. Es trat verängstigt beiseite, um die Gruppe vorbeifahren zu lassen. Immer näher kamen die Kerle. Es begann zu laufen, drehte sich ängstlich um.

Daniel lachte gehässig. Trotz des Getöses war sein Lachen zu hören, so sehr amüsierte ihn die Angst dieses Mädchens. Als es laut keuchend die Kapelle erreichte, riss es die Tür auf und rannte ins Innere. Die drei Motorräder hielten vor dem Gebäude. Die Kerle klappten die Visiere nach oben.

»Ich pack sie als Erster!«, rief Daniel schnell.

»Ich darf als Zweiter!«, brüllte Marco und schaute zu Bernd und Tobias hinüber.

»Gut, dann mach ich den Dritten«, sagte Bernd zögerlich.

Tobias stieg ab. »Ich glaub, ich mag nicht«, gab er ehrlich zu. »Das ist schließlich 'ne Kirche!«

Daniel schüttelte den Kopf. Er war mit Tobias' Entscheidung sichtbar nicht einverstanden. »Gib's doch zu. Du hast Schiss«, spottete er. »Gotteshaus. So eine blöde Ausrede.« Er stieg ab. »Na, gut. Dann stehst du eben Schmiere. Verstanden?«

Die drei Freunde blickten zu Tobias hinüber.

Er trat von einem Bein aufs andere. »Seid mir nicht böse, aber das hier ist was anderes. Man macht in einer Kirche keine derartigen Mutproben. Nein, nie und nimmer.«

Daniel schien die Antwort nicht zu gefallen. Er spuckte auf den Boden. »Du tust, was ich dir befohlen habe«, knurrte er verächtlich. »Verstanden?«

Tobias ersuchte mit stummen Blicken die Unterstützung von Marco und Bernd. Doch die stiegen von ihren Vehikeln und klappten die Visiere wieder nach unten.

»Verdammte Scheiße!«, schimpfte Tobias und folgte seinen Freunden.

Am Eingang der Kapelle blieben die vier stehen. »Verbirg dein Gesicht, du Vollpfosten!«, herrschte Daniel Tobias an. »Schließlich soll uns das Täubchen nicht erkennen.«

Marco stieß anzügliche Gurr-Laute aus. Die drei Kerle lachten anrüchig.

Tobias folgte Daniels Befehl und knurrte ein leises »Arschloch!«.

Daniel drückte die Klinke nach unten und betrat die Kapelle. »Na, wo steckt denn das kleine Luder?«, grölte er übertrieben fröhlich. Seine Stimme hallte in der kleinen Kapelle. »Komm heraus! Wir finden dich sowieso!«

Daniel winkte seinen drei Freunden zu. Er gab Zeichen, sich in dem Raum zu verteilen. Daniel nahm sich die Sitzbänke, Marco den Altarraum und Bernd die Sakristei vor. Tobias blieb an der Tür stehen.

Lautlos wie Panther schlichen sie über den gefliesten Steinboden. »Hier ist sie nicht«, flüsterte Bernd, als er aus der Sakristei herauskam.

»Hier auch nicht«, raunte Marco und kam hinter dem Hochaltar hervor.

»Auch negativ«, zischte Daniel.

Die drei trafen sich im Hauptgang in der Mitte.

»Die ist schon weg«, wisperte Tobias. »Jetzt kommts! Gehen wir!«

Marcos Blick wanderte zum Beichtstuhl hinüber. Mit einem Kopfnicken deutete er seinen Freunden an, diesen genauer unter die Lupe zu nehmen. Daniel nickte und schlich darauf zu. Er griff nach dem Knauf und wartete so lange, bis Bernd und Marco nahe bei ihm standen. Noch einmal kicherte er aufgedreht und riss mit einem Ruck die Tür auf. »Gefunden!«, brüllte Daniel und packte das Mädchen an den Schultern.

Dann zerrte er es heraus und zwang es auf die Beine. Es wimmerte und blickte ängstlich von einem zum anderen. Drei Kerle in schwarzen Lederkombis und mit Helmen auf dem Kopf, der vierte stand an der Tür. Welch furchtbare Vorstellung! Bernd und Marco hielten die Arme des Mädchens fest. Daniel hob die Hand und griff dem Mädchen an den Busen. Seine Hand verharrte dort länger als sonst.

»Mutprobe bestanden«, lachte er hämisch.

»Na, dann kommt jetzt!«, rief Tonias mit heiserer Stimme. »Lasst uns verschwinden!«

Daniel, Bernd und Marco warfen sich Blicke zu. Eine beängstigende Stille entstand. Nur das Schluchzen des Mädchens durchbrach die Ruhe.

»Die hat schöne kleine Titten«, hauchte Daniel. »Findet ihr nicht auch? Ob der Rest des Körpers auch so geil ist?« Dann riss er das Kleid des Mädchens nach oben und fasste in das Spitzenhöschen. Marco und Bernd zwangen es, die Beine zu spreizen.

»Jetzt hört's auf mit dem Scheiß!«, fluchte Tobias hysterisch und machte einen Schritt auf die Freunde zu. »Die Mutprobe lautete, ihr an den Busen zu fassen! Nichts anderes!«

Die drei anderen lachten ihn aus. »Geh du an die Tür zurück, du Schisser, und lass uns mal machen«, befahl Daniel.

»Ich glaube, die braucht's dringend. Was meint ihr?«, fragte er und wartete auf die Zustimmung seiner beiden Kameraden.

Ihr Nicken besiegelte das weitere Vorgehen. Daniel riss dem Mädchen die Unterhose vom Leib.

»Kruzifix, ihr Penner! Jetzt hört auf!«, kreischte Tobias und trat wütend gegen den Boden. »Das war nicht so ausgemacht!«

»Halt's Maul!«, rief Daniel, während Marco und Bernd das Mädchen zwangen, sich vornüber über eine Bank zu beugen. Das Mädchen wimmerte vor Angst.

»Da freut sich jemand aber sehr auf dich«, keuchte Daniel, als er sein erigiertes Glied herausfischte.

Marco und Bernd feuerten ihn lautstark an.

»Eine Jungfrau! Wie geil!«, gröhlte Daniel, als er ohne Umschweife in sie eindrang. Er kam in Sekundenschnelle. Befriedigt atmete er aus und verpackte seinen Penis.

»Los, lass mich auch ran!«, forderte Marco und tauschte mit Daniel den Platz.

Das Mädchen heulte laut auf, als es hörte, wie Marco den Reißverschluss seiner Hose öffnete.

»Und? Gefällt es dir?«, hauchte Daniel, während er die Brust des Mädchens massierte.

Nachdem Marco fertig gewesen war, verging sich auch Bernd an ihr.

»Kommt jetzt. Lasst sie einfach hier liegen«, kommandierte Daniel und ging zum Ausgang.

Tobias war nicht mehr im Raum. Während der zweiten Vergewaltigung war er vor die Tür geflüchtet. Bevor die drei Freunde die Kapelle verließen, warfen sie noch einmal einen Blick auf das Mädchen, das über der Kirchenbank hing. Von seinen Schenkeln rann Blut herab. Der Blick des Mädchens war auf das Bild am Altar gerichtet.

»Ich glaub, ihr hat's gefallen«, grinste Marco.

Daniel lachte auf.

»Sicher. Und jetzt dankt sie dem Herrgott für unsere Manneskraft.«

Marco und Daniel klatschten ab. Bernd schüttelte den Kopf. Die drei verließen den Raum, schlossen die Tür und setzten sich auf ihre Motorräder.

»Freunde, es war mir ein Vergnügen!«, lachte Daniel und steckte den Schlüssel in die Zündung. Dann schoss er so abrupt davon, dass der Hinterreifen durchdrehte. Marco folgte ihm.

»Was habt ihr Deppen nur getan!«, jammerte Tobias, als er hinter Bernd auf die Maschine stieg.

»War vielleicht etwas grob«, antwortete Bernd. »Jetzt ist es aber leider schon zu spät.« Dann ließ er das Motorrad an und fuhr zusammen mit Tobias über den Schotterweg davon.

»Nur Bernd und Tobias gestanden sich ein, dass das ein schlimmer Fehler gewesen ist«, flüsterte Frau Bauer. »Tobias kam an diesem Abend nach Hause – sein Gesicht war leichenblass. Er ging schnurstracks in sein Zimmer und versperrte die Tür. Ich glaube, er hat geweint. Es hörte sich jedenfalls so an.«

»Ein paar Tage später verkündete er nach der Schule, dass er nichts mehr mit Daniel und Marco zu tun haben wolle«, fuhr Herr Bauer fort. »Mit Bernd pflegte er einen losen Kontakt. Nichts Tieferes.«

»Kurz darauf plagten ihn starke Kopfscherzen«, sagte Frau Bauer. »Tobias wurde oft ohnmächtig. Ein tennisballgroßer, inoperabler Tumor war in seinem Gehirn gewachsen. Er sah es als gerechte Strafe Gottes. Auch Marco Meindl und Bernd Hoffmann kämpften mit ihrem schlechten Gewissen, als sie das von Tobias erfuhren. Sie hatten starke Schuldgefühle. Nur Daniel Reiter empfand keine Reue. Auf dem Sterbebett hat Tobias alles gestanden. Er entschlief mit den Worten: ›Ich mach's drüben wieder gut, Mama. Ich verspreche es dir.‹«

26

Gegen Dienstagabend in den Räumen der SpuSi in Kelheim

Alex und Max waren schnurstracks zur Dienststelle in Kelheim zurückgefahren. Nun saßen sie an Irenes Seite im Labor und hatten die Akte und sämtliche Zeitungsartikel zu diesem Fall vor sich ausgebreitet. Dort herrschte emsiges Treiben, denn eine Dame aus der Öffentlichkeitsabteilung führte gerade eine etwa zwölfköpfige Besuchergruppe durch die Räume. Wild gestikulierend deutete sie auf die verschiedenen Computer und Mikroskope und erntete dafür begeisterte Blicke ihrer Zuhörer. Irene fläzte gelangweilt auf ihrem Bürostuhl und durchbohrte die Dame mit unsichtbaren Pfeilen.

»Die dumme Kuh hatte mal was mit meinem Ehemann Nummer eins«, knurrte Irene.

»Dann war's wohl nicht länger Ehemann Nummer eins?«, fragte Alex scheinheilig und musterte sie. »Den Seitensprung hättest du ihm aber verzeihen können. Sie kann dir doch niemals das Wasser reichen …«

Irene lächelte ihn dankbar an.

»Passé ist passé. Aber danke dir, Tiger.«

Sie klopfte ihm auf den Schenkel und setzte sich auf. Dann nahm sie einen Zeitungsartikel in die Hand.

»Ich bin überrascht, dass die Presse damals so zurückhaltend über den Fall berichtet hat. Sehr sachlich, ohne irgendetwas aufzubauschen. Das spricht für die Zeitungsheinis. Das Mädchen konnte leider keinen der Kerle identifizieren. Sie waren geschickt genug, während der Vergewaltigungen ihre Helme auf dem Kopf zu behalten.«

Alex beugte sich nach vorn und griff nach der Akte.

»Hier steht, dass das Opfer, Kerstin Sandtner, beim Tatzeitpunkt erst fünfzehn Jahre alt gewesen ist. War ein unauffälliges Ding«, stellte er fest, während er das Foto aus der Akte herausnahm und es betrachtete. »Braunes, kurzes Haar, Pony, nicht allzu groß gewachsen. Keine besonderen Merkmale oder Auffälligkeiten. Sie glich eher einer grauen Maus. Sie könnte heute ganz anders aussehen. Man lieferte sie schließlich in die Psychiatrie ein, weil sie an Verfolgungswahn und Zwangsneurosen litt.«

»Kein Wunder«, echauffierte sich Max. »Ich könnt für nichts garantieren, wenn das meinen Töchtern passiert wäre. Das ist doch der blanke Horror. Stell dir vor, man bringt dir dein Kind nach Hause – so derart geschändet …«

»Daran will ich gar nicht denken«, antwortete Irene. »Kerstin Sandtner war zur falschen Zeit am falschen Ort. Einfach furchtbar.«

Alex hatte das Foto in seine Hemdtasche gesteckt. Er war noch immer in die Akte vertieft.

»Familie Sandtner zog kurze Zeit später weg«, las er laut. »Nach Deggendorf, steht hier. Sie wollten die Tochter vor dem Gerede schützen.«

»Ein Wahnsinn! Diese Sauhunde!«, rief Max.

Pikiert über Max' Wortwahl schielte die Dame aus der Abteilung Öffentlichkeitsarbeit zu den dreien hinüber. Max hob entschuldigend die Hände und lehnte sich zurück. Schweigend beobachteten sie, wie die Besucherhorde den Laborbereich verließ. Nun herrschte wieder die gewohnte Ruhe in Irenes Reich.

»Und? Glaubt ihr, dass Kerstin eure Madonna ist?«, fragte Irene nach einer Weile.

Max und Alex sahen sich verwundert an.

»Du etwa nicht?«, riefen sie wie aus einem Mund.

»Ich weiß es nicht«, gab Irene sichtlich zerknirscht zu. »Ob sie wirklich imstande ist, so gezielt gegen ihre Peiniger vorzugehen, um sie zu bestrafen, wage ich zu bezweifeln. Sie tut mir so leid.«

»Ihr wisst, dass ich ein sehr frommer Mensch bin«, sagte Max. »Aber bei aller Liebe zu Jesus und seiner Botschaft … Ich glaube, ich wäre zu allem fähig. Auch zum Morden.«

Alex verdrehte die Augen.

»Du bist Polizist, Max!«

»Und Vater«, verteidigte sich Max und stand auf. »Lass uns herausfinden, wo diese Kerstin Sandtner jetzt wohnt. Dann wissen wir mehr.«

27

Am späten Dienstagabend im Heidfeld in Bad Abbach

»Ich hasse solche Bunker in Wohngebieten«, murrte Max und sah sich um. »Die Bauplaner hatten wohl einen sitzen. Die haben ja völlig irre gebaut. Vorne stehen die Wolkenkratzer und hinten am Wald die kleinen Einfamilienhäuschen. Muss ein komisches Gefühl sein, wenn'st die Nachbarn quasi mit am Esstisch sitzen hast. Bad Abbach war früher mal so schön klein, geradezu idyllisch. Aber jetzt?«

»Na, dann lieber ein Häuschen in Affecking, wo dir die Abgase der Chemiewerke in der Suppn schwimmen«, kommentierte Alex trocken.

Max brummte beleidigt.

Kerstin Sandtner, dreiundzwanzig Jahre alt, lebte allein in einer Appartementanlage in Bad Abbach im Ortsteil Heidfeld. Ihre Eltern waren in Deggendorf gemeldet, Kerstin lebte erst seit Kurzem hier.

Napoleon und sein Dackel hatten sich die Hände gerieben, als sie von den Neuigkeiten erfuhren. Frau Dr. Pausewang war zu Alex' Freude also passé. Die Chefin wollte die Hundestaffel und das Sondereinsatzkommando nach Bad Abbach schicken. Alex und Max lehnten das jedoch entschieden ab. Sie würden für diesen Einsatz die volle Verantwortung übernehmen. Madonna war eine Frau, sie zwei gestandene Mannsbilder. Sie erwarteten keine größere Gegenwehr. Dennoch wurden die Kommissare zum Schutz von zwei Streifenpolizisten eskortiert.

Alex und Max standen jetzt vor dem Gebäude und suchten in dem Meer an Namensschildern nach dem von Kerstin Sandtner. Das war gar nicht so einfach. Endlich hatte es Alex gefunden. Kerstin Sandtner wohnte wirklich hier. Alex drückte auf einige benachbarte Klingelschilder und wartete darauf, dass ihnen jemand öffnete. Es dauerte nicht lange und ein kurzes Surren erklang. Alex lehnte sich schnell gegen die Tür und drückte sie auf. Dann winkte er seine Kollegen hindurch. Max bekam fast einen Nervenzusammenbruch, als er die vielen Stufen des Treppenhauses sah, die sich über zehn Etagen zogen.

»Mensch Alex!«, jammerte er. »Wenn wir Pech haben, wohnt die ganz oben. Können wir nicht den Aufzug benutzen? Ich garantier dir, dass ich an einem Herzkasperl sterb, noch ehe wir vor ihrer Tür stehen.«

Alex schenkte ihm einen vernichtenden Seitenblick und drückte sich an seinem Kollegen vorbei.

»Ich weiß, dass du meine Jammerei hasst«, verteidigte sich Max. »Aber ich bin und bleibe halt ein Sportmuffel.« Alex schwang sich die Stufen hinauf und überflog die Namen auf den Türschildern des ersten Flures. Hier wohnte keine Kerstin Sandtner. Doch bereits im zweiten Stock wurden sie fündig. Mit großen schwarzen Druckbuchstaben hatte sie ihren Namen auf die Klingel geschrieben. Alex nickte stumm. Die Kollegen nahmen Stellung ein, während Alex läutete.

Gespannt warteten sie. Kein Laut war aus dem Inneren zu hören. Alex drückte noch einmal. Plötzlich öffnete sich die Tür der Wohnung, die sich gegenüber befand. Ein junger Mann mit Kopfhörern und Plastiktüte trat heraus. Max erschrak so sehr darüber, dass er sich blitzartig umdrehte, seine Waffe zog und sie dem Kerl vor die Nase hielt. Mit weit aufgerissenen Augen schielte der Junge in den Lauf.

»I… I… Ich hab nichts getan«, wimmerte er mit bleichem Gesicht.

Alex riss Max wütend die Dienstwaffe aus der Hand.

»Mensch! Reiß dich zusammen!«, zischte er aggressiv.

Der junge Mann drohte umzukippen. Ängstlich blickte er zwischen den beiden Kommissaren und den uniformierten Polizisten hin und her, ohne eine Bewegung zu machen.

»Ich muss mich für meinen Kollegen entschuldigen«, knurrte Alex. »Bitte gehen Sie!«

Der junge Mann jedoch rührte sich nicht vom Fleck. Noch immer stand er mit hocherhobenen Armen vor ihnen.

»Ka… ka… kann ich noch einmal in meine Wohnung?«, fragte er schließlich mit zitternder Stimme. »I… i…ich mach mir sonst in die Hose.«

Alex nickte. Bevor der Mann sich umdrehte und mit zitternden Händen versuchte, seinen Schlüssel aus der Hosentasche zu fischen, erkundigte sich Alex: »Einen Moment noch. Kennen Sie die Dame, die hier gegenüber wohnt?«

Der junge Mann nickte hastig. Alex hielt ihm das alte Foto aus der Polizeiakte entgegen. Der Kerl legte die Stirn in Falten. Er überlegte kurz.

»L… L… Lange wohnt die Kerstin ja noch nicht da«, sagte er dann. »I… Ich glaube aber nicht, dass das Mädchen auf dem Bild Kerstin ist. Meine Nachbarin sieht ganz anders aus. Irgendwie älter und viel attraktiver. Schlank, lange Haare …«

Alex sah zur ihrer Tür hinüber.

»Anscheinend ist Frau Sandtner nicht da?«, fragte er.

»Kerstin arbeitet zu sehr unregelmäßigen Zeiten. Wissen Sie, ich kenne meine Nachbarn nicht besonders gut. Wenn ich ehrlich bin, interessieren sie mich auch nicht. In diesem Haus herrscht ein ständiges Kommen und Gehen. Kaum ein Wochenende vergeht, an dem nicht einer aus- oder einzieht.« Dann räusperte er sich. »Darf ich jetzt gehen?«, fragte er schüchtern.

Alex nickte. Erleichtert huschte der Kerl in geschütztes Terrain und verschloss vorsichtshalber die Tür seiner Wohnung gleich zweimal. So schnell würde er heute sicher nicht mehr herauskommen.

Ein Streifenpolizist positionierte sich, um die Tür einzutreten, sein Kollege zückte die Pistole. Auch Alex und Max griffen zur Dienstwaffe. Alex zählte leise bis drei. Der Polizist holte aus und schnellte mit dem Fuß nach vorn. Sein schwerer Polizeistiefel prallte gegen das Türblatt. Ein lautes Knacken verriet, dass der Schwung das Schloss aus der Verankerung gerissen hatte. Der Polizist tauchte ab und gab den Weg für seine Kollegen frei. Mit erhobener Waffe sprang Alex in den Flur. Hochkonzentriert ließ er seine Blicke durch den leeren, kahlen Raum wandern.

»Negativ!«, rief Alex, während er sich auf die nächste Tür zubewegte. Er drückte die Klinke und stieß sie auf. Es war das Badezimmer. Auch dieser Raum wirkte unbewohnt. Die Seitengläser der Dusche waren blank poliert, der Deckel der Toilette stand offen. Es roch nach Essig und WC-Reiniger. Das Glasregal oberhalb des Waschbeckens war leer geräumt.

»Negativ!«, schrie Alex und ging auf die letzte Tür zu.

Sie war nur angelehnt. Alex atmete ein paar Mal stoßartig aus und stieß die Tür mit dem Fuß auf. Mit einem lauten Knall prallte sie gegen die Innenwand. Es war anscheinend der Wohn- und Schlafraum. Eine kleine weiße Küchenzeile war integriert. Ansonsten war das Zimmer leer.

»Wieder nichts!«, rief er.

Alex durchschritt den Raum und näherte sich der verschlossenen Balkontür. Sein prüfender Blick stellte fest, dass dort niemand war. Er steckte die Pistole zurück in den Halfter.

»So eine Scheiße!«, wetterte Alex. »Sie ist weg!«

»Klinisch sauber und rein«, kommentierte Max, der an der Tür stehen geblieben war. »Da war wohl jemand schneller als wir.«

Die beiden Streifenpolizisten warteten im Flur.

»Warum sollte unsere Madonna weiter hier in der Gegend verweilen? Das Werk ist vollbracht«, stellte Alex trocken fest. »Die vier Kerle sind tot.«

»Da hast auch wieder recht«, gab Max zu.

»Ich lasse Kerstin Sandtner zur Fahndung ausschreiben. Die Kollegen aus Deggendorf sollen ihre Eltern aufsuchen«, sagte Alex.

»Glaubst du, dass sie sich dort versteckt?«, fragte Max.

»Könnte möglich sein.«

Alex winkte seine Kollegen nach draußen und schloss die Wohnungstür. Er wies die beiden Streifenpolizisten an, sich vor dem Haus zu positionieren. Vielleicht würde der Vogel noch einmal ins Nest zurückkehren, was jedoch eher unwahrscheinlich war. Aber sicher war sicher. Anschließend verständigte er die Spurensicherung.

»Irgendwo muss Madonna ihre Verkleidung ja aufbewahrt haben«, meinte Alex, während er die Tür versiegelte. »Nur ein kleines Haar der Perücke genügt, um Kerstin Sandtner zweifelsohne zu überführen. So gründlich kann niemand putzen, so sehr er sich auch bemüht.«

»Komm, wir fahren nach Deggendorf«, drängte Max. Er stolperte hinter Alex die Treppen nach unten. »Ich geb den Fall nicht ab, so kurz vor dem Abschluss.«

Alex antwortete nicht.

»Das Mädel hat so viel mitgemacht. Diese brutale Vergewaltigung … Kerstin Sandtner hat es verdient, dass wir sie persönlich festnehmen.«

Alex schnellte herum.

»Sie hat es *verdient*?«, rief er empört. »Sag mal, spinnst du, Max? Weißt du eigentlich, welchen Blödsinn du da faselst? Kerstin Sandtner hat drei Menschen auf dem Gewissen! Sie hat sie wie Opferlämmer auf die Schlachtbank geführt!« Er stieß Max wütend gegen die Brust. »Schon vergessen?«

»Und was haben die Mistkerle mit ihr getrieben? Sie haben das Kind geschändet, Alex! Sich über sie lustig gemacht! Sie blutend liegen lassen inmitten dieser Kapelle!«

Max brüllte so laut, dass sich eine Wohnungstür öffnete. Eine alte Dame lugte vorsichtig durch den Spalt.

»Ist was passiert?«, fragte sie mit zitternder Stimme. »Ich habe vorher ein so lautes Krachen gehört … Soll ich die Polizei rufen?«

Alex fuhr sich durchs Haar. Max schluckte und trat auf die Seniorin zu.

»Es ist alles in Ordnung. Bitte machen Sie sich keine Sorgen. Wir sind von der Polizei. Gehen Sie bitte zurück in Ihre Wohnung.«

Die Dame nickte und schloss die Tür.

»Was macht dich eigentlich so sicher, dass sie in Deggendorf ist?«, fragte Alex.

»Ja, wo denn sonst?«, rief Max empört. »Ich verwette sogar meinen Arsch darauf! Nur in ihrer Familie fühlte sich Kerstin Sandtner nach diesen Vergewaltigungen sicher. Nur sie hielt das Mädel am Leben.«

Alex schüttelte den Kopf.

»Ach, mach doch, was du willst. *Ich* fahr nicht ziellos in der Gegend umher! Unsere Kollegen in Deggendorf erledigen ihren Job genauso gut wie wir. Und wenn sie Kerstin Sandtner finden, werden sie uns auf dem schnellsten Weg informieren. Da kannst du Gift drauf nehmen, *Herr Revolverheld*!«

Max setzte zu erneutem Protest an, aber Alex hob drohend die Hand. Max blieb die Luft im Hals stecken. Dann drehte sich Alex um und stürzte die Stufen zum Erdgeschoss hinunter. Das Klacken der Eingangstür verriet, dass Max wohl oder übel alleine aufbrechen musste.

»Da hat der Alex schon recht. Ich hätte meine Waffe nicht ziehen dürfen«, murmelte Max, während er zu den beiden Streifenbeamten hinüberging. Er brauchte einen Wagen, um nach Deggendorf zu kommen. »Ich werde Alex von unterwegs noch einmal anrufen und mich entschuldigen. Ja, genau! Das werde ich tun.«

28

Am Dienstag spätnachts in Herrnsaal

Als Alex sich seinem Häuschen in Herrnsaal näherte, konnte er gerade noch beobachten, wie jemand direkt vor seiner Gartentür wütend gegen die Fahrertür eines roten Mazdas trat, sie dann aufriss, und sich hinters Steuer setzte. Alex parkte seinen BMW und stieg verwundert aus.

»Gibt's Probleme?«, fragte er, als er sich dem Auto näherte.

Umso überraschter war er, als er sah, dass es sich bei der Person um seine Postbotin handelte.

»Nein. Hau ab«, schnauzte sie ihn an und sah demonstrativ zur Seite.

Alex hob abwehrend die Hände.

»Da ist aber jemand schlecht drauf«, stellte er trocken fest. »Ich verrat dir ein Geheimnis: Egal, was dich ärgert, ich bin dieses Mal sicher nicht schuld.«

Sie warf ihm einen bitterbösen Blick zu.

»Sehr witzig«, kläffte sie. »Ich hab selten so gelacht.«

Dann starrte sie wieder stur geradeaus.

»Wartest du schon lange auf mich?«, fragte Alex und lehnte sich grinsend gegen den Gartenzaun.

Es gefiel ihm, dass sie so herumzickte. Ihre Augen funkelten böse.

»Bilde dir bloß nichts darauf ein, du Gockel«, fauchte sie. »Von wegen warten. So toll bist du nun auch wieder nicht, dass ich mir wegen dir den Hintern abfriere.«

Er beugte sich nach vorn und lugte durch das geöffnete Fenster. Sie trug noch ihre Dienstuniform, eine blau-gelbe Jacke und die blaue Hose. Die Kappe verbarg das lange, rote Haar.

»Verbessere mich, wenn ich falsch liege, aber *du* stehst aus mir unbekannten Gründen vor *meinem* Haus und bellst wie ein Köter«, stellte er grinsend fest.

»Ich belle nicht! Und außerdem brauche ich mir das von so einem Windhund wie dir nicht sagen lassen!«, schimpfte sie und wollte nach ihm schlagen.

Doch er war schneller. Er umfasste ihr zartes Handgelenk und drückte fest zu.

»Aua! Du Grobian!«, rief sie empört und wollte sich mit der anderen Hand befreien. Auch die ergriff Alex und hielt sie fest.

»Also. Du hast jetzt zwei Möglichkeiten: Entweder halten wir hier draußen romantisch Händchen oder du spuckst endlich aus, was dein Problem ist«, sagte er ruhig.

»Lass mich los!«, drohte sie mit eisiger Stimme. Alex zog seine Hand zurück. Sie atmete tief durch.

»Ich habe wirklich Besseres zu tun, als abends blind in der Gegend rumzufahren«, schimpfte sie. »Aber ich habe heute vergessen, diesen blöden Brief bei dir einzuwerfen.« Sie packte das Kuvert, das auf dem Beifahrersitz lag, und warf es wütend aus dem Fenster. Es landete direkt vor Alex' Füßen. »Mein Chef ist ziemlich streng, und ich will keine Abmahnung riskieren.« Sie massierte sich die Handgelenke.

»Du nimmst deinen Job ja ganz genau«, lachte er. »Und? Warum fährst du jetzt nicht heim?«

»Weil mein Auto verreckt ist!«, rief sie wütend und schlug gegen das Lenkrad.

Ihr zarter Körper bebte vor Wut. Alex fand immer mehr Gefallen an der kleinen, gestrandeten Postbotin vor seinem Haus. Schon einmal hatte sie mit ihm geschlafen. Sie war zwar sehr schüchtern und unerfahren gewesen, aber doch irgendwie süß. Er wusste nicht einmal mehr ihren Namen, witterte jedoch seine Chance, die Nacht nicht alleine verbringen zu müssen.

»Also, wenn das so ist, dann ist es als Polizist meine Pflicht, dich hereinzubitten, um den ADAC zu rufen.«

»Nein, danke. Lieber hack ich mir die Beine ab!«, herrschte sie ihn an.

»Na, dann ruf *du* doch den Pannendienst«, schlug Alex zur Güte vor.

Er merkte sofort, dass das kleine Luder mit ihm spielte.

»Würde ich ja gerne. Ich kann aber nicht. Mein Akku ist leer«, säuselte sie zuckersüß und hielt ihm das abgeschaltete Handy vor die Nase.

»Na, dann musst du wohl oder übel die Nacht hier draußen in der Kälte verbringen. Schade, schade! Viel Glück in der Pampa und gute Nacht«, sagte Alex und gab vor, ins Haus gehen zu wollen.

»Du kannst mich doch hier nicht einfach so sitzen lassen!«, rief sie empört.

Alex ging lachend zum Haus. Die zappelte bereits an der Angel. Da war er sich ganz sicher. Noch bevor er den Schlüssel in das Türschloss steckte, hörte er, wie sie die Fahrertür zuknallte und sich ihm wütend näherte.

»Mach dir ja keine Hoffnungen!«, fauchte sie, während sie sich, mit einem Rucksack bepackt, an ihm in den warmen Flur vorbeidrückte.

Sie stand in der dunklen Diele. Ihre Jacke hatte sie fest um den schlanken Körper geschlungen.

»Die Nächte können verdammt kühl sein«, sagte Alex und ging auf sie zu.

Sie wich zurück. Alex lächelte.

»Mach endlich Licht!«, befahl sie.

Alex sah, wie sie sich in die Ecke drückte. Er machte erst halt, als er direkt vor ihr stand. Der schwache Schimmer der Straßenlaterne drang in den schmalen Flur. Er griff nach ihrem Gesicht und zwang sie, ihn anzusehen. Sie atmete erregt. Alex grinste, als er ihr die Kappe vom Kopf zog und auf den Boden warf. Das lange Haar fiel ihr über den Rücken. Dann zog er ihr langsam die Jacke vom Leib. Zuerst schien sie sich dem widersetzen zu wollen, ließ es jedoch mit sich geschehen. Dann beugte er sich zu ihr herab und griff nach ihrem Kinn.

»So, jetzt beginnt der gemütliche Teil«, hauchte er.

Ohne ein weiteres Wort ging er an ihr vorbei in das Esszimmer und machte Licht. Von der unerwarteten Helligkeit geblendet zwinkerte sie mit den Augen. Alex konnte sofort sehen, dass sie enttäuscht darüber war, dass seine Annäherungsversuche so abrupt geendet hatten. Niedergeschlagen folgte sie ihm durch das Esszimmer in die Küche. Sie sah sich um, während er seine Dienstwaffe ablegte und in einem Schrank verschloss.

»Schön hast du's hier aber nicht«, stellte sie enttäuscht fest.

Alex sah sich um.

»Mir g'fällts. Und das ist die Hauptsache«, antwortete er.

Die Wohnung war sehr zweckmäßig eingerichtet.

»Typisch Junggeselle«, spottete sie und begutachtete die schlichte weiße Küchenzeile. Im Spülbecken stapelte sich Geschirr. Die Wände waren kahl.

»Auf Pflanzen legst du wohl offensichtlich keinen Wert«, stellte sie enttäuscht fest.

Sie schlenderte ins Esszimmer. Nur eine antike Kommode stand neben einem kleinen Tisch mit vier Stühlen. Papiere, Akten und Besteck lagen auf der Platte verstreut. Eine leere Weinflasche stand daneben.

Im Wohnzimmer befanden sich zwei weiße Sofas und ein kleiner Couchtisch. Auf dem Boden lag ein grauer Teppich. Zwei riesige Spiegel in antiken Rahmen standen auf dem Parkettboden und lehnten an der Wand.

»Die stehen da schon eine ganze Weile«, sagte Alex, der sie nicht aus den Augen ließ.

Sie streifte mit den Fingern darüber.

»Wahrscheinlich wird das noch länger so bleiben«, sagte sie abfällig. »Männer sind einfach viel zu zweckmäßig angelegt.«

Helle, rechteckige Stellen an den Wänden zeugten davon, dass Alex vor einiger Zeit etliche Bilder entfernt hatte.

»Du hast ja nicht mal einen Fernseher!«, rief sie erstaunt.

Alex zuckte nur mit den Schultern. Sie ging weiter, doch bevor sie die Klinke einer geschlossenen Tür öffnen konnte, wurde sie von Alex aufgehalten.

»Da geht's ins Schlafzimmer, rotblonder Hermes. Ich wusste nicht, dass wir es so eilig haben.«

»Spar dir dein süffisantes Grinsen«, keifte sie und schlenderte in Richtung Küche zurück.

Alex stand breitbeinig im Türrahmen des Esszimmers und hielt ihr ein gefülltes Glas Rotwein entgegen.

»Da kannst du warten, bis du schwarz wirst«, giftete sie und zwängte sich an ihm vorbei.

Alex pfiff durch die Lippen.

»Wir sind aber heute besonders guter Laune.« Dann deutete er auf ihren Rucksack, den sie immer noch auf dem Rücken trug.

»Hast du vor, den nachher auch mit ins Bett zu nehmen?«, fragte er scheinheilig.

»Ich werde nicht mit dir schlafen, Alexander Brandl. Da kannst du Gift drauf nehmen.«

Nach diesen pfeilscharfen Worten legte er in exzellenter Schauspielmanier die Hand auf sein Herz und ließ den Kopf hängen.

»Da bin ich aber zutiefst getroffen«, seufzte er. Dann aber blickte er auf. »Deine Augen sagen aber was ganz anderes.«

Er nahm einen kräftigen Schluck Wein und stellte die beiden Gläser ab. Dann ging er zielstrebig auf sie zu. Sie riss die Augen auf und suchte nach einem Fluchtweg. Sie wich zurück, bis er sie dicht an die Wand gedrängt hatte. Er griff nach einer Strähne ihres Haares und spielte damit. Ihr Brustkorb hob und senkte sich rasch.

»Lass mein Haar los«, hauchte sie.

Es klang jedoch nicht sehr glaubwürdig. Alex ließ seine Finger über ihre Wangen gleiten. Sanft, einer Feder gleich. Dann beugte er sich zu ihrem Gesicht hinunter und sah ihr in die Augen. Und da war es um sie geschehen. Ihre Lippen suchten gierig nach den seinen, ihre Arme legten sich um seinen Hals. Ihre Zunge spielte mit seiner. Sie presste ihren Körper eng an ihn. Er hob sie hoch und drückte sie gegen die Wand. Sie legte ihre Beine um seine Hüften. Bevor er ihren Hosenknopf öffnen konnte, hielt sie ihn zurück.

»Ich möchte schnell ins Bad«, keuchte sie. »Ich muss endlich diese verdammten Klamotten loswerden.«

Alex stellte sie wieder auf den Boden.

»Ich hätte dir schneller rausgeholfen, als du meinst. Aber bitte. Da vorne, zweite Tür rechts«, sagte er und löste sich aus ihrer festen Umarmung.

Sie lächelte dankbar und hob die Hand. Dann fuhr sie ihm zärtlich durchs Haar.

»Ich komme gleich wieder«, flüsterte sie und eilte mit ihrem Rucksack davon.

Die Postler, dachte Alex und schüttelte den Kopf. Sind schon ein komisches Volk.

Er fischte sein Diensthandy aus der Hosentasche und legte es auf den Esszimmertisch. Wenn die Kollegen anriefen, würde er alles stehen und liegen lassen müssen. Vielleicht war Max ja wirklich nach Deggendorf unterwegs.

»Max und sein Helfersyndrom«, murmelte Alex und schüttelte den Kopf. Hoffentlich versteckte sich Kerstin Sandtner noch eine ganze Weile. Mit der kleinen Postbotin würde er nämlich sicher ein paar schöne Stündchen erleben.

Er setzte sich auf den Stuhl und begann, die Akten zu stapeln, die wild verstreut auf dem Tisch lagen. Er musste ordentlicher werden. Unbedingt. So ein Saustall war ja wirklich peinlich. Er fegte das Besteck vom Tisch und stellte die leere Flasche Wein auf den Boden.

Er hatte sie gar nicht kommen hören, so leise war sie herangeschlichen. Sie beugte sich von hinten über ihn. Wie immer war sein Hemd weit geöffnet, sodass ihre Finger ungehindert über seine Brust streicheln konnten. Alex schloss die Augen. Er genoss jede ihrer Berührungen. Sie tastete sich langsam, aber zielsicher nach unten. Öffnete jeden Knopf seines Hemdes, während sie ihm ihren Atem ins Ohr hauchte. Jetzt machte sie sich an seiner Gürtelschnalle zu schaffen.

Alex öffnete die Augen. Schlagartig verkrampfte sich sein Körper, als er die schwarzen, langen, gelockten Haare und den roten Samtumhang sah, die über seine Brust fielen. Doch bevor er aufstehen konnte, drückte sie ihm eine Messerklinge an die Kehle.

»Jetzt hast du eine Scheißangst, oder, Alexander Brandl?«, hauchte sie ihm ins Ohr, während sie den Druck verstärkte. »Dabei freue ich mich so, dich wiederzusehen. So lange habe ich da draußen auf dich gewartet. Ich wäre beinahe wieder gefahren, weil deine Nachbarinnen – diese alten Schachteln – mich unentwegt beobachtet haben. Aber genau in diesem Moment bist du um die Ecke gebogen. Zum Glück! Ich habe dir doch per E-Mail angekündigt, dass wir uns wiedersehen.«

»Ich weiß nichts von einer E-Mail!«, keuchte Alex.

»Falsche Antwort«, flüsterte sie und drückte den winzigen Dolch noch fester an seinen Hals. »Du hast mir doch geschrieben. Mein Foto auf dieser Freundschaftsseite hat dir gefallen, oder?«

»Du bist Kerstin Sandtner!«, japste Alex. »Du bist unsere Madonna.«

»Richtig kombiniert, Herr Kommissar. Leider hat dich mein Name bei unserem ersten Treffen auf dem Riedenburger Frühlingsfest überhaupt nicht interessiert. Schade, schade. Du warst lediglich scharf auf meinen Körper, genauso wie die anderen drei Scheißkerle. Dabei dachte ich noch, du seist anders als die anderen Männer. Etwas ganz Besonderes. Du warst der Erste, mit dem ich nach so langer Zeit wieder geschlafen habe. Du musst das doch gemerkt haben. Ich hatte keine Ahnung, wie ich dich berühren und anfassen sollte. Und du! Du hast mich benutzt und dann aus dem Wagen geworfen, als der Bus kam. Wortlos bist du davongebraust, ohne dich noch einmal umzudrehen. Ihr seid alle gleich!«

Kerstin spuckte zu Boden. Alex wollte nach seinem Handy greifen, das in unmittelbarer Nähe auf dem Tisch lag. Sie bemerkte es und drückte noch fester zu. Alex spürte, wie das Blut an seinem Hals entlang Richtung Brust lief.

»Ich gebe dir einen guten Rat, *Tobias*. Lass das sein! Los, leg deine Hände auf die Tischplatte. Beide. Sofort!«

Alex gehorchte.

Heilige Scheiße!, dachte Alex panisch. Die glaubt, ich sei Tobias Bauer. Die ist ja wie von Sinnen. Ihm musste verdammt noch mal etwas Schlaues einfallen.

»Und? Wie soll das jetzt weitergehen? Willst du mich umbringen?«, fragte er mit keuchender Stimme. »Meine Nachbarinnen haben dich gesehen. Sie werden dich wiedererkennen.«

Sie lachte.

»Du glaubst doch selbst nicht, dass diese Blindschleichen wissen, wer ich bin. Ich hatte eine Kappe auf. Meine Haare haben sie nicht gesehen. Außerdem war es draußen schon dunkel. Vor denen habe ich keine Angst.«

Alex atmete tief ein.

»Dann war dieser vergessene Brief nur eine faule Ausrede. Du hast es gezielt auf mich abgesehen«, japste er. »Und jetzt tötest du mich so wie die anderen?«

»Aber nein, *Tobias*!«, rief sie. »Schließlich hast du doch nur zugeschaut. Du kannst doch nichts dafür, dass deine drei Freunde über mich hergefallen sind und mich vergewaltigt haben, oder?« Dann wurde sie wieder ruhig. »Eigentlich begann der Abend damals vor acht Jahren so friedlich. Ich war noch spazieren gegangen. Ich liebte es, gegen Abend in Richtung Wald zu gehen. Es war so ein schöner Maienabend und die Luft roch schon nach Frühling!

Ich trug mein Lieblingskleid mit den roten Rosen. Um mich vor der Kühle des heranbrechenden Abends zu schützen, hatte ich mir meinen roten Umhang übergeworfen. Ich war davongeschlichen. Meine Eltern hätten mich niemals gehen lassen.

Die Sonne bereitete sich schon auf ihren kurzen Nachtschlaf vor. Ich hüpfte den geschotterten Weg entlang, summte ein Lied und streifte mit den Fingern über die saftigen Grashalme. Margeriten begannen zu wachsen. Wunderschön! Ich blieb stehen und atmete tief ein. Die Luft wurde kühl. Sie roch frisch und rein. Ich lachte und schlenderte weiter. Ich riss einen Grashalm aus und wickelte ihn um meinen Finger. Als ich aufsah, lag das Ziel in greifbarer Nähe: die alte Kapelle nahe dem Wald.

Plötzlich jedoch durchbrach ein lautes Brummen die friedliche Stille. Das Geräusch kam bedrohlich schnell näher. Ich legte die Hand gegen die Stirn, denn die Sonne blendete. Was war das? Ich konnte nichts erkennen. Nur das laute Getöse war zu hören. Da – um die Ecke bog ein Motorrad. Dann noch eines! Ein drittes folgte. Du weißt, wer die Maschinen steuerte. Auf der ersten saß Daniel, auf der zweiten Marco. Bernd hatte dich rücklings auf sein Motorrad gesetzt. Ihr hattet eure schwarzen Helme auf. Die Visiere waren geschlossen.

Ich trat erschrocken beiseite. Ich wollte euch passieren lassen. Doch Daniel steuerte mit seinem Gefährt direkt auf mich zu. Er ließ den Motor immer wieder aufheulen. Dabei lachte er laut. Ich bekam Angst. Mein Herz pochte wild. Was wollen diese Kerle von mir? Ich fing an zu laufen. Als ich die Kapelle erreichte, war ich außer Atmen. Schweißperlen rannen über meine Stirn. Schnell riss ich die Tür auf und flüchtete hinein.

Doch wo sollte ich mich verstecken? Ich hastete zur Sakristei hinüber. Nein. Sie war zu klein. Ihr hättet mich sofort entdeckt. Panisch schaute ich mich um. Der Beichtstuhl! Vielleicht könnte man ihn von innen verriegeln. Ich stürzte darauf zu und zog die Tür auf. Aber am Knauf war kein Schloss! Ich heulte auf.

Draußen hörte ich die Motoren eurer Maschinen verstummen. Wo verdammt noch mal sollte ich hin? Mir war speiübel. Meine Knie zitterten wie Espenlaub. Oh Gott! Eure Stimmen! Ihr strittet! Obwohl ich wusste, dass ich euch in diesem Kasten schutzlos ausgeliefert sein würde, kroch ich hinein. Ich musste leise sein, schnappte nach Luft. Der geringste Laut würde mich verraten. Ich schloss die Augen, betete, dass ihr verschwindet. Einfach wieder verschwindet … Eine Gänsehaut breitete sich über meinem Körper aus. Ich wickelte den Umhang eng um mich und schloss die Augen. Sicherlich würden bald Spaziergänger vorbeikommen und euch vertreiben. Ganz sicher.

Da! Ich hörte, wie die Tür der Kapelle aufgerissen wurde.

›Wo steckst du, du kleines Luder …‹ Daniels Stimme. Ich biss mir auf die Unterlippe. Schritte … Sie kamen immer näher. Ich zitterte am ganzen Körper.

›Gefunden!‹ Er brüllte es so laut! Ich hob den Kopf. Die plötzliche Helligkeit tat in meinen Augen weh. Ich nahm Umrisse wahr. Daniel, Marco, Bernd.

Daniel kam näher, zerrte mich heraus. Ich fühlte mich elendig … Marco und Bernd hielten mich fest. Aber du … du, Tobias hättest mir helfen können … Aber stattdessen bliebst du dumm an der Tür stehen und hast geschrien … Du warst doch damit auch nicht einverstanden. Warum hast du mir nicht geholfen?«

Kerstin schlug Alex ins Gesicht.

»Mit euren Helmen habt ihr euch sicher gefühlt, in der Gruppe stark. Ihr Scheißkerle! Als Daniel mir an die Brust fasste, hätte ich ihm am liebsten die Hand abgehackt. Aber nein! Ihr hattet noch nicht genug. Daniel griff mir in die Hose. Steckte seinen dreckigen Finger in mich hinein. Marco und Bernd haben es genossen … Manchmal frage ich mich, warum ich damals kein Blut geschwitzt habe – genauso wie Jesus in der Nacht im Garten Gethsemane … Ihr habt mich brutal vergewaltigt. Einer nach dem anderen. Ihr Saukerle! Ihr elendigen Schweine! Als Daniel in mich eindrang, dachte ich, er würde mich von unten nach oben aufschlitzen. So brennend war der Schmerz. Und dann wart ihr plötzlich weg … Mich habt ihr liegen lassen … Euer stinkendes Sperma … es tropfte aus mir, rann meine Waden hinab …«

Kerstin hielt inne.

»Weißt du, was ich gesehen habe, als ihr mich so brutal geschändet habt?«

Sie drückte das Messer noch tiefer in sein Fleisch. Alex atmete schneller.

»Ich sah die Statue der Madonna vorne beim Hochaltar. Sie war so schön … so rein … Stumm hatte sie mich angeschaut. Ihre Haut war so blass, die Augen so traurig. Rot wie Blut war ihr Gewand. In ihrer linken Hand hielt sie einen kleinen Dolch. Sie hatte ihn sich mitten durch ihr Herz gebohrt. Und da wusste ich es … Es kam über mich wie ein Licht … Ich würde euch umbringen. Weißt du, Tobias, welches Wort ich hauchte, bevor ich ohnmächtig wurde? Es war ›Rache‹, ›bittere Rache‹.«

Kerstin Sandtner verstummte. Alex schluckte. Die Geschichte klang wirklich furchtbar. Aber mit jemandem Mitleid zu empfinden, der ihm gleichzeitig ein Messer an die Kehle drückte, war sogar für ihn als Polizisten etwas zu viel verlangt.

»Und?«, fragte er. »Was geschieht jetzt mit mir? Willst du mir auch ein Kreuz in die Brust ritzen und mir ins Herz stechen?«

Auf Kerstins Gesicht breitete sich ein gehässiges Grinsen aus.

»Nein, Tobias. Du sollst nicht so sterben wie die anderen. Für dich habe ich mir etwas ganz Besonderes einfallen lassen. Du bist nicht in vollem Maß schuldig geworden. Ich werde dir die Kehle aufschneiden und zusehen, wie du langsam verblutest. Damit ist mein Werk vollbracht.«

»Mach dir ja keine Mühe«, zischte Alex böse.

Er suchte fieberhaft nach einem Gegenstand, den er dieser Frau über den Schädel ziehen konnte. Er verfluchte sich, vorher alles beiseitegeräumt zu haben. In diesem Moment klingelte sein Handy. Auf dem Display erschien der Name »Max«. Sie zuckte zusammen.

»Drück ihn weg«, befahl sie streng.

»Das ist mein Kollege. Er wollte sich nach Dienstschluss noch einmal melden. Er wird sich wundern, wenn ich nicht abhebe. Ich traue ihm zu, dass er augenblicklich in den Wagen steigt und hier aufkreuzt, falls er mich nicht erwischt.«

Gespannt wartete er auf ihre Antwort. Sie schien fieberhaft zu überlegen.

»Na gut. Dann geh ran und stell den Lautsprecher an. Aber ich warne dich: ein falsches Wort und du bist tot.«

Sie packte seine Haare und riss seinen Kopf nach hinten. Das Messer presste sie noch fester gegen seinen Hals. Alex nickte. Er hatte verstanden. Er tastete nach dem Handy und hob ab.

»Hallo Alex. Hier ist Max«, ertönte es aus dem Lautsprecher. »Ich wollte mich für vorhin entschuldigen …«

Alex unterbrach ihn schroff.

»Schon vergessen, Max. Du weißt doch: Ich bin nicht nachtragend.«

Alex konnte am anderen Ende der Leitung förmlich die Fragezeichen in Max' Augen erkennen.

»Den Dienstwagen fahre ich morgen persönlich zur Inspektion«, sprach Alex unbeirrt weiter. »Mach dir deswegen keinen Kopf. Und danach hole ich dich von zu Hause ab. Wie immer.«

Alex hielt die Luft an. Hoffentlich kapierte Max seine Andeutungen. Es herrschte eine angespannte Stille.

»Also, wenn das so ist …«, antwortete Max schließlich zögerlich. »Dann sehen wir uns morgen?«

»Natürlich! Du kennst mich doch«, antwortete Alex schnell. »Ich würde dich doch niemals im Stich lassen, Max.«

»Aha«, erklang es aus dem Lautsprecher. »Na dann, servus.«

Max legte auf. Alex standen Schweißperlen auf der Stirn. Er schluckte.

»Gut gemacht, *Tobias*. Du hast nette Kollegen. Ich wusste gar nicht, dass du so fürsorglich sein kannst ...«

Alex musste Zeit gewinnen – unbedingt. Wenn Max seinen Hilferuf verstanden hatte, würde er ein paar Minuten brauchen, bevor er hier auftauchte. Bitte, lieber Gott, steh mir bei!, betete Alex in Gedanken. Lass Max nicht nach Deggendorf unterwegs sein. Alex atmete tief ein. Ich bin alles andere als ein Musterschaf, aber trotzdem gehöre ich in deine Herde, Herr! Sein Herz pochte wie wild. Er atmete tief ein. Es musste eine Alternative geben. Aber welche? Bau Distanz zu ihr auf!, befahl er sich. Alex räusperte sich.

»Es ist schrecklich, Frau Sandtner, was Sie vor acht Jahren erlebt haben. Sie müssen wirklich Todesängste ausgestanden haben«, sagte er vorsichtig.

Kerstin blieb ruhig, ließ ihn weiterreden.

»Alle vier Kerle behielten während der brutalen Vergewaltigung ihre Helme auf. Das Visier war nach unten geklappt. Wie konnten Sie überhaupt Daniel Reiter finden? Sie haben sein Gesicht doch nicht gesehen.«

»Das Gesicht nicht, aber seine Stimme hat sich tief in mein Gehirn eingefressen«, antwortete Kerstin. »Ich war noch nicht lange bei der Post in Kelheim beschäftigt, als man mir nach einer kurzen Einarbeitungszeit eine eigene Route zuteilte: Kelheimwinzer, Winzer Berg, Bauersiedlung. Ein überschaubares Gebiet, keine großen Wohnanlagen. Ich freute mich auf die Arbeit. Ich war so guter Dinge. Mein Leben verlief wieder in geordneten Bahnen. Kannst du dir vorstellen, welcher Schlag mich traf, als ich Daniels Stimme nach so langer Zeit wieder hörte? ›Na, Schnecke?‹, fragte er, während er mir die Post aus den Händen nahm. ›So eine scharfe Briefträgerin war schon lange nicht mehr da.‹ Ich dachte, mir zieht es den Boden unter den Füßen weg. Dieser Scheißkerl war der Erste, der mich vergewaltigt hat. Ich bin davongestolpert, habe mich wie in Trance ins Auto gesetzt und Gas gegeben. Ich wollte weg, weg von dieser Bestie. Hab mir die Seele aus dem Leib gekotzt. Aber dann besann ich mich. War das die Gelegenheit, auf die ich so lange gewartet hatte? Sollte mein Plan, über dem ich jahrelang gebrütet hatte, wirklich aufgehen? Ich wollte alle töten. Mit ihrer Lust und

Gier konnte ich sie ködern. Nur dieses Mal behielt *ich* die Fäden in der Hand. Ich schlug sie mit ihren eigenen Waffen.«

»Und dann haben Sie überlegt, wie Sie am besten an Daniel herankommen, ohne dass es auffällt. Es war ein guter Schachzug, es über diese regionale Freundschaftsseite zu versuchen«, sagte Alex.

Sie nickte.

»Es war nur eine Frage der Zeit, bis der Hurenbock auf mein Profil aufmerksam wurde. Zwei kurze E-Mails genügten, und er war mir verfallen. Er kam zum Treffpunkt am Kloster Weltenburg wie ein räudiger Köter. Er dachte, er könnte alles, was in seinem kranken Hirn vor sich geht, mit mir machen. Aber ich habe den Spieß einfach umgedreht: Ich drohte zu verschwinden, wenn er nicht nach meinen Regeln mitspielte. Daniel hat gezögert. Er war nicht dumm. Aber ich weiß meine Reize einzusetzen. Schließlich hat er alles geschluckt, was ich ihm eingeflößt habe. In seinem Wahn hat er mir die Namen genannt, auf die ich acht Jahre gewartet habe: Marco Meindl, Bernd Hoffmann und Tobias Bauer. Du, mein lieber *Tobias*, warst fein raus. Du hast ja nur zugesehen.«

»Ich bin nicht *Tobias*, Frau Sandtner«, widersprach Alex vehement. »Er ist schon lange tot. Mein Name ist Alexander Brandl. Ich arbeite bei der Kripo.«

»Schweig!«, giftete sie. »Du lügst! Marco Meindl hat auch versucht, mich anzulügen. Als er dem Tod ins Auge sah, splitternackt, versuchte er zu fliehen. Wollte türmen, dieses Arschloch. Er schwor, alles dafür zu tun, um diese Tat ungeschehen zu machen.«

»Wie haben Sie ihn ausfindig gemacht?«, fragte Alex.

»Ganz einfach. Adressen zu finden, ist heutzutage kinderleicht. Also ließ ich mich in Saal an der Donau einteilen. Als ich ihm gegenüberstand, hatte ich keine Zweifel mehr. Er war es, der mich als Zweiter missbraucht hatte.«

»Wie haben Sie es geschafft, ihn so schnell auf das Schloss Prunn zu locken?«

»Das war in der kurzen Zeit, die mir blieb, gar nicht so einfach. Ich habe von Kollegen erfahren, dass er ein begnadeter Kletterer ist. Zahlreiche Päckchen zeugten von seiner Leidenschaft. Am Dienstag tauchte ich mehrmals bei ihm auf. Ich log, Briefe an ihn übersehen zu haben, weil ich neu bei der Post angefangen habe. Er fand das sehr süß. Zum Glück war seine Freundin nie zu Hause, als ich aufkreuzte. Und so kam ich mit ihm ins Gespräch. Ich flirtete mit ihm nach bestem Wissen der Kunst und warf mich ihm buchstäblich an den Hals. Ich gab vor, ebenfalls zu klettern. Da ich aber neu hier in der Gegend sei, würde ich keinen Partner haben, dem ich vertraue. Dabei klimperte ich traurig mit den Wimpern. Das Alleinsein würde mir sehr zu schaffen machen. Eine starke Schulter zum Anlehnen fehle mir so sehr, behauptete ich mit schmachtendem Blicken. Am Mittwochvormittag hatte ich das Gefühl, er würde schon auf mich warten. Jedenfalls stand er bereits in der geöffneten Tür, als ich lachend aus dem Postauto stieg. Spätestens nach dem dritten Läuten an diesem Tag, wusste er, dass ich mich unbedingt mit ihm treffen wollte. Ich gab ihm das Gefühl, der attraktivste Kerl auf der ganzen Welt zu sein. Er dachte, ich wäre ein naives, dummes Mädchen. Meine weiblichen Kurven blieben ihm nicht verborgen, sodass er sich breitschlagen ließ, sich spätabends noch mit mir zu treffen. Und ich versprach ihm, mich artig bei ihm zu bedanken. Bevor er starb, hatte er geheult wie ein kleiner Junge.«

»Und Bernd Hoffmann? Wie haben Sie den aufgegabelt?«

»Der gute, liebe Bernd«, säuselte sie. »Fast heilig war der. Wie gesagt, lag der Winzer Berg auf meiner Tour. Seine Familie war mir bekannt. Ich lauerte Bernd am Donnerstag auf, als er zur Uni fuhr, indem ich eine Panne mit dem Wagen vorgab. Er hielt und bot mir seine Hilfe an. Ich erkannte sie sofort wieder, Bernds Stimme. Sie jagt seit der Vergewaltigung wie ein böser Geist durch meine schlaflosen Nächte. Wir kamen ins Gespräch. Ich gab mich als Studentin der Informatik aus, die den Job als Briefträgerin nur wegen des Geldes neben dem Studium ausübte. Ich jammerte ein wenig, dass mir der Stoff über den Kopf wachse. Und als Frau in diesem Metier zu bestehen, wäre so verdammt schwer. Ich drückte mir ein paar Tränen aus den Augen und sah ihn flehentlich an. Er bot mir sofort an, mich dabei zu unterstützen. Ich fiel ihm dankbar um den Hals, drückte mich fest an seinen Körper, sodass er meine Brüste deutlich spüren konnte. Zögerlich erwiderte er die

Umarmung. Ich schauderte aufgrund des engen Körperkontakts. Mir war kotzübel. Am liebsten hätte ich ihm sein Herz auf der Stelle herausgerissen. Minutenlang standen wir so da und sprachen kein Wort. Schließlich löste ich mich von ihm. Trotz meiner Gänsehaut am ganzen Körper spielte ich das naive Mädchen, das schnell Hilfe brauchte. Dabei hielt ich seine Hand. Er wunderte sich sehr darüber, dass mein Wagen plötzlich wieder ansprang. Am Freitagvormittag blieb er so lange zu Hause, bis ich auftauchte. Er öffnete mir die Tür und ich hauchte einen schüchternen Gruß. Dabei streiften meine Finger rein zufällig seinen strammen Bauch. Ich lächelte verlegen und blickte zu Boden. Als ich ihn um ein Treffen bat, willigte er schnell ein. Am Samstag sah ich ihn leider nicht. Die Hausdame nahm die Post entgegen. Ich hatte schon Angst, dass Bernd nicht kommen würde. Aber ich hatte mich getäuscht. Am Sonntagabend gabelte ich ihn, wie verabredet, an der Bushaltestelle in Kelheimwinzer auf. Der gute Bernd wollte nur das eine. Wie eine sexhungrige Bestie wollte er über mich herfallen. Ausgehungert, wie er war …«

Sie lachte bitter. »Du kannst dir den Blick in seinen Augen nicht vorstellen, als ich mich ihm zu erkennen gab. Er hat mich um Verzeihung gebeten. Mit heruntergelassenen Hosen! Diese Vergewaltigung wäre der schlimmste Fehler seines Lebens gewesen. Er würde alles dafür geben, es ungeschehen machen zu können, heulte er. Das gleiche Geschwätz hörte ich von Marco Meindl. Ich nahm ihr Angebot schließlich an: mein Leben für das ihre. Mit Ausnahme von Daniel – der Narr dachte wirklich, er würde die Sache überleben – wich ihnen die Farbe aus dem Gesicht. Sie dachten an einen üblen Scherz. Aber ich kenne kein Erbarmen. Nicht mehr. Und jetzt bist du dran, *Tobias*.«

Alex fluchte innerlich. Wo verdammt noch mal blieb Max? Wenn er nicht sofort hier auftauchte, müsste er sich schnell irgendetwas Neues einfassen lassen.

So als hätte Max seine Gedanken gelesen, durchschlug sein Kollege in diesem Moment mit dem Griff seiner Dienstwaffe die Scheibe der Terrassentür. Der Lärm war ohrenbetäubend. Tausend Scherben zerbarsten auf dem Boden. Blitzschnell stürmte Max auf die beiden zu. Er riss seine Waffe nach oben und hielt sie Kerstin Sandtner direkt vors Gesicht.

»Lassen Sie das Messer fallen, Frau Sandtner!«, schrie Max und spannte den Hahn.

Max ließ keinen Zweifel aufkommen, dass er seine Dienstwaffe benutzen würde. Die Frau blickte sich verwirrt um. Sie war kreidebleich. Man merkte, dass sie völlig von der Rolle war. Noch immer hielt sie Alex das Messer an die Kehle. Dieser schielte nach oben. Er nahm ihren verwirrten Gesichtsausdruck wahr.

»Ich meine es ernst, Frau Sandtner«, wiederholte Max bestimmt. »Lassen Sie das Messer fallen. Und zwar *jetzt*!«

Wie auf Kommando stürmten zwei Kollegen von hinten auf die Frau zu. Sie hatten die Haustür aufgebrochen und auf das Einsatzzeichen von Max gewartet. Die Polizisten rissen Kerstin Sandtner das Messer aus der Hand und warfen sie zu Boden. Das Messer schlitterte auf dem glatten Parkett entlang. Alex sprang wie von der Tarantel gestochen auf.

»Verdammte Scheiße, Max!«, schrie Alex. »Warum zum Teufel hat das so lange gedauert? Ich hätt mir beinahe in die Hose gepisst. Schau mal die tiefe Linie an, die mir das Miststück quer über den Hals geritzt hat. Des schaut doch beschissen aus, oder?« Dann verzog Alex das Gesicht.

»Schaut's euch nur die Sauerei an!«, rief er aufgebracht. »Die Tür ist im Arsch.« Dann blickte er zur Haustür. »Und die andere auch.«

Max legte ihm beruhigend die Hand auf die bebende Schulter.

»Es ist vorbei, Alex. Ich war so schnell, wie ich konnte, hier.«

Alex fuhr sich nervös durchs Haar.

»Schnell nennst du das? Ich hatte schon Angst, du seist auf der Autobahn Richtung Deggendorf …«

»War ich ja auch«, gestand Max. »Aber noch nicht lang. Ich musste mich in Bad Abbach eine halbe Stunde mit den Streifenpolizisten rumschlagen, bevor sie ihren Dienstwagen rausrückten. Dann nämlich kam erst die Verstärkung. Ich wollte gerade bei Pentling auf die Autobahn fahren …«

»Ich war schon drauf und dran zu glauben, dass du noch schwerer von Begriff bist, als ich dachte. Ich bin so froh, dass du meinen Hilferuf verstanden hast«, beichtete Alex.

Max verzog das Gesicht.

»Bei aller Liebe, Alex. Ich und schwer von Begriff?«, spöttelte Max. »Als ich aufgelegt habe, dachte ich mir: Hä? Da stimmt doch was nicht. Von welchem Wagen spricht Alex verdammt noch mal? Er bekommt jedes Mal einen Wutanfall, wenn er die Schrottkisten der Dienststelle benutzen soll. Für seinen BMW würde er die schönste Frau opfern.«

Alex grinste.

»Außerdem bist du der nachtragendste Mensch, den ich kenne. Wenn dich ein Schoars drückt, müssen alle drunter leiden«, fuhr Max fort.

»Des stimmt überhaupt nicht!«, protestierte Alex.

»Oh doch, mein Lieber. Und wenn wir schon dabei sind: Du dürftest – falls du mich jemals abholen solltest – niemals mein Zuhause betreten«, sprach Max weiter.

Alex runzelte die Stirn.

»Hey!«, rief Max. »Ich habe drei Frauen zu Hause sitzen. Und das soll auch noch eine ganze Weile so bleiben. Verstanden, du Casanova?«

Die Aussage zauberte ein Lächeln in Alex' Gesicht.

»Deswegen bin ich sofort umgekehrt und hab nach dir gesehen«, sagte Max. »Das alles kam mir ziemlich spanisch vor.«

»Du weißt schon, Max, dass du vorher in Bad Abbach wegen Kerstin Sandtners Aufenthaltsort deinen Arsch verwettet hast …«, grinste Alex.

Max zuckte mit den Schultern und schlug sich mit der Hand auf seinen Po.

»Was solls. Er gehört dir, Don Juan. Tu damit, was dich glücklich macht.«

Alex verzog angewidert das Gesicht. Dann konzentrierte er sich auf Kerstin Sandtner, die von den Polizisten auf die Beine gezogen wurde. Nun rasteten die Handschellen ein. Die Kollegen warteten auf weitere Befehle der Kommissare.

Kerstin starrte Alex ausdruckslos an. Sie trug ein rotes, fast durchsichtiges, kurzes Kleid. Über der schwarzen Perücke hing ein Tuch aus purpurnem Samt. Vor ihm stand wahrhaftig die Madonna, die sie so lange gejagt hatten. An ihren Augen erkannte Alex, dass sie von Sinnen war. Sie war eindeutig ein Fall für die Psychiatrie. Trotzdem ging er auf sie zu.

»Bei allem Verständnis für deine Lage!«, rief er. »Aber wenn du noch einmal *Tobias* zu mir sagst, dann reiße ich dir höchstpersönlich deine verdammte Zunge aus dem Mund und wickle sie dir mehrmals um deinen kranken Kopf!«

Die Frau fuhr aufgrund dieser Heftigkeit zusammen und zwinkerte nervös. Max schob Alex wortlos beiseite und griff nach Kerstins Jacke, die auf dem Boden in der Diele lag. Dann legte er sie der jungen Frau über die Schultern. Bevor die beiden Polizisten Kerstin abführten, drehte sie sich noch einmal um und sah Alex ins Gesicht.

»Schade um uns. Aber wenn du ehrlich bist, hast *du* dich, während wir miteinander geschlafen haben, wie ein Ertrinkender an *mich* geklammert. Ich habe deine Angst gespürt, dass ich es sein könnte, die dich zuerst verlässt. Und weil du es nicht ertragen kannst, allein zurückgelassen zu werden, gehst du stets als Erster. Was hat dich nur so hart gemacht, *Alexander Brandl*?«

Dann spuckte sie auf den Boden und ließ sich abführen.

Der Rettungsdienst war eingetroffen. Max redete mit samtener Zunge auf Alex ein, sich die Wunde am Hals behandeln zu lassen. Doch Alex wehrte sich wie ein störrischer Esel dagegen. Noch immer war sein Puls auf 180. Er konnte keine Sekunde still sitzen, sprang immer wieder auf und schritt wild gestikulierend in seiner Wohnung herum. Dabei ließ er das Geschehen Revue passieren.

Er hätte sich in den Arsch beißen können, dass er Kerstin Sandtner nicht schon früher überführen konnte. Wahrscheinlich wären dann drei junge, im Saft stehende junge Männer noch am Leben. Max wusste, dass Alex insgeheim seinen Schwanz verfluchte. Hätte er damals nur ein Fünklein Interesse an dem Mädchen bekundet, das er nach dem Riedenburger Frühlingsfest nach allen Regeln der Kunst verführt hatte, säßen sie jetzt nicht hier. Der leitende Notarzt, der gefühlte hundertfünfzig Kilo auf die Waage brachte, sah sich die Szene einige Minuten wortlos an. Dann stand er auf.

»Also, mir ist des ehrlich gesagt Wurscht, ob du dich behandeln lässt oder nicht, Herr Kommissar«, brummte er. »Aber wenn du nicht dein Leben lang mit einer Halskrause herumlaufen willst wie Clint Eastwood im Film ›Hängt ihn höher‹, dann gehst jetzt verdammt noch mal her und lässt mich die Wunde verkleben!«

Das hatte gesessen. Wortlos setzte sich Alex und ließ sich verarzten.

»Ich muss auch öfter Klartext mit dir sprechen«, frotzelte Max. »Du scheinst auf klare Befehle zu stehen.«

Kerstin Sandtner wurde noch am Abend vor den Haftrichter geführt. Sie schwieg beharrlich zu den ihr angelasteten Vorwürfen. Sie würde diesbezüglich keine Angaben machen. Die drei Kerle, die sie vergewaltigt hatten, waren tot. Alles andere war ihr egal. Ihr Leben war sowieso verpfuscht. Der Richter entschied daraufhin, Kerstin Sandtner zu ihrer eigenen Sicherheit in das Bezirksklinikum Regensburg einweisen zu lassen. Zu hoch war das Risiko, dass sich die junge Frau in der Gefängniszelle etwas antun könnte.

Epilog

Max stand am Zaun des Longierplatzes. Seinen Arm hatte er um die Schulter seiner Gisela gelegt, die sich eng an ihn kuschelte. Natalie und Alexandra saßen auf zwei schwarzen Hengsten, die majestätisch ihre Runden zogen. Max gab es ungern zu, aber dieser Anblick hatte etwas ganz Besonderes. Von wegen Gehopsel und Geschaukel: Seine zwei Mädels waren begabt! Immer wieder schenkten sie ihrem Vater glückliche Blicke. Max schmolz förmlich dahin, als er die Dankbarkeit in ihren Augen aufblitzen sah.

»Vorsicht, mein Hase«, grinste Gisela. »Wenn du so schaust, wissen die beiden genau, dass du ihnen keinen Wunsch abschlagen kannst. Die bringen dich heute noch so weit, dass du die zwei schwarzen Hengste kaufst.«

»Apropos Hengst. Wenn du einen im Bett brauchst, dann melde dich bei mir. Ich bin in Lauerstellung, meine liebe Gisela«, ertönte Alex' Stimme aus dem Hintergrund.

Gisela begann, schallend zu lachen, während Max sich schlagartig verkrampfte.

»Das würde dir so passen, du Ladykiller!«, schimpfte er und wartete, bis Alex nahe bei ihnen stand. Dann kniff er ihn in die Seite. »Was suchst du denn hier draußn auf einem Ponyhof?«

Alex sah sich um. »Rohr soll ja sehr schön sein«, scherzte er. »Und ich hab mir sagen lassen, dass zwei Prinzessinnen auf schwarzen Hengsten auf einen Prinzen warten.«

Sobald Natalie und Alexandra ihn gesehen hatten, begannen sie wild zu winken und zu kichern. Natalie wäre beinahe vom Ross gestürzt.

»Himmelsmutter hilf«, flüsterte Max, während sich Alex lässig an den Zaun lehnte und es förmlich genoss, am Familienleben der Spenningers teilzunehmen. Es half ihm, seine düsteren Gedanken an sein totes Mädchen wenigstens für einen kurzen Moment zu vertreiben. Irgendwann würde er sich seinem Schicksal stellen müssen, statt ständig davonzulaufen. Irgendwann, aber nicht an diesem schönen Tag.

Mörderisch spannend geht es weiter bei:

Buchhinweise

»Guat schaut des fei ned aus.«
Dass der Bauunternehmer Brunnrieder aufgeknüpft an ihrem Maibaum hängt, irritiert die Wolnzacher doch ziemlich. Schnell brodelt die Gerüchteküche. Nur gut, dass Metzgermeister Ludwig Wimmer, der sein Geschäft jüngst dem Schwiegersohn übergeben hat, dringend eine Beschäftigung sucht: Wäre doch gelacht, wenn er dem Täter nicht draufkommt. Und im Notfall hilft ihm ja auch noch seine kluge Enkelin Anna.

Alexander Bálly
Der Tote am Maibaum
Ein Holledau-Krimi

978-3-95400-328-0 | 12,99 €

Buchhinweise

»Ja, verreck! A echte Leich'!«
Der sechzehnjährige Robert tritt an einem Herbstabend am Kirchturm von Wolnzach auf die Hand des toten Benedikt Singer. Die Polizei ist schnell vor Ort, aber Tatortspuren sind Mangelware und natürlich hat niemand etwas gesehen oder gehört. Auch Ludwig Wimmer nicht, der Rentner macht Urlaub. Gut, dass Enkelin Anna daheim Beweismaterial sammelt. Denn gemeinsam werden sie dem Täter doch wohl draufkommen.

Alexander Bálly
Der Tote am Kirchturm
Ein Holledau-Krimi

978-3-95400-500-0 | 12,99 €

Buchhinweise

Ein mysteriöses Artefakt bringt den Nürnberger Abenteurer Paul Skamper auf die Spur der Heiligen Lanze, einer der bedeutendsten Reliquien der Christenheit. Er und sein Mitstreiter Lucius Brand suchen nach der Kultstätte, in der die Nazis die Heilige Lanze versteckt haben. Doch dann ist Brand tot und Skamper steht unter Mordverdacht. Zu allem Überfluss verfolgt ihn eine obskure Nazisekte, die die Lanze ebenfalls in die Finger bekommen möchte.

Gunnar Schuberth
Der Kreuzweg
Ein Nürnberg-Krimi

978-3-95400-573-4 | 12,99 €